我和我的孩子

给你一个世界

野莽 主编

中国工人出版社

序：一本书的萌动

◎野　莽

世上万物都有起源，书亦然，本书尤是。《现代教育报》的邓丽女士委托她的朋友祝愿女士，请我写一篇父亲和儿子的故事，我很快写了，发表后收获大批点赞。也有点而不赞的，说西方人不打儿子屁股，我却打过十下。经我回忆，那是距离编辑此书的二十年前，现在没打已不可能，鲁迅说既然悔之莫及也就不悔了，而我依旧还在悔着。

好的编辑一般都会得陇望蜀，小邓丽恰好家住四川，她便又请我替她约一些我的朋友，自身是块好铁，儿女也被锻炼得不错的，为她的这个专栏写稿。我觉得这是一个好的主意，欣然领命。鉴于我的朋友多数藏在同一行当，这会使他们的身份不能五行八作，但再一想，天下最好的父母和子女的故事也需要最好的讲述，茶壶里的饺子和凤凰生的猫头鹰蛋，都会给人一半的遗憾。因此一个现代的父母，给现代的报纸写现代的文章，的确要让现代的读者读得下去，大家本来有很多的现代读物可读，因此作家至少比其他职业者更有优势。

但这时候出了一个问题，报纸的固定栏目对篇幅有很大的限制，一些非常精彩的文章不得不忍痛割掉全身的一部分，编者痛，作者痛，我更是左右两边都痛丝丝的。比方说我首先约的一位作者，是被国民公认的当代真正的，甚至唯一的教育家，三十年前被免职的原武汉大学校长——我的恩师刘道玉先生——他应我之约而写的这篇他和儿子维宁的故事，真的让人感叹不已而又艳羡不绝，为世上有这样一位用儿子做试验鼠的伟大父亲。不过当他讲完其间的奥秘，《现代教育报》把四个版面连同报缝也开辟出来，恐怕才能容纳它的全部，民间有一句歇后语叫，什么人捡了银子无处可放，此情正是。于是将这类好文章汇集成一本书的念头，便在这一瞬间有了雏形。

儿子出世时，父亲在二十世纪六十年代的苏联，人之初的智力开发和人格培养，全由同是教育工作者的母亲在珞珈山上一人担当，大抵这便是《萌动期的教育》的写真。由初中考取大学，自己读书却不听课，十八岁又考取美国博士，后来不仅是加拿大国家航天局级别最高和年纪最轻的空间物理学家，国家空间物理学会的主席，而且目前应召回到祖国，又将担任国际子午线圈研究项目的首席科学家，这是刘道玉之子刘维宁的传奇简史。更加传奇的是，他还用英文写了几部长篇小说，中文的旧体诗词也写得何等的好。

这是一篇借写自己天才的儿子，写给天下所有可以成为天才的青少年的慧文，他引用《礼记·月令》里的“萌动”一词阐述他的教育理念，“我宁愿以‘智力萌动’代替卡尔·威特的‘智力曙光’，‘萌动达，万品新，润无际，泽无艮’”（《萌动期的教育》）。教育也要像足球一样从娃娃抓起，长大后临时抱佛脚是抢不到球，也射不进门的。感谢我的永远在任的校长，错误的时代没收了他用以试验并且已经获得丰收的土地，他没有了权力率众耕耘，只能改用文章，一粒一粒播撒理想的种子。历史让他由化学家成为教育家，现实再让他由教育家成为著作家，成为这本书中的首席作者。

同是名满天下的大作家，从贾平凹先生写给女儿的信和婚礼致辞，从“做好你的人，过好你的日子，然后你才是诗人”这句浅白而深刻的话中，可以看到贾浅浅的人与诗的一道健康成长，看到一线清澈浅流沿袭着前辈早先趟过的峡谷伸向远方，身后有大河奔流，还有一对遥望的深潭，那是父亲的身影和眼睛。

本书的很多作者都是我的朋友，或者说基本上都是我的朋友。他们用各种方式，从各个方面，精彩地描写了父子母女们的动人亲情。与用才华构筑的作品不同，这些文字都流自父母的精血、骨髓、眼泪，这眼泪当然也有忍不住笑出来的。这些作品的价值不在艺术，它不需要艺术，它将以艺术之外的另一种价值流传人世。这是一部永远的书，许多作者在写作时孩子还在襁褓之中，自己尚且英姿焕发，而今孩子早已长成当年的自己，老之将至的自己以颤抖的双手抚摩当年记下的文字，感慨何止万千百十。今年七十二岁的梁晓声，三十六岁时写下的这篇《父子深情》，重读时他们父子的深情已随年龄翻了一番，想来不仅是情深深，情深如海时兴许还会雨蒙蒙吧。

必须提到四封书信的作者金双江先生，他是这本书中的特例，不是作家，是会写作的思想家和冒险家，主业是北方开发旅游的实业家，新华社称他为“中国极限飞行狂人”。他的教育思想追随天马行空的刘道玉，他的传奇经历则像天才独行的刘维宁，小学省下午餐不吃，订阅令他痴迷的《航空知识》，中学不上学却能考上大学，大学和刘维宁一样不上课，却又能得到和刘道玉一样的伯乐校长恩准毕业。毕了业不服从分配下海创业，玩儿命地挣钱买各种飞行器，成为中国唯一既能跳伞和飞滑翔伞，也会驾驶三角翼飞机、固定翼飞机和直升飞机的飞行员，创造了中国单人驾驶时间最长、运动飞行器时间最长而且里程最远的纪录。曾于应邀访美时驾机在美国的上空纵横驰骋，也曾在中俄边界飞行误入俄境，引起俄罗斯安全总局照会中国国防部的一场国际事件。

这还没完，与本书更加有关的是儿子长大以后，远渡重洋，深造金融和经济之余，也学父亲酷爱的航空飞行。他从儿子身上看到了自己的青年时代，频传家书教子，如何坚韧顽强，如何择善为友，如何像驾驶飞机一样正确把握人生的方向，努力抵达理想的目标。“你可以在他（乔布斯）的书中寻找到他的灵魂的本质：‘活着，就是为了改变世界’”。

八月上东北，九月下江西，十月还将返乡竹溪，为大难不死的老父祝寿，十一月返京又有国际书展，旧雨新知相逢，转眼就到十二月，年内伏案的日子无几，遂将有关本书的一些具体事务，托付给了我信任的诗人芦荻。芦荻去年还叫芦笛，不幸被人夺了名字，情同老作家李准无奈更名。荻是一种近似芦苇的水草，只是不能够吹，如此也不见得不好。我请他也写一篇父与子，果然谦辞再三，颤巍巍被逼不过写了，原来也是好儿子，也有好故事。在同窗学子等待大学通知的无聊日子里，这根柔弱的小水草去做了风中的外卖小哥哥，其心亦壮，其情堪怜。

个个都是好父母，篇篇都是好文章，家家都有好儿女，也都有一本会念的经。

书已编成，同时增补的还有傅雷先生的《家书四封》，傅雷先生的家书蘸的是血，他对儿子的柔情让全人类肝肠寸断，人间竟有别类的肝肠，只因自己从小没有好的父亲，毋宁打碎一个世界，而向这样的父亲伸去屠手！

所幸的是那个噩梦般的时代已经过去，儿子们可以读书，父亲们也可以写信和写文章了。

2019年1月30日匆于北京竹影居

目录

儿子心中的那片海

关于儿子（两篇）

儿子是什么

致女儿（两篇）

女儿的十年

家学两篇

有女温馨

女儿趣事

萌动期的教育

文/贾平凹

致女儿（两篇）

在女儿婚礼上致辞

给两个孩子的三句话。

我27岁有了女儿，多少个艰辛和忙乱的日子里，总盼望着孩子长大，她就是长不大，但突然间她长大了，有了漂亮，有了健康，有了知识，今天又做了幸福的新娘！

我的前半生，写下了百十余部作品，而让我最温暖的也是牵肠挂肚和最有压力的作品就是贾浅。她诞生于爱，成长于爱中，是我的淘气，是我的贴心小棉袄，也是我的朋友。

我没有男孩，一直把她当男孩看，贾氏家族也一直把她当作希望之花。我是从困苦境域里一步步走过来的，我发誓不让我的孩子像我过去那样贫穷和坎坷，但要在“长安居大不易”，我要求她自强不息，又必须善良、宽容，二十多年里，我或许对她粗暴呵斥，或许对她无为而治，贾浅无疑是做到了这一点。

当年我的父亲为我而欣慰过，今天，贾浅也让我有了做父亲的欣慰。因此，我祝福我的孩子，也感谢我的孩子。

女大当嫁，这几年里，随着孩子的年龄增长，我和她的母亲对孩子越发感情复杂，一方面她将要离开我们，一方面迎接她的又是怎样的一个未来？

我们祈祷着她能受到爱神的光顾，觅寻到她的意中人，获得她应该有的幸福。终于，在今天，她寻到了，也是我们把她交给了一个优秀的俊朗的贾少龙！

我们两家大人都是从乡下来到城里，虽然一个原籍在陕北，一个原籍在陕南，偏偏都姓贾，这就是神的旨意，是天定的良缘。两个孩子都生活在富裕的年代，但他们没有染上浮华习气，成长于社会变型时期，他们依然纯真清明，他们是阳光的、进步的青年，他们的结合，以后的日子会快乐、灿烂！

在这庄严而热烈的婚礼上，作为父母，我们向两个孩子说三句话。

第一句，是一副老对联：一等人忠臣孝子，两件事读书耕田。做对国家有用的人，做对家庭有责任的人。好读书能受用一生，认真工作就一辈子有饭吃。

第二句，仍是一句老话："浴不必江海，要之去垢；马不必骐骥，要之善走。"做普通人，干正经事，可以爱小零钱，但必须有大胸怀。

第三句，还是老话：“心系一处。”在往后的岁月里，要创造、培养、磨合、建设、维护、完善你们自己的婚姻。

今天，我万分感激爱神的来临，她在天空星界，在江河大地，也在这大厅里，我祈求着她永远地关照着两个孩子！

我也万分感激从四面八方赶来参加婚礼的各行各业的亲戚朋友，在十几年、几十年的岁月中，你们曾经关注、支持、帮助过我的写作、身体和生活，你们是我最尊重和铭记的人，我也希望你们在以后的岁月里关照、爱护、提携两个孩子，我拜托大家，向大家鞠躬！

写给女儿的一封信

浅浅是我的女儿，从小就喜欢写诗，我只觉得好玩可爱，但从不鼓励她将来要当作家诗人。文坛上山高水远，风来雨去，人活得太累，并且我极不爱听文二代之说，这样的帽子很容易被戴上，既丑陋，又硌得脑袋疼。在二三十年里，我仅呵护她的上学、就业、结婚，指望着一切能安康平顺、岁月静美。等到她的两个孩子终于上小学了，家里没了零乱和嚣烦，有一日她送我烟酒还有几首诗，我才知道她其实还一直写诗，只是有的写在日历上，有的写在手机上，有的能念出来还没有写下来。

唉，诗这东西像种子一样，有土壤水分了就要拱土发芽、生叶抽枝的。我读了那些诗，觉得有意思，她说够不够发表水平，我说，就是够发表水平也不要发表，诗可以养人，不可以养家，安分过一般日子吧。

她是听我话的，生活得简单而安静，偶尔给我手机手发一首诗。我对她的诗越来越辅导不了，以我的爱好，总是回复一句好或是不好，建议她给她认识的几个诗人发去让人家看看。此后很久的时间，她不再发诗给我，或许她觉得我老打击她，或许也觉得我真的不懂诗。后来我所知道的，是一些朋友认为她写得还好，替她把一些诗稿投给杂志，竟受到肯定，有了许多赞许的话。

人真是奇怪，受了鼓励，就像火山爆发一样，虽然这火山上冰雪覆盖。这一点上她有点像我。

她现在已经不小了，说起来有父女的名分，实际上我是我，她是她，她早不崇拜我，我也无法控制她，何况诗是她的，与我毫不相关。她的诗在各种杂志上不断地发表，偶尔我读到了，也让我惊讶，她怎么有那么多的奇思妙想！那些句子是她这个年龄人的句子，是这个时代的句子，我是远远撵不上了，倒生出几多感叹和羡慕。

我曾经给许多人写过序，给许多书画展览、新书发布会站过位，而浅浅要做公开的诗人了，又出版第一本诗集，我却因别的事外出，不能到现场祝贺，就写几句话赠送给她。我要说的是，既然一颗苗子长出来了，就迎风而长，能长多高就多高，不要太急于结穗，麦子只有半尺高结穗，那穗就成了蝇头。

培养和聚积能量是最重要的，万不可张狂轻佻、投机迎合，警惕概念化、形式化，更不能早早定格，形成硬壳。作家诗人是一生的事，长跑才开始，这时候两侧人说好说坏都不必太在心，要不断向前，无限向前。

最后，我还要说：做好你的人，过好你的日子，然后你才是诗人。

文/刘庆邦

儿子是什么

朋友约我写一篇散文，妻子说："写写你儿子吧。"妻子的心思我明白，儿子让我们操心太多，受的折磨太多，仿佛写写儿子就可以对我们付出的代价作一个小结，长出一口气似的。这当然不能排除妻子对儿子的爱，她在心平气和的时候曾对我说过，不论什么东西，你为它付出得越多，和它的联系就越紧密，就倍加爱惜它。

我知道妻子指的是儿子。我答应写儿子，可那次没有写，我觉得写儿子是一件不大容易的事，起码不是一件轻松的事。

近日又有朋友约我写散文，对妻子提及时，被儿子听到了，儿子说："爸，写写我吧。"妻子马上不友好地说："你有什么可写的，你还不够惹我生气的呢！"

儿子就不吱声了。

怀儿子时，妻子凭感觉就断定是一个儿子，生出来果然是一个儿子。当时我们好像得到了最终结果，高兴的心情是无法形容的。哺乳期间，厂里没有哺乳室，妻子骑车回家给儿子喂奶。从厂里到家差不多有二十里，这样，妻子除了干活，每天还要来回骑车赶将近百里地的路程，所受的辛劳可想而知。儿子能上幼儿园时，每天就是我接送他了。自行车后座上绑一个小椅子，我坐前，他坐后，很像一只老猴驮着一只小猴。

有一次带儿子回家，半路上下起了大雨，我对儿子说：

“咱们是男子汉，下雨咱不怕！”儿子为了表现得够坚强，故意仰着脸让雨淋他，说：“哼，女子汉才怕下雨呢！”儿子会联想了，他的话让我觉得十分好笑。说实在话，儿子在上学以前，我和妻子并没觉得太费心，儿子长得结实，不怎么生病，也不大爱哭，虽然我们身体累一些，但一看到儿子胖乎乎的笑脸和被虫吃过的豁牙子，疲劳就消除了一半。

儿子上学以后让人劳神的程度是我们夫妻俩没有料到的，他对读书没有兴趣，一见作业就显得很焦躁，而且自制力很差，写作业时人一不在跟前，他随便抓到一件东西就玩上了。没有办法，我或者妻子就天天陪他做作业。有时作业多，他写多晚，我们也陪到多晚。他在家做的作业有我们来检查，一般不会出错。可他在课堂上做的作业和测验做的篇子往往得分很少。老师在卷首批上倒数第几名，让儿子拿回来让我签字。

每看到老师的批示，我心里就很难受，觉得“倒数”这两个字非常刺目。但我从没有对老师的批示提出异议，老师的意思大概就是要刺激一下学生和他的家长，还有，你儿子的得分排名倒数起来方便，这不能怪老师。于是每次签字都顺着老师的意思，对儿子提出雪上加霜的责难。

有一回，老师要他把一张做得很糟的篇子拿回家让家长签字，他自己把他妈妈的名字签上了。老师发现后，派儿子的同学把篇子送到我家。我妻子一见，顿时火冒三丈，责问儿子为什么这样，为什么弄虚作假。儿子说，他是怕妈妈看见生气。妻子说，你知道怕我生气，就应该把学习搞好，你这么干我就不生气了？……妻子说着，揪过儿子就揍。犹不解气，从厨房拿来笤帚，用笤帚把在儿子的屁股上一阵狠抽，儿子越嚷“妈妈别打了”，她打得越厉害，打累了才住手。

儿子哭着改完错题，睡着了。妻子掀开被子扒开儿子的裤衩一看，儿子的整个屁股都成了紫茄子。妻子怕我看见心疼，赶紧给儿子盖上了。当晚，妻子长吁短叹，很久不能入睡。

儿子上三年级时，老师说我儿子如果再不好好学习，就要蹲班。儿子蹲班，这是我不愿意接受的。我的毛病就出在常常不自觉地拿自己代替儿子，我在校时学习成绩一直名列前茅，总认为蹲班是丢脸的事。我对老师说，我一定抓紧辅导他。每天下班后，我挂心的第一件事就是儿子的作业。见到儿子，先要他把记作业本拿出来，按照记作业本列的项目，马上一项一项开始写。有时儿子不能按时回来，我就下楼去等。等不到，我就到学校去了。来到儿子的教室门口，如果是教室的门没锁，就断定儿子在里面写作业。这些作业大多是老师罚他写的，比如把某篇课文抄五遍或者抄十遍等。

遇到这种情况，我就悄悄退走，到学校门外去等儿子。不进教室是因为我不愿见到老师，老师找家长谈话把我谈怕了，见儿子的老师实在是我的一个很重的精神负担。可是，我时常问儿子：老师要我去了吗？儿子说没有，我还提出疑问：真的吗？不会吧？好像很热衷于老师召我去谈话似的。谈话真的来了，一天前我就很闹心，明知谈话没什么了不起，心里仍忐忑不安。老师找我谈话，我一般不说什么，听凭老师发落。我担心稍有出言不逊，惹得老师不高兴，老师会迁怒于我的儿子。

有一次我实在忍不住了，就对老师说，哪一个孩子不愿学习好呢！其实学习不好的孩子是很可怜的，学生凭的是学习，学习不好就失去了自信，就处处受瘪。同样一件事情，放在学习成绩好的孩子身上没什么，放在学习不好的孩子身上就成了过错。学习好的孩子也常常愿意欺负一下学习不好的孩子。乞请老师不要太伤孩子的自尊心，学习不行，我们还要从人格上培养他，长大了他还要做人。大概我说得很动感情，老师没有计较，原谅我了。

开家长会也是让我打怵的事。坐在儿子的座位上，听老师点名批评我儿子，我深感无地自容。别管怎样，我觉得自己还是一个要强的人，工作上宁可自己吃苦受累，也不愿听人说半个不字。到这里我一点脾气也没有了，变得比儿子还儿子。我想到过受刑这个词儿，儿子是你的，为了儿子，你不受刑谁受刑呢！

尽管我为儿子的学习费了很多心血，儿子期末的考试成绩还是不好，有一门才得了59分。这就是说，儿子蹲班是肯定了。我没有打儿子，也没埋怨儿子，只是觉得心力交瘁，想躺在儿子的床上睡一会儿。躺在床上，我突然觉得有些伤感，就哭了。当我听见自己很难听的哭声时，就再也控制不住自己，哭得更加悲痛和绝望。妻子没有安慰我，她表示对我很失望，说以后再也不让我管儿子了，儿子的一切都由她负责。遗憾的是，我的悲痛也没有对儿子造成震动，他问他妈："我爸怎么了？"儿子的话让我更加伤心。

我们夫妻一直很好，有一次却为儿子的事打了架。妻子是个急性子，她辅导儿子学习老是爱着急，还常动手打儿子。我说这样不行，越是强迫他，他对学习越是没有兴趣。妻子埋怨我不配合她，说都是我把儿子惯坏了。我让她滚开，动手拉她。她不滚，结果我俩就打起来了。我下手很重。她也不示弱，抓起一个折叠凳冲我砸过来，结果砸在墙角上了，把墙角砸了个大豁子。

有一段时间，公众舆论一致谴责夏菲母亲打死夏菲的事，我妻子有不同看法，她认为社会对我们这一代人缺少理解和同情，她打算写一篇文章，以自己的体会，谈谈夏菲母亲的苦处。我和妻子分别是六七届和六八届初中毕业生，大学梦一直萦绕在我们心头。我们清楚，要把梦变成现实是不可能了，只有把希望寄托在孩子身上。眼瞅着孩子不争气，不上进，连一点上学的基础和苗头都没有，而我们又不甘心就此罢休，这对我们本来已经很脆弱的心无疑是月月复年年的痛苦煎熬。妻子的文章还没有写出来，夏菲的母亲就在监狱里自杀了。妻子对夏菲母亲的死好像早就料到了，她说，干脆我也死了算了，我死了，你儿子也许就懂事了！我说，开什么玩笑，你说这话太不负责任！

回想起来，儿子对我们的折磨在他出生前就开始了。七十年代末，我妻子是怀着六个月的身孕从矿区调到北京来的。北京方面的领导说没有生育指标，就动员妻子做了引产手术。产下来的是个男孩。据妻子说，孩子产下来时还活着，也好像还听见了一声啼哭。我到医院看妻子，妻子一把抓住我的手，眼泪就涌流不止，说："庆邦，我不想活了！"护士把一个发黄的小尸体交给我，以讥笑的口吻对我说："给，你儿子！"我理解这是护士故意惩罚我，我愿意接受这种惩罚，就借了一张锨，把小尸体深埋在医院一角的一棵树下了。

后来我到那里看过，树没有了，长树的地方打上了水泥地坪，按古老的说法，这孩子是永世不得翻身了。这件事给我和妻子精神上留下了深深的创伤，妻子打定主意，不管男孩女孩，一定要再生一个，否则她就没法活。于是就有了我们现在这个儿子。因为我们已有了一个女儿，儿子属于超计划生育，既然是超计划生育，我们所承受的压力和磨难，以及所付出的代价，就可想而知了。

这么说来，儿子的出生是完全为了我们自己，是为了弥补什么，是一种自私行为。儿子对他的出生没有选择的自由，也不应负任何责任。一切毛病都出在我们自己身上，我们为儿子付出得太多，就自觉不自觉地想从儿子身上讨回点什么。我们对儿子的期望值太高，是我们把儿子害苦了。

幸好，见过我儿子的人都说我儿子很可爱。儿子生得端正、英武，性情也很善良。我常见儿子陪着电视上的人流眼泪。电视上一出现残忍和要命的画面，儿子总是把眼捂起来，或赶紧躲在妈妈身后。就连老师也承认我儿子没有坏心眼，能够善待同学和老师。

今年春天，王安忆在北京写小说期间，有天晚上到我家看电视，我儿子对她非常友好和热情，坐在她身边，喋喋不休地说这说那，挺卖弄的。王安忆极有耐心地陪儿子聊。王安忆十多天没有看电视了，本要过一下看电视瘾的，儿子把她干扰得连电视也看不成了。妻子对他说："别说话了，让阿姨看电视！"王安忆说："没关系的。你们平常是不是不怎么搭理他？"妻子说："是不怎么搭理他。"王安忆说："你儿子挺好的，你们不要太压迫他。"

我们压迫他了吗？我们确实压迫他了。

我开始平等地思考儿子的处境，思考儿子究竟是什么。儿子从他一出生，就是一种独立的生命形态和生命存在，就开始他漫长而短暂的生命过程。他现在是儿子的儿子，将来是儿子的父亲。他和人类世界的任何一个人一样，都是平等的。别人不应强加给他什么，也不应要求他为自己承载什么。

中国有句俗话：儿孙自有儿孙福。我理解这句话的本义是：人生在世，各有各的路，各有各的生命历程，各有各的气运，谁也代替不了谁，因而谁也不必为谁担忧什么。

我们把有些问题稍稍想通了，并不意味着可以把责任推卸掉，如同我和儿子的关系不可更改一样，儿子的喜怒哀乐恐怕要伴随我一辈子。

我想这也是我们两口子的福分。

文/刘道玉

萌动期的教育

教育学上已有共识，一个人能否成为杰出人才，关键是要抓好幼儿的早期教育，那种“成熟优势发展观”早已过时，幼儿智力开发上的等待主义也是有害的。德国乡村牧师卡尔·威特是世界儿童早期教育的鼻祖，他是第一个以实证方法证明早期教育对于培养天才是极为重要的。他认为：“孩子是天才还是庸才，不是由天赋和遗传决定的，而是由出生后的早期教育决定的。对儿童的教育必须与儿童智力曙光的出现同时开始，尽可能早、尽可能多、尽可能正确地早期开发孩子的智力，这样的孩子就能成为天才。”

卡尔·威特的教育观得了大量的实例证明，他的儿子小卡尔·威特就是一个早期教育成功的典范。他说自己的儿子并非天赋异禀，甚至有点痴呆，但他及时施以早期教育，很小的时候学会了法语、意大利语，9 岁自己阅读《荷马史诗》，10 岁上大学，15 岁获得博士学位，23 岁当上了哈雷大学的教授，成为名震一时的天才学者。德国数学家卡尔·弗里德里希·高斯被称为数学家之王，他在说话之前已经会计算了，童年显示出很高的数学才能，小学三年级时，老师出了一道 1+2+3……+100 的累进加法算题，当其他同学都还在埋头计算时，他瞬间在黑板上写出了 5050 的得数，因为他发明了首尾级数差的算法。他的数学成就遍及各个领域，如数论、代数学、微分几何、非欧几里得几何、超几何级数、复变函数论、椭圆方式数论等，先后有 155 种数学专著出版。有人形容说，19 世纪数学是一条河，而其源头就是高斯。

其他早慧的天才多得不胜枚举，如瑞士天才数学家莱昂哈德·欧拉，父亲希望他成为一名牧师，而他自幼喜欢数学，不满 10 岁开始自学代数，13 岁上大学，15 岁获得巴塞尔大学学士学位，28 岁获得硕士学位。他与阿基米德、牛顿、高斯并称为世界数学四杰。他先后长期在俄罗斯和德国科学院任职，双眼相继失明，在黑暗中研究数学 17 年，共出版数学论著 886 本（篇），他获得了所有人的老师的尊称，令无数人敬仰。另外，世界华裔第一位天才数学家陶哲轩，31 岁获得了菲尔兹奖；计算机之父冯·诺依曼 6 岁心算 8 位数，8 岁学习微积分，掌握 7 种语言，是 20 世纪一位全才；美国人类学巨擘阿尔弗雷德·克罗伯 16 岁考上哥伦比亚大学，师从博厄斯，是博厄斯学派的代表人物，共出版 532 种学术著作，等等。这些人都是早慧天才，也是儿童早期教育的成功典型，他们从不同的角度证明了卡尔·威特的教育观的正确性。

但是，我宁愿以“智力萌动”代替卡尔·威特的“智力曙光”，因为萌动是动词，是生命的象征，是生命诞生前创造性的躁动。萌动一词，最早出自《礼记·月令》：“孟春之月，是月也。天气下降，地气上腾，天地合同，草木萌动。”南朝宋谢庄在《郊庙歌辞宋明堂歌之四》中曰：“萌动达，万品新，润无际，泽无艮。”总之，萌动是一个蕴意十分丰富积极的词汇，比喻一个新的生命诞生，一个新的创意迸发而出，含有创新和创造的效果。

每年春回大地，万物复苏，一切生命都在蠢蠢欲动，山涧的竹笋破土而出，稚嫩松枝从岩石缝挺拔向上，地层下冬眠的昆虫或是寄生卵也都复苏或破茧而出，显示出勃勃的生命活力。人是万物灵长，具有思维能力就是最明显的特征。人的思维和智慧都源于大脑，因此大脑的发育尤其重要，我们可以把幼儿大脑发育分为萌动期（0到2岁）、关键期（3到6岁）和发展期（7岁以后），而天才的成长就在于是否抓住了智力萌动期的开发。这项开发必须由家庭教育承担，而非学校的教育。《欧孟仪型》是清末吴嘉猷的一幅名画，展示的是欧阳修母亲和孟子母亲教子的画卷。孟母仉氏和欧母郑氏，在那个时代不可能有很高的文化，既然她们能够把儿子培养成为圣人和唐宋八大家的大文豪，那么现代的知识女性，也是能够培养出一批旷世天才来的。

什么是智力的萌动期？又怎么发现幼儿智力的萌动呢？根据我们夫妇教育儿子的经验，认为幼儿智力萌动是在他（或她）欲要说话和蹒跚学步之始，年龄大约是 1 岁到 2 岁。当然，由于每一个幼儿发育迟早不同，说话和走路的先后也有所不同。我之所以把说话和走路之始视为智力萌动，这是因为人之所以成为万物之灵的最重要的标志，就是语言和直立行走，这是人类进化过程中最伟大的创造，如果不能越过这个坎儿，人就不能成为“智人”。我们试想一下，当幼儿意欲说话和走路之初，内心该是多么大的萌动，这就是质的飞跃，抓好这个萌动期就是早期教育最重要的环节，所以卡尔·威特才说要尽可能早、尽可能多和尽可能正确地进行早期教育，这也就是后期能否成为天才的根本区别。

我们的儿子刘维宁，是我在苏联留学时出生的，因而起了一个颇具革命蕴意的名字（维护列宁主义路线之意）。他并不是天生之才，恰恰他 7 岁多才上小学，这是学习苏联造成的恶果，因为苏联与欧美不同，7 周岁才开始接受学校的教育。但是，儿子的蒙育从诞生以后就开始了，他妈妈刘高伟是我大学同班同学，由于我不在她身边，一个人既要肩负有机化学的教学任务，又要养育儿子，真是辛苦了她。她虽然没有学过早期教育的著作，但她有望子成龙的本能欲望。儿子刚好是 1 岁时开始说话，几乎同时也开始蹒跚学步，于是她全神贯注地对儿子进行早期教育。儿子性格特别安静，从不哭闹，左右邻居都不知道我们家中有个男婴，这是对他早期教育最好的先决条件。

我们耐心给儿子念小人书、讲故事，教他认字，要他复述故事的内容。儿子的悟性很高，记忆力也很强，后来他自己看小人书、连环画，再后来他自己看《中国少年画报》《十万个为什么》等。到了4岁多的时候他能够看《西游记》《水浒传》，同时学会使用《新华小字典》。早期教育，使儿子养成了爱书、爱读书和自学的习惯，培育了他的好奇心、独立思考和联想思维能力。他的阅读十分广泛，古今中外。政治经济、天文地理、名人传记无所不涉，无论何时何地，他都能够迅速地进入情不自禁的读书境界。

刘维宁是由初中破格考上武汉大学的，他仅仅只用40天的时间，自学完了高中三年的全部课程，说明他的自学能力、记忆力都很强，具有很高的悟性。进入大学后，他基本上不上课，全部课程都是自学，可以说是大考大玩，小考小玩，学得极为轻松自如。他大学三年级又考取了中美物理联合研究生考试，不到19岁赴美国深造，25岁获得号称美国南方哈佛——赖斯大学空间物理博士学位。他后来被加拿大国家航天局聘任，是该局第一位5级科学家（最高），也是加拿大全国最年轻的5级科学家。他曾经担任国际空间物理学会委员、副主席和主席，还兼任10多个国家学术机构的领导职务。2012年被中国以“千人计划”引进回国，担任中国科学院空间中心“夸父卫星”项目首席科学家，这是一个国际合作项目，由于各国经费不能落实，所以项目没有启动。现在又将成立国际子午线圈研究项目，仍然聘请他担任首席科学家。

刘维宁是空间物理学家，但他却通晓多门学科，例如他创作了多部中英文中长篇小说，他被英国时尚杂志 *Richmond* 聘请为专栏评论家，写了 10 多篇评论。1994 年他心血来潮，尝试性地参加了美国 GMAT（经济企业管理研究生入学考试），结果获得 740 分（满分是 800 分），从概率上说，只有 2%的考生能够达到这个标准。他被哈佛大学、芝加哥大学、斯坦福大学等 5 所顶尖大学录取为工商博士研究生。但是，他只是为了好玩，而并非要弃理学经济管理，这个成绩却显示了他的学习能力已经达到“通”的境界，也就是“一通百通”的道理。

现在，他在从事空间物理学研究的同时，还涉足其他多个领域，如智能建筑设计、文学创作、化学机器人设计材料、时尚评论和重大开发项目策划等。他精力充沛，自学能力极强，悟性非常之高，阅读广泛，记忆力过目不忘，他甚至到了要风得风、要雨得雨的地步。他何以能够做到这一切呢？这要源于智力萌动对他的早期教育，使他养成了好奇心和融会贯通的能力，使他不仅能够知其然，还能知其所以然，进而达到知其超然的境界，这也就是国外早几个世纪出现的许多全才一样。可惜的是，我国过度专业化的教育却扼杀了许多准全才。我国新时代需要天才，也需要全才，培养这样的人需要抓好智力萌动期的教育，希望我国为人父母者，义不容辞地担负起自己的责任！

文/刘醒龙

家学两篇

长角的都不是食肉动物

女儿你好，前些时，你想读描写战争的书，爸爸只向你推荐获诺贝尔文学奖的白俄罗斯女作家阿列克谢耶维奇的《战争中没有女性》。这倒不是因为你正在上高三，不肯过多耽搁你的学习时间。天下父母和他们的孩子，都要面对如同青春作战一般的高考，虽然，家里免不了会同其他家庭那样偶尔冒出些许战火来，于心里是真的不想将年少时的学习弄得像是如临大敌，仿佛不是鱼死，就是网破。上好的大学重要，上适合自己的大学更加紧要。读书也是这样，读好书重要，读适合自己的书更加紧要。古今中外，写战争的书多如牛毛，中国古典文学四大名著，有两部半是写战争的，更别说后来兴起的好莱坞电影，那些集合在英雄名义下的作品，可以用精彩来形容，也可以用精妙来评价。爸爸觉得，适合自己女儿阅读的必须认真考虑精神二字。

那天晚上，你上完晚自习回来，与爸爸妈妈聊起这本书。

在我们的阅读过程中，最受震撼的是书中那些体重只有四十公斤的娇小的女护士，居然能够将体重超过一百公斤的重伤员从炮火纷飞的战壕中背回到后方救护站。二十世纪八十年代，这本书刚出版时，爸爸就上书店买回来一本。你看的就是最早翻译过来的版本。书中几位女护士回忆“二战”时的卫国战争情境，部队里的男人都要拿枪去最前线，战场上的救护任务全由女人来承担，而且一个连只能配属一到两名，最多不超过三名女护士，一场大战持续多时，受伤的士兵不是一名两名，而是整班整排甚至是大半个连队。战后几十年，她们已经完全无法理解自己当时哪来那么大的力气，将那么多的战友一个一个地背回来进行救治。读到这里时，爸爸整个人趴在桌子上，感动得都抬不起头来。一代人有一代人的深刻，一代人有一代人的感怀。我们自然很想了解与自身有着血脉联系的儿女，与自己的区别在哪里。

作为二十一世纪元年的孩子，你的答案却更让我们惊讶！你说你最感动的是，一群被囚禁在纳粹战俘营里的苏联女兵，在不见天日的房子里待了很久之后，遇到房顶被大风刮破一个洞的机会。女兵们就搭起人梯，让个子最小的女兵站到最上面，透过难得的天窗，看看久违的外部世界是什么样子。最上面的小个子女兵探出身子后，只顾哭泣，无法告诉托起她的女兵们自己看到了什么。直到从人梯上下来，平静一些了，小个子女兵才告诉大家，自己从窟窿里看到房顶上长着一朵小花！这群被纳粹俘虏的苏联女兵顿时高兴得又唱又跳。书中情节我们当然知道，我们震撼的是你轻轻叙述这些时，几度哽咽得讲不下去和无论如何也抑制不住的热泪！人的一生智商与智慧当然是很重要的天赋资本，可是人这一辈子，真正引领生命的是情怀！唯有美丽的情怀，才可以使得生命在任何环境中都能发现自身的珍奇宝贵！一代人有一代人的经典，一代人有一代的感动。还可以说，一代人有一代的笑点，一代人有一代人的泪点。

实际上，在你更小的时候，特别是那些个被缠着要没完没了讲故事，不讲到让你心满意足就不肯睡觉的夜里，爸爸曾经给你讲过这个故事，还记得在调得最暗的电灯光下，你的小眼睛眨了几下，然后轻轻地像小大人一样啊了一声，并没有像我讲过的别的故事那样追根究底。近些年来，有句俗语很流行：别将村长不当干部。这句俗话并不是指，按行政条例，只设置有村委会主任，而没有村长这一说。村长是日常生活中，大家习惯性地用来替代村主任的俗称。别将村长不当干部这话的本义，一方面是提醒人们，村长手里也管着少则几百人，多则一两千人的事；另一方面是在告诫世人，那些小到不能再小的人和事，才是这个世界的本质。就一个人来看，能将看上去很大的事物分解成自己可感可知的小模样，比如那些苏联女兵，将惨烈的保家卫国的战争，量化到一朵屋顶上的小花，正是将不可知的命运，转化为自身能够把握的小事。由此寓意美在哪里，好在哪里，人过着日子的真正意义又在哪里！所以，爸爸妈妈特别开心地看到你的青春中有着不一样的感动，就像苏联女兵看到那朵小花，而你看到了那些因为小花而产生的欣喜。

人类还是从来的人类，战争还是那场战争，这是命运，也是未来。比如这个故事，我们这些阅读者，是“二战”中的苏联女兵的未来，而孩子又是我们的未来。一样的命运，不一样的未来，如此构成也是一种命运。

阿列克谢耶维奇的这部作品，最初翻译的书名为《战争中没有女性》，后来获得诺贝尔文学奖，重新出版时，书名被改为《战争的面貌不是女性的》。有一阵子，爸爸特别不能理解，之前的译名多么好，还曾由此产生诸如“战争让女人走开”等一些仿效的书名，为何还要改来改去。在你说出自己最为感动的情节之后，我想明白了，之所以这么改，是未来的需要，前面的翻译毫无疑问是在体现生命极限在哪里，后来的翻译意在人性的品质不可颠覆。

爸爸妈妈天天盼着你长大，天天在做你已经长大的准备，当你真的长大，天天早上大模大样地出门，天天晚上大模大样地回家，爸爸妈妈还是觉得不知什么地方还没有准备好，还在那里将你当成小女孩那样一刻也不敢走眼地牵挂。甚至过了好久还在回想，你是不是真的与那朵小花相遇过?

生命极限体现命运的东西多一些，人性品质更多着意于未来。具体到不同时期的人，在苦水里泡大的人对命运体会更深，与命运相处时更加坦然。那些不愁吃、不愁穿的人更在意未来。

在你为纳粹战俘营的房顶上那朵小花落泪后不久，爸爸妈妈因为你的一件小事也落泪了。

都知道高三年级学习任务繁重，那天周末放假回家，你挺意外地找妈妈要缝衣针。拿到缝衣针的你在自己的房间里安静地待着，与平日里专心写家庭作业的模样毫无二致。当爸爸妈妈最终发现，你手里拿着的不是笔而是缝衣针，你面前铺开的不是课本而是一件穿着太久而磨破的牛仔裤，你正在做的不是高考模拟试卷，而是将从另一条旧牛仔裤上剪下来的和试卷差不多大小的布块，一针一线地缝补成这条牛仔裤上的补丁！那一刻，爸爸妈妈的眼眶都湿润了，嘴上说，若是让奶奶知道这事，看到自己的孙女衣服破了还要自己补着穿，一定会心疼地责骂我们。在心里，爸爸妈妈从未如此开心，因为你亲手缝补的这个补丁，远比一次考试所得的高分满分更为重要！你穿着的这条亲手缝补好的破旧裤子，也远远胜过你作为“00后”作者，率先在中国最高级别的文学杂志《人民文学》上发表的那些作品！不懂得珍惜的人是长不大的，不懂得朴素的人也是长不大的，不懂得如何对待个人生活的人也是长不大的。

长角的都不是食肉动物，开花的成不了栋梁之材。亲爱的刘晚，有你这十七岁时对一朵小花的情怀，有你这十七岁时无师自通缝好的一块补丁，爸爸妈妈相信，十八岁的你会将自己的人生活出全新的境界。

爸　爸

二〇一八年一月三十一日于万松园临时居所

开花的成不了栋梁之材

儿子本届博士毕业，作为父亲，有机会来到校园看着孩子完成学业，自然会像别的家长一样高兴。前两天见到儿子穿博士生红袍时，情不自禁地自斟自饮了两杯。在此我就不说高兴了，而说说感怀。在我家，最疼爱儿子的不是我，而是我的父亲，儿子的爷爷。儿子考上大学时老人家喜出望外。读硕士时老人家去世。又升为博士生后，儿子专程到老人家的墓前说给老人家知道。他爷爷酒量奇好，但生前极少沾酒，得知孙子也像书香人家的孩子读书读成了博士，老人家一定会在天国邀上三五老友，喝成不醉不归。在大学说这类话有点不合适。我的意思是孩子们每一点成长，天上地下，不知有多少人在关注。那些看上去无法再关心的先祖，实际上，还在以量子纠缠的方式起作用。不会因为看不到，也摸不着就不存在。我在乱用奇特的量子物理现象以表达一位家长此刻的心情。人和人之间的血脉传承，可否与量子一样，不曾与祖先见过面，还能涌动千年不断的心潮？从历史和现实的意义上讲，毕业一方面是现实的要求；另一方面本身就是这股前不见源头，后不见尽头的血脉纠缠。

作为孩子的父亲，向手把手培养他的导师和其他师长当面致谢，是我多年的念想。过去三十年，儿子一天天从少年而青年。在珞珈山下求学，春秋三度，身上才有了读书人气质。我家是老黄冈人，刚出版的长篇小说《黄冈秘卷》，写黄冈人不只是铁血，更有人所忽视的贤良方正。二十世纪初，如果也有精准扶贫，我家肯定排名在前。我的爷爷只上过一年半私塾，儿子的爷爷只上过一年私塾，我自己也只是“文革”后的高中生，用老人们的话说，只相当于读三年私塾。我们这一辈智力都不差，却只有儿子的小姑姑考上长沙铁道学院。我自己当工人用业余时间写小说，一路走下来，比一般上过大学的同行辛苦十倍不止。儿子的爷爷生前最大愿望是让绽开在我家的书香传承下去。儿子考上博士生，入导师门下，我都来不及开心，便开始担心，学业如何立，学问如何做，如何才能不辱师门？有时候很想与导师私下交流一下，看看儿子到底学成什么样子，又怕自己的轻率打扰导师教导。前些时，儿子报喜说答辩通过了，我心里还留有余地。直到导师邀请我参加毕业典礼，才相信孩子并非报喜不报忧。俄语我一句没学会，俄罗斯文学还略知一二。儿子最初的译作我不甚满意，三年光景下来，再看他的译作，不由得暗暗称道。在心里猜度，能用三年岁月将青涩学子养成学术模样，指点迷津的导师功力该是何等了得！寻蜂收取野蜜，随鹭可采嘉莲。面对引路人，说声谢谢难以表达全部心情，又只有谢谢二字才符合家长的心情，也不涉嫌时下的纪律规矩。在此，我向外语学院的全体老师和莅临典礼的嘉宾鞠躬致意。

作为父亲，哪怕孩子已博士学成，还要叮嘱几句。去年此时，我正在可可西里。那天，一位随行记者忽然说，刘老师，你应当是将万里长江从头走到尾的第一位作家。同行的人一琢磨，还真的如此，从屈原到李杜到当代同行，文学史之前的确无人走完长江全程。话是这么说，心里总觉得哪里不对。行走到索南达杰保护站，手机信号还是满格，才明白过来。人在当前，只要有愿望和资金，行走长江写写才华文章，已不是难题。而在唐宋明清却是如登天一样不可能的事。不说中下游，就是让人闻之色变的可可西里，黑色公路比校园外的八一路还好，让人在天堑面前也有如履平地的气概。沿途但凡见到牧民房子与毡房，必定会有太阳能电池板环绕在四周。人口稍多一些的城市就会有过去只有成都才有的高压氧舱。没有国家的巨大进步，仅仅是可可西里一地，就是无法克服的。仅仅这一处的险阻，就会使我不可能走完长江全程。人需要才华，人的成功看上去是仰仗才华，如果脱离身处的家国，才华就会沦为人生空谈。儿子能顺利做到博士生毕业，背后支撑的妻子和女儿，还有其他家人，也是不可或缺的关键因素。人可以恃才，切不可傲物。才是自己的，物是外部的给予。轻看或者无视，失去有力支撑的才华，只是天上云霞，中看不中用。一个取得通常意义上成功的人，在家一定要是好儿女、好夫妻、好父母，在国一定要是守护者和建设者。爱我们的家国，是有志者的不二选择。一个在通常意义上的普通人，也只有身为好儿女、好夫妻、好父母，才可以成为与天下相通的普通人。

长角的都不是食肉动物，开花的成不了栋梁之材。在家里我常与儿子说这两句话。希望儿子和各位同学，不管将来做何事业，一定要有格局，做不到事业伟大，也要情怀阔大。在我小的时候，我的爷爷曾不厌其烦地在我面前提及，说老家黄冈一带，历史上从没有出过奸臣。老人的话，看上去对小孩子不起作用。其实，这话早已像种子一样，在心里留下来。季节一到，就会生根发芽开花结果。爷爷对我说的这话，重要的不是结果，而是这话所要表达的东西背后的过程，是黄冈一带为什么不会出奸臣。是我们在面对纷杂世事时如何才能不受奸佞的影响。与奸臣对应的词叫作忠良。有好些年了，人们越来越少用这个词语。人们不用它并非表明它没有用了，过时了。任何时候，有没有忠良之心，是做人的重要指标。在技术高度发达的时期，忠良二字的用处，比高端技术本身更应当受到每个人的重视。忠良二字所体现的价值，也不会因为哪些字词不常用了而彻底贬失。我们这代人，最远到达天涯海角，同学们的理想比火星还远。去的地方越远，越要记住东湖边，珞珈山下，开满樱花桂花，铺满枫叶的武汉大学校园，是你们忠良人生的再造之地。

祝福各位师长！祝福各位同学！

二〇一八年六月二十一日

文/温亚军

有女温馨

女儿还没出生，我们就给她起好了名字：温馨。当时还不知道是男是女，也没考虑生个男孩叫这名字合不合适。反正，认定了我们的孩子就叫温馨。

1993年10月25日凌晨4时08分，女儿温馨来到这个世界，她的眼睛很大，继承了我唯一的优点，并且发扬光大。她的哭声也异常嘹亮，这一点都不像我，我从小到大非常安静。果然，女儿特别能哭，她除睡觉能安静一阵外，其余时间基本上是在哭声中度过的。她哭得特别有耐心，饿了哭，吃饱了也哭，在吃奶的间隙也得抓紧时间哭两声。当时，江南下着缠绵的秋雨，从新疆赶过来的我，面对秋夜雨声中混合着女儿的哭声，不知所措。幸亏，有岳父岳母顶着，不然，我们夫妻可真不知该怎么办才好。

温馨在江西的外婆家长到快两岁时，随军到新疆乌鲁木齐，与我们在一起生活了。那个时候，我职务低分不上房子，在乌鲁木齐六道湾租了一间民房，是那种土坯平房，没有暖气，冬天必须生炉子，煤灰时常弥漫着整个屋子，我觉得很对不起妻女，可总算安下了家。那时，温馨还不懂房子的重要性，她天性活泼好动，看上去无忧无虑，与愁眉苦脸的我形成鲜明的对比。我一直是个心事重重的人，在冰窖似的乌鲁木齐，忍受着零下 20 多度的寒冷，每天奔波在单位与租住的家之间，身心疲惫。在争取房子的事上，我到处求人，被人家拒之门外，受尽了屈辱，曾在乌鲁木齐冬夜的大街上，一个人冒着雪花，默默地流泪。但一回到生着火炉的出租屋里，温馨欢快地迎上来，扑进我怀里，会让我忘记一切艰难和不快，心里像温馨这个词似的，慢慢暖和起来。

后来，我几经周折，搬来搬去，终于努力到一间楼房，是与别人合住，人家住两间，我住一间，带阳台的。终于有了一间不用生炉子煤灰到处飞的家了，那种幸福感至今历历在目。在这个家里，我感受到了温馨带来的许多乐趣。温馨有许多的问题和好奇心，她好动，跑来跑去，根本不觉着累。只要我出门，她一定要跟上，只要可能，我总是带上她去参加活动。真正享受到女儿的快乐，还是在家里。温馨不爱睡午觉，刚上幼儿园时，中午必须睡觉，温馨在老师的监督下躺在床上装睡，回到家对我们说，她长大要当幼儿园老师，一定不叫小朋友们睡午觉。看来，睡午觉对温馨来说是很痛苦的。我过去有睡午觉的习惯，逢节假日温馨不上幼儿园时，她见我睡觉了，绝不吵闹，把电视声音开到最小，一个人静静地看，或者看书，还经常小心地给我盖被子，真叫我感动。但温馨也有另外一面，她性格倔强，脾气很大，这有点像我，温馨除偶尔会闹别扭、哭闹外，她还是很听话的。再就是，温馨从不记仇。有时我心情不好，给她发通脾气，过一会儿我还后悔着，她已经不记恨了。温馨是个懂事的孩子，从上幼儿园，到小学，学习态度很积极，可看上去她并不怎么用心，但一学就会。

温馨在乌鲁木齐刚上小学一年级，我突然被借调到北京。上一年级的小温馨，学会了几个字，竟然给我写信，在信中懂事地给我说她的学习，主要还是问我什么时候才能回去。时隔不久，我正式调到北京，回去办手续时，温馨对我说，能不能不去北京，她不愿与同学分开。我对自己的命运做不了主，只能对女儿说，你暂时不用去北京，那里没地方住，爸爸还住着办公室的折叠床呢。再说，转学也是很麻烦的。

2002年初，单位统一办理小孩转学，我给温馨报了名。那时，我调到北京快一年了，妻子女儿的户口已经随军进京，孩子转学越早越好，否则，学习会跟不上。接到转学考试的通知后，我乘飞机赶到乌鲁木齐搬家。把妻子女儿送上火车，在赶往机场的路上，我发愁她们母女到北京后，往哪儿住？当初说到转学的事，妻子和温馨也一直回避着住房的话题，我更是心里没一点底，就是租住，我也不知到哪儿去找。依我当时的想法，她们来了再说吧。就这样，温馨离开生活了六年的乌鲁木齐，到了北京。

人一生中，好多事情没法说清，只能用“运气”来概括。我乘飞机回到北京的第二天，单位分配刚建好的单身公寓。因为早有消息传出，说单身公寓暂时不分，等过完春节才排队分配，不知什么原因，在我最需要的时候，竟然拿到了金灿灿的钥匙。说实话，当时连我自己都难以置信。从西客站接到妻子女儿，给她们看公寓钥匙，她们怎么也不相信，会有这么巧的事。待来到单身公寓，在带有厨房卫生间的屋子里，虽然只有一居室，但温馨高兴极了，嘴里胡乱哼着自己临时编的歌曲，这里看看，那儿摸摸，不相信似的。

转入北京上学，温馨早已知道这个事实，所以在乌鲁木齐时就已经和老师做好了心理沟通。温馨学习不错，虽不见她多么用功，平时在家里做作业也常发现她粗心大意犯下屡见不鲜的错误，但她的学习成绩总是名列前茅，老师对她很喜欢。所以对于第二天的转学考试，温馨自以为是小菜一碟，一副志在必得的样子。

到底是在一个陌生的地方，到底只是个八岁的孩子，妻子不停地叮嘱，温馨终于有些担心了，她不停地问：“妈妈，我能考上吗？如果考不上，我回乌鲁木齐第一小学，老师还会要我吗？”

我们尽量给温馨鼓劲，劝她不要压力太大，她肯定行的。

第二天，在万泉小学考试，临进考场前，温馨却安慰着比她还紧张的我们：“没关系，我会考好的！”她一副大义凛然、无所畏惧的样子，迈进已坐满考生的教室。

几十分钟过去，许多考生从教室出来了，始终不见温馨。我们急了，趴在窗户边朝里张望。只见教室里为数不多的考生中，温馨是表情最为丰富的一个，她时而蹙眉凝思，咬笔啃指；时而举头四望，一脸忧戚；时而翻动试卷，作笔捣乾坤状……我们顿时明白，这次考试恐怕要成为一向自信而骄傲的女儿的“滑铁卢”了。果然，温馨从窗户上一看到我们的脸，便呈现出一副凄惨的景象：嘴扁着，手不停地抹眼睛，低下头看试卷又动不了笔。我们便做手势让温馨交卷出来。可温馨指着试卷伸着三个手指（表示还有三道题未做）头摇得像拨浪鼓，死活不肯出来，既狼狈又要强。

好不容易熬到交卷，平时活蹦乱跳，话多得比小麻雀还烦的温馨，低着头，一副受挫的表情。后来我们问过老师，才知道两地学校学的不是统一教材。乌鲁木齐用的是全国通用教材，而北京用的却是北京出版社编著的教材，所以，温馨考试时才遇到了不会的题目。成绩要过两天才能出来，那两天温馨格外乖巧，稍有闹腾，她妈便刺激她：“想想你考试的成绩……”她便悄然呆立一旁，一副痛苦不堪的样子。两天后，成绩出来了，语文待及格，数学良好。温馨更像一只斗败的公鸡，我们更担心今后她的学习能不能跟得上。

春节过后，温馨还是顺利地入了学，学习态度还是一如既往地漫不经心，但她的学习很快就跟上了。一个学期后，她当上了班干部，一直到小学毕业，她的学习成绩都不错。小学毕业时，温馨还被评为北京市的“三好学生”。

温馨贪玩，但她聪明，尤其是对电脑等电子方面的东西很有灵性，从八岁开始，她就在摆弄电脑。我换过三次电脑，每台里面都留着温馨的痕迹。2003 年，我换了一台新笔记本电脑，好多玩意儿我边看说明书边摸索，温馨却不这样，她面对这台新的、程序又比较陌生的电脑，一点也没有胆怯之意，丝毫不理会我对她不要轻易动新电脑的百般叮咛，经常趁着我用电脑的空当，把里面知道和不知道的东西都倒腾一遍。很快，我们就发现，电脑里总会有一些莫名其妙的东西，要让我们手忙脚乱很久才能适应，这些自然是温馨的杰作了。她轻松自如地操作着对我们来说不得不小心翼翼应付的新程序。

还有一件说来很有意思的事情，就是我父母买了一个电子钟，想用来早晨报时，但一直没有把闹铃弄响，有次回老家时他们说到这事，我还研究了半天，也没把它摆弄出声音。后来，温馨随着我回老家，她对闹钟充满了兴趣，抓过闹钟就摆弄开了，不知她是怎么整的，没几分钟竟把闹铃和报时给弄好了，那时，温馨还没有上小学呢，她可能对电子方面有天赋吧。有次，温馨放假到我办公室里去玩，没事摆弄起传真机。这个传真机上的时间显示不准确，有三四年了，我一直调整不过来，温馨摆弄了一阵，就把时间给调准了，并且还教会我一些别的功能，那时她才八岁。现在更不得了，我们家新买的照相机、电脑，包括手机，都是温馨调试，她也不看说明书，自己摸索。比如新买的手机，我得看着说明书，好几天才能学会发短信和别的功能，温馨好像对电子方面的产品特别敏感，她一会儿就摸索清楚了，并且教我摆弄，手机里的好多功能都是她教会我的。

温馨好学，对什么都感兴趣，但能坚持下来的却不多。她两岁多就开始学绘画、舞蹈、小提琴、电子琴，直到现在的跆拳道、吉他。随着她对社会的接触，兴趣发生转变很正常，可我怕影响她的学习，不太赞成爱好太广泛。当然，我也不希望孩子像我这样，除看书写字看电视外，再没其他爱好，失去了许多生活的乐趣。但是，爱好是需要把握尺度的。我一直认为，温馨在度的把握上有些欠缺，比如学习和爱好的选择，她有点把持不住自己，尤其对音乐的狂热程度使我难以接受。其实，我有点过度控制孩子，在行为和话语中有点偏激了，偶尔翻看孩子小学毕业的纪念册，发现她在崇拜者一栏中，竟然写着自己的父母。我很惊讶，温馨整天把那些歌星挂在嘴上，其实她心里有数，一点都不盲目。虽然我这个父亲并不优秀，也不是成功人士，但在温馨的心目中，她认为自己的父母才是最值得崇拜的。不是吗？还有什么人比创造自己生命的父母更值得崇拜的？孩子懂得这个道理，这使我欣慰。

话题再回到房子上。单身公寓住一家人还是小了点，尤其是孩子每天有写不完的作业，没有一个属于自己的空间不行。温馨转学后不久，我们分到一个两居室，搬到塔楼里住，这一住进去就是十一年。几次调整分房，我都被排除在外，比我职务低、调入机关晚的，大多都搬走住上了新房或者调整了大房子，只有我，仍然住在只有38平方米的塔楼里。温馨的小伙伴一个个都搬家走了，她越来越孤独。每当有人搬家时，温馨总是问我，咱们什么时候才能搬家呀？我无言以对。因为……所以……后来……我一直住在38平方米的塔楼里。我这个人对生活的要求一点都不高，有地方住就行了，可是看着女儿没有了玩伴，心里总觉得愧对女儿。可是，有什么办法呢！

随着温馨升入初中，她突然间长大了似的，懂事了，知道我在房子方面的压力，不再催问搬家的事，知道回避这个话题了，她懂得了不给我增加压力。

初中温馨上的是重点中学101，位于圆明园西侧，离北京大学西门很近，但离我家就不近了。每天早晨，温馨五点五十分就得起床，六点多出门，走很远的路再乘公共汽车去学校，中午在学校吃食堂，下午再坐公交车回家。刚开始，温馨提出要骑自行车上学，我坚决反对，没让她骑车，也没送过她一次，只是冬天时，晚上天黑透了还不见温馨回来，虽然我们院子里有个女孩和她一起走，但我还是去过车站等她，怕她刚开始不熟悉。可温馨不喜欢我在车站等她，认为没有必要，可能是她懂得体贴人，想着我在车站挨冻吧。我没问过，她也没说，我一直是这么理解的。因为我越来越觉得，温馨上初中后，像个大人的样子了，只是，她太天真单纯，还不够成熟。我问过初中的老师，她说温馨比较幼稚，不像个中学生。这点我深信不疑，与她同龄的孩子一做比较，温馨的幼稚就显现出来了，她太单纯了，这不见得是好事。

温馨是个率性的孩子，从不拐弯抹角，眼睛里容不下沙子，脾气相对也比较暴躁。这很像我。但在顽强、持之以恒上，她与现在的孩子一样，有些欠缺。升入初中后，孩子得有个适应过程，因为教学方式、学习环境都发生了重大变化。但我忽略了这点，第一次期中考试，温馨的数学刚刚及格，这在以前是绝无仅有的，我非常恼怒，说话方式与态度非常粗暴，对温馨发了一通脾气，还摔坏了一些东西。当天晚上，我失眠了，心里非常后悔，不该这样对待孩子，她没考好已经够难受了，我再发火摔东西，给她造成的伤害更大。况且，温馨是个很要强的孩子，过去如果在学习上出点差错，她会伤心得大哭。我为自己的做法自责不已，第二天给她写了一封长信，表达我的歉意。温馨看到信哭了。孩子慢慢在长大，我的说话方式得改变了，不然，孩子会对你失去亲情感。到现在，我还后悔那次的做法。

2008 年，应一个杂志的要求，需要给我写个印象记，妻子不知怎么动员温馨给我写。有个星期天，温馨说要开电脑写了，我说你写吧。一个多小时后，她说写完了，将近两千字。我不信她写这么快，怕她写成千篇一律的记叙文，没想到打开一看很吃惊，她写的角度很特别，以她的年龄为界，一年一年地写，语言简洁，直率认真，写我的缺点和优点并存，我认为这是温馨写得最好的一篇文章。我也感受到了女儿对父亲表达爱的独特方式。我很感动，同时，从文章中也看出了自己对女儿做得不够的地方。

我觉得，大人与孩子的这种交流方式值得推广。站在孩子的立场上写自己心目中的父亲，而不是老师布置的作文，这样可以获取更多更真实的信息，便于孩子深层次的交流。就是这么一篇两千多字的《爸爸印象记》，使我对女儿刮目相看：温馨具备一定刻画人物的功力。但她一点都不喜欢写东西。

从小，温馨只知道我经常从晚上写到天亮，有写不完的东西。我要是住在办公室写东西，几天不回来，她就会在电话上说，爸爸你回来写吧，住办公室你一个人晚上会害怕的。我说我又没有干过亏心事，有什么怕的？我当然想在家里写了，可怕打扰孩子的休息，只有节假日，我才允许自己在家熬夜。我也有种怪癖，只有晚上才能写字，白天再安静也进入不了状态。所以，我非常讨厌别人节假日打扰我。

以前，温馨经常问我，爸爸，你什么时候才能把东西写完呀？我回答她，我也不知道。温馨得到这样的答案，心里一定不高兴，但她不再问了。

温馨不喜欢看我写的东西，但她能记住我的一些书名。有次，语文考卷中有个写出作家和作品的题目，她居然写了我的一串书名，老师也挺有意思，判她答对。温馨拿试卷回来给我看，我说，老师对你的答案肯定很疑惑，但还是打了对号。有次，温馨与同学一起去学校图书馆借书，竟然发现有我的长篇小说《伪生活》，她高兴坏了，要拿下来给同学看，被图书管理员训斥了一顿，但从她讲给我的语气里，能听出她还是很自豪的，不过，全在内心里。就是说，温馨还是关注着我的，只是我写的东西不是她喜欢的那一类。还有一种可能，我没把东西写好，孩子看不进去。

我有必要这样自问。我绝对不是那种写东西只是为自己看的人，我没那么自恋，我一直认为那是一种矫情的做法。

我从来没有想过，要把女儿往写作的道路上引，她喜欢音乐，喜欢乐器，喜欢快乐的生活，这是她的权利。我不会强行改变温馨的喜好。

一个人的人生位置是很难确定的，所以，谁也不能预测一个人的将来。我对女儿的原则是：顺其自然。

温馨高中是在石油附中上的，学校在北四环以外快接近五环的地方，是女儿中考时自己选择的一所重点中学，除离家比较远之外，学校还是不错的。那时候妻子有车了，一般早上送温馨去学校，下午放学自己乘公交车回家。碰上车号限行，只能乘公交。早晨不堵车，大概四十多分钟就能到校，晚上可就惨了，摇摇晃晃最快也得一个半小时，天黑透了才到家。这样奔波其实不算什么，回家匆匆吃过晚饭，还有一大堆作业等着她，经常写到十一点多。更让人难以忍受的是周六日，一天在学校补课，一天去各种教育机构，两天全在外面上课，积压的作业没时间写……温馨被压抑得经常急得大哭。高中这三年，不光是孩子倍受煎熬，也在考验家长的耐力，度日如年似有点夸张，但那根弦一直紧绷着，经常算计着日子，像在失眠的夜晚盼着曙光的到来。

尤其是高考前的那个初夏，可以说是度日如年。

高考一模之前，女儿一切都是正常的。距离高考越来越近，女儿的话越来越少，可能她的压力比较大，不想多说话吧，除此之外，看不出她有什么变化。说实话，一进入那个敏感时期，我们与孩子之间的交流也变得少了，如果话题非得扯上高考，也尽量言简意赅。按我个人的意愿，安安全全度过这个“高危期”，比什么都重要。

可是，一模成绩出来之后，女儿考得不是太理想，与她平时的成绩有一些差距。女儿的成绩有时候会像过山车一样，忽上忽下，令人难以捉摸。但高二以后，本属她弱项的数学倒稳稳地保持着偏高的成绩，她开了窍似的，莫名地对数学有了很大的兴趣；而一直是她强项的英语倒十分勉强地维持着居中的位置。很难想象，女儿看到这个一模成绩单时，心里是怎么想的，更为难的是，在一模之前的一次海淀区摸底考试中，女儿的成绩冲到了班上的前几名，我想这时候的过山车绝不是女儿想要的刺激。我坚信，高考前后，很多考生和家长的心脆弱得像糖稀做的玻璃，一碰就碎。不是谁想这般脆弱，是身不由己。得到消息后，我怕女儿心理压力过重，忍住沮丧，给她发了个短信，安慰她没关系，这又不是正式高考，不要看得太重。事情远远没有我想的那么简单。到晚上上完自习回家，女儿直接把自己关进屋里，一个人哭得黑天昏地。女儿其实是个内心简单的孩子，我以为是她考得不理想，心里难过借此发泄而已，因为以前这样的事也发生过，哭过，也就罢了。可这次是临近高考的一模，不能掉以轻心。从孩子那儿得不到消息，便问妻子，才知女儿在学校已经哭了一天，中午饭都没吃。原因不仅仅是一模考得不理想，更重要的是班主任老师说这样的成绩排名按往年的经验，也只能够着三本线，使女儿如跌万丈深渊。老师也是心里着急，说了些别的话，语气上有些硬吧，我绝对相信这个时期的班主任都有一颗慈母之心，应该不会说太过头的话来刺激孩子的。可女儿的性格从小就潜藏着一份敏感，而且她争强好胜。女儿把老师的那句话当成了晴天霹雳。她受不了。妻子在接女儿回家的路上，问出事情的真相，开导她别把老师的话往心里去，老师也是为她们好。没想到这种劝说适得其反，女儿认为她妈是为老师开脱，而罔顾她的感受，越发生气，也懒得跟她妈再作交流，只是一个人委屈万分地哭着。

妻子置气不与我交流。我心里更不踏实，真不知怎样才能与女儿扯起这个话题，把她心里的结解开。我坐立不安，熬到晚上十一点多，女儿一整天都没进食，还撑着在她的屋子里复习。要是往日，我看不下去了，想着得劝她吃点东西，这样下去怎么行。于是，我装作轻松地揽住女儿的肩膀，像她小时候那样逗她开口。可女儿不吃这一套，她早不吃这一套了。我没别的招数，都已经死乞白赖了，女儿终于忍不住，又大哭起来。边哭边说，爸爸，我不想上学了！让我休学吧！这句话在我的头脑里爆炸了。愣了好一阵，我才强忍着怒气对女儿说，这十二年都熬了过来，就剩最后一月，再坚持一下吧。女儿抬起泪眼看了一下我，绝望地摇着头，哭得上气不接下气，且全身发抖，拳头攥得过紧，胳膊上的青筋都暴起来了。我看到了女儿眼神里的绝望，那一刻，我内心慌乱，头皮发麻，不知怎么办才好。

我怎么劝都无济于事，女儿的哭惨烈得如同世界末日，说实话，那一刻我心里有了恐惧感。这节骨眼上，我只求千万别让女儿出啥岔子，她的一生还长，不能因为一次考试就叫她的人生有裂变。女儿与考学，孰轻孰重，显而易见。我决定同意女儿不去上学的想法。妻子却嫌我太草率，她总认为女儿应该有承压能力。可当时的情况几近失控，我这个决定或者不明智，但我这时候只是一个父亲，我不想女儿有任何意外发生。女儿似乎有点出乎意料，待情绪稍稍有了些好转，她抽噎着对我说：爸爸，我不想去学校，但我一定要参加高考！

我知道，内心要强的女儿不会放弃的，她是过于敏感，心理压力太大所致。有了她这句话，我心里还是踏实了一些，拉过她的手说，没事，女儿，没什么大不了的，有多少人没有参加过高考，不照样生活得很好，爸爸就是其中一个。

那天晚上，我陪着女儿说了一个多小时的话，这在近几年是少有的。刚开始也没话说，为打破那个阴影，我把话题转到女儿小时候的一些趣事上。说着说着，女儿的情绪慢慢平静下来，我趁机转弯，劝她得吃些东西，不然半夜会饿醒的。女儿点点头，算是默许了。可是，她也只是简单地吃了几口。不能太强求女儿能像平时那样，只要她表面上能过了这个坎儿，心里的结肯定一时半会儿是解不开的。

终于，女儿在我的劝说下，上床休息了。那一夜，我却怎么也睡不着。

接下来的事情比我想象的要麻烦很多。既然答应了女儿不去学校，可得给学校有个说法，又不能怪罪班主任，只能不停地请假。临近高考，女儿的学校对毕业班的管制更加严厉，连晚上都开设了各种班，由任课老师轮流帮助学生们解惑。这种时候的请假就变得非常不明智而且非常可笑。妻子为给女儿请假找了各种借口，这借口无非也就是一个“病”字，是各种病。当然，也不完全是造假，女儿心理压力一大，头疼和胃痛的毛病一直就有。只是，我们都不拿那些小毛病当事。或者班主任已经洞察温馨并非真有各种病，而是一种软弱的逃避吧。班主任也心生焦虑，温馨这样不愿上学的孩子在他们班上也不是一两个，却不能开了这个头，那会影响更多学生的。班主任自然是不准假，并且声色俱厉：耽搁了高考，后果自负。

妻子在班主任那儿碰钉子后向我讨主意。我能有什么主意？比起高考，我还是更心疼女儿，女儿若是出了什么问题，高考又有什么用？当时，我有了最坏的打算，大不了被取消高考资格，待女儿心绪平静下来，回炉复读，来年再考。只要孩子没事。

也只能这样了。我把想法告诉妻子，妻子几乎先于女儿崩溃了。我们回到家强作笑颜，绝口不提高考的事，连个“考”字都不提。我注意观察了，女儿也是小心翼翼，一如既往地复习着功课。但是，我发现她是茫然的，不知从何处着手，一会儿背英语，一会儿又演算数学题，有点无所适从，可一模给她带来的恐惧已经淡了许多。有天晚上，我发现她有了笑容，我心里一下子轻松了不少。后来才得知，是她的那些同班好友不断来短信，说是特别想念她，问她何时去学校上课，他们要以壮烈的气概走向那个谁也改变不了的考场，来终结他们十二年的求学生涯。

从学校传递来的各种消息，使女儿在家待不住了，眼看二模临近，她像思考了很久，终于做出决定，要去学校上课。女儿主动提出，我当然支持了，嘱咐妻子送女儿去学校。原想老师又会说些什么，没想到，老师并没为难我们，也没有对温馨缺课提出批评，从头到尾，根本就没取消高考资格这一说。我悬着的心总算搁回肚子里。一切没我想象的那么坏。

二模考后，成绩与一模不差上下，女儿依然提不起精神。我从她的表情上看到了失落。那个时候，成绩已经不重要了，重要的是女儿不要被这种成绩打败，心理一旦有了阴影，就不好办了。但对女儿主动参加二模，积极向高考迈进，还是得严重鼓励的。我回到家总是笑呵呵的，与女儿扯来扯去，她再没兴趣的话题，我也试图陶醉其中，连我自己都觉得不可思议，在女儿跟前，我居然没那么多悲观情绪，反而把生活想象得美好极了。可是，不这样，我又怎能让女儿感觉生活其实不仅仅只有高考，还有其他更多的美好呢。

2012 年的那个初夏，我是数着时间过完每一天的。相信许多家长都有过这种感受。

二模之后，妻子又给温馨请了几天假，到最后，班主任的短信询问都变成一种常态的无奈，问的是，孩子今天还来吗？看来，高考前的这段时间，老师们所承受的压力也不亚于正待奔赴考场的孩子们。回家待了几天，女儿情绪看上去已经平稳了，她自己还去学校领了考号，填报志愿时也非常激动地与我们商量来商量去，对于我们的意见，她也平心静气地接受。紧接着看考场，规划去考场的路线，连应对堵车转地铁的方案都制定了出来，一切似乎都正常运行了起来。按我当时的想法，只要正常去考，至于成绩怎么样，真的都不重要了。

可喜的是，女儿高考时发挥正常，虽然经历了高考前的变故和煎熬，顶着莫大的压力，但还是考出了她的真实水平，高考成绩与她平时持平，不像一模二模那么糟。按照有关政策，我在边疆三类地区服役超过十年，子女高考成绩达到一定分额，可以选择读军校。我给女儿做工作，她虽然从小在部队院子长大，但对真正的部队还很陌生，加上与同学之间的交流，她有些犹疑不定，可还是遵照我的意见，参加了体检和申报。只是，那年的军校招生一直拖到了九月中旬，女儿填报的志愿已被录取，早就寄来了录取通知和银行卡，八月底一直催促她去报到。我们陷入了两难境地，是等军校那边，还是去上录取的这个？拖下去别两边都耽搁了。温馨的情绪波动很大，我心里也没底，但故作镇定，劝女儿等等再说。

终于，在别的大学开学两个多星期后，接到了军校的录取通知书，我将温馨送去了西安。

女儿大学毕业后按政策分回北京。如今已是中尉的女儿工作快三年了，她的单位离家只有三公里，可每周只能回来一次，我们已习惯了这种生活方式。

文/蒋韵

女儿的十年

2003年，暑假，女儿回国度假，我从太原赶到北京首都机场接她，对我而言，这是一个最幸福的时刻。“非典”终于过去了，在这之前，我几乎天天在心里祷告，祈祷“非典”在暑假时能够仁慈地放过我们，让我的孩子能够平安回家。现在，神听到了我的祈祷：我的孩子回来了，在人群中，我终于看到了她，穿一件酒红色的“一生褶”衬衫，安静而漂亮，却前所未有地消瘦。就是在回到太原家里的当晚，她递给我一个磁盘，说：“妈，我写了点东西，你看看。”

里面，就是《姐姐的丛林》。

我不会忘记初读这篇小说时的震动。说实话，在此之前，我从来没有发现她有写作的禀赋，虽然，在学校里，她的作文始终很好，她还是他们那所名校“校刊”的编辑，她也常常把她的文章拿给我看，读给我听，可我却没有从中看出多少超越性：我总觉得它们弥漫着某种中学生的流行腔调，我把它们称作“贺卡体”和“文摘体”。也许，潜意识里，我拒绝承认一个事实，因为我打心里不愿意让我的女儿我最心爱的宝贝做一个以写作为生的人，一个写小说的人。我希望她能够在大学里教书，做学问，至少，可以去解读别人的小说，我觉得她很有这方面的才能——这一点，我从来深信不疑。

她从小喜欢读书，还在初中时，她就读了福克纳的《喧哗与骚动》。起初，我不相信这本如此难读的书能够吸引她，可是我错了，我不知道她是以什么方式走进这个又繁复又茂盛的小说世界的，我只知道，她痴迷地爱它。更准确地说，她痴迷地爱着那个动人的、不幸的女主人公凯蒂。一连好几个夜晚，我们并排躺在她的小床上，听她给我朗读她喜欢的那些章节，凯蒂和班吉明，那个白痴弟弟之间宿命的深情，让她那么感动。可能，只有我知道，这一点，这种无法挣脱无可奈何的宿命关系，对她意味着什么。因为，我从她后来的小说中，从东霓和郑成功、从雪碧和可乐、从莉莉和猎人的身上，都看到了凯蒂和班吉明的影子，或者说，我从她所有的人物身上，都能看到这种影子：无法挣脱无可奈何的命运关系，像神和黑夜一样笼罩着那些她爱和不爱的人们。

我一直以为笛安是个幸福的孩子，她是我们全家人的掌上明珠，虽然我也知道她常常不快乐，尽管她笑点很低。她严重偏科，而她就读的那所学校，有百年的历史，曾经是华北地区的重点中学，却严重地重理轻文。一个数学物理不好的孩子，在这样的氛围中，基本被视为废物。我以为，这就是她全部烦恼和不快乐的根源。一个中学生，除了这个还能有什么呢？于是，我们常常宽慰她，给她描绘一个未来的光明前景，那就是，一个再不需要以数学成绩论成败的大学生涯在前面等待着她。也许，我比她还更憧憬和盼望这一天的到来。这一天来了，2002 年，1 月 27 日，我十八岁的孩子，我的小女儿，连一只袜子都不会洗的宝贝，只身一人离开了我们，漂洋过海，飞往遥远的异国他乡。从此，这一天，就如同刀痕一样刻在了我心上：我觉得，那是我又一次的分娩。

她从来没有跟我们说过“想家”这两个字，在电话里，她永远是快乐的，她快活地告诉我们，同学们给她起了一个外号：樱桃小丸子，这个外号让我心里一阵温暖和安心。她在信中，这样描绘着异乡的生活：

“图尔是个很棒的城市，美丽而安静。还有一条看上去很温暖的卢瓦尔河。我们 LABO 课的教室就在这条河边上，每个星期我都得到河边来，坐一会儿，看看那些在岸上乱跑的狗，还有正在接吻的情人。”

…………

“秋天到了。早晨推开窗子，闻见了空气中凉凉的秋天味。院子里已经有不少落叶了，可是树上的叶子依然那么多。习惯性地看看大门口的信箱，邮递员还没来，却看见了房东贴在大门上的纸条：‘请房客们进出时把大门关好，因为小狗埃克托很喜欢逃跑，可是他没有钥匙。’很温暖的细节吧？”

…………

爸爸、妈妈：

你们好吗？

我很好。今天收到你们的信了。还是老样子——妈妈依然那么语无伦次。（笑）菜谱真好，做是没多大指望了，看看也是好的，小时候的故事是怎么说来着：“从前呀，有个叫马良的小孩很会画画，他画什么什么就变成真的了……”

…………

她就这样安慰着我们，安慰着我，她深知我是一个资深的“小资”，我会在心中诗化她的生活：还有什么能比法兰西更适合诗化、罗曼蒂克化的吗？但是，2003 年那个夏天，读完《姐姐的丛林》，我和她的爸爸，我们极其震动，我们俩用眼睛相互询问，是什么，是怎样严峻的、严酷的东西，让我们的女儿，一下子就长大了？

是的，她长大了，她的文字长大了，脱胎换骨长成了一个让我陌生和新鲜的生命。她用这种有生命的语言，开始讲述她的故事，她在一个最浪漫的国都，开始讲述她和这个世界毫不诗意的关系，讲述滚滚红尘中那些悲凉和卑微的生命，讲述大地的肮脏和万物的葱茏，讲述华美的死亡与青春的残酷……一个一个和毁灭有关的故事，接踵而至。于是，我知道了，我的女儿，她从来就不仅仅是一个樱桃小丸子，她还是一个与生俱来的悲观主义者。可能正是这样两种极端的品质在她身上共生共存，所以，她才能毫无障碍和果敢地穿过别人认为是终点的地方，或者，俗世常识的藩篱，到达一个新鲜的、凛冽的、又美又绝望的对岸。那是一种天赋，我没有。

想想，她所热爱的作家们，其实都具有矛盾的本质，比如三岛由纪夫，比如托思妥耶夫斯基，比如曹雪芹。她喜欢丰富的、繁茂的、难以尽述和诠释的文本：又天真、又苍老，又单纯、又犀利，又温暖、又黑暗，又柔软、又冷酷，集万丈红尘与白茫茫大地为一体，就像大地本身。所以，她像热爱恋人一样热爱着《丰饶之海》，像敬畏高山一样敬畏着《卡拉马佐夫兄弟》，而《红楼梦》，我想，那应该是她的理想了——在这一点上，笛安是一个有情怀的浪漫主义者。

就这样，不管我愿不愿意，女儿作为一个写作者，已经走过了近十年的路程。不管别人给她贴上什么样的标签，不知为何，在我眼里，她都更像是一个独行的游吟者。这样的想象总是让我心疼和心酸。我想这大概也是她很不愿意被人称为“文二代”和父母扯在一起的原因。这篇小文章，是我得知她要出一本十年小说集后，情不自禁写下来的：十年，这个数字让我悚然心惊。我不想说女儿这十年有多么不容易，因为，在这个世界上，形容一个真正严肃的、有追求的作家和写作者，只有一个词——呕心沥血。我想起了女儿高二的时候，她曾经送给过我一个笔记本，封面是那种深海般的、有重量端庄的蓝，我一直舍不得用它，只是当时在它雪白的扉页上，写下了这样一段话：

“2001 年 5 月 14 日，泡泡送我这个笔记本作为母亲节的礼物，她在‘迪迪’挑选了很久，选中了这本没有修饰的白色内页的本子，告诉我，‘给你就要用，别又收藏起来’。

“我们聊天，说起三岛由纪夫的《金阁寺》，她非常感慨，说，‘真奇异呀，美，最初诱惑人，征服人，最后又奴役人，摧毁人，就像爱情。’”

或者，孩子，也可以说，就像写作。

那年，她十七岁。

文/方心田

女儿趣事

一

那时候，思思才两三岁，长得非常好玩，胖乎乎的脸，胖乎乎的手，胖乎乎的腿，尤其是圆滚滚的小肚子，小白熊一样，百般惹人。

我平时喜欢看看书写写东西，一投入就什么也不理不睬。思思本来很想和我玩的，但她了解我的习惯后，倒也懂得节约眼泪了，常常干号几声就不声不响地独自去玩。玩水，用塑料勺舀来舀去，弄湿了衣服鞋子也不停；玩火钳，学着大人用它去夹煤球，掏阴沟；玩衣服，左弄右拨一番纽扣，扣上了解开，解开了又扣，然后不管是不是大人的，也强行穿在自己身上；玩吃食，用苹果、香蕉搭积木，把瓜子做动物的眼睛，用葡萄做项链，吃冰棒时双管齐下，一手一根，吸的声音山响……

她在发明了一个新鲜玩法后，比如某种新的手势，新的体操动作，新的怪脸，新的吃法，就会屁颠颠地跑到我的面前，冲我兴奋地说："爸爸，看思思哟！"我如果不理，她就会着急地说第二遍："爸爸，看思思哟！"如果再不理，她就会气得哭起来，并打我一巴掌，直到我说一句："哇，真好看！"或"哇，思思真聪明！"她才会挂着泪珠儿笑开了。

有时我无聊了，就逗她说："思思，你是好孩子啵？"她就睁着晶亮晶亮的双眼，想也不想地答："好孩子呀。"而她似乎也明白"好孩子"的标准。在她偶尔犯了过失，摔破碗杯或弄脏了什么时，我通常会教训她，骂几句，气不过的时候会打一下，而她就和犯人似的，老老实实站在那里，不号不动，闭着眼睛梗着脖子，等我的巴掌落下来。

有时我交代她做个什么事，末了总随口说一句："做不好爸爸就打死你哟！"或"弄湿了衣服爸爸就把你打死去！"她总是答得干脆利落："好！"真是幼稚得可爱，她哪里知道"打死"是个什么意思呢？可能以为仅仅是"打几下屁股"罢了。其实当她明白"打死"的含义的那一天，我又怎么会轻易说出这个凶恶的字眼呢？

二

思思四五岁的时候，我离开小县城去了南昌。我们过起了分居的日子。

每次我要回南昌时，思思就泪汪汪的，但并不缠着我，只靠在门边，也不叫我，但那眼神却像长出了小手似的，想要拉住我。

平时，为了制止她的胡闹或调皮，妻子有时就说：“你不乖爸爸就不会回来看你。”而我也会说：“要听话哦，不听话爸爸就马上走。”这样她就变得非常非常小淑女了。

妻子有时带她来南昌看我，要赶后半夜的火车，就提前一点推醒睡熟了的她，她本是多么不愿意醒的啊，但一听说是去南昌看爸爸，一骨碌就爬起来了，乖乖地穿上衣服，再冷的冬天也是如此。去车站的路上，她还是睡眼惺忪，就走得跌跌撞撞。在火车上，若看见有人在吃鸭翅鸡腿什么时，她就咂咂嘴，自言自语说：“我要叫我爸爸买煌上煌的翅膀。”

碰上妻子也忙的时候，我们就把思思送到乡下岳母家，思思当然是非常不乐意，哭着闹着就是不肯留下。但我们没办法，撒个谎，或躲着她，狠狠心就走。等过了几天，思思就颇适应了。外婆带她去山上放牛采花，她高兴极了，到处跑，别人见了就开玩笑地问她："思思，你怎么不回去啊？"思思就噘着嘴说："我妈妈要上班，我爸爸在南昌，没有空带我哦。"而当妻子去接时，她笑得眼都眯了，一个劲儿地拉着妈妈的手，立马就要回城。

有时岳母来我家玩，思思害怕是接她去乡下的，就经常跟她外婆说："外婆，你怎么还不回去呀？你走呀！走呀！"弄得老人家哭笑不得。

三

思思有很多顽固坚持的行为习惯，有时真令我们气恼又无奈。

她一直喜欢吃肯德基。以前年纪小也就罢了，但现在是要身材的时候，就得控制了。我们常常对她讲道理：你知道吗，美国人、欧洲人都不吃肯德基的，因为它是垃圾食品，脂肪太高，吃多了会发胖。她这时往往就反驳说：我又不会吃多了，是偶尔才吃的。的确，她吃的频率并不高，但我们还是主张尽量不吃。有个时期，媒体中说肯德基的用料中含有致癌物苏丹红，我就及时用这个教导她，她听了也就被吓住了，那个时期就没争着要吃。后来到处流行禽流感，鸡鸭的名声很不好，我更抓住机会教育。可她反驳：禽流感病毒在高温里会被杀死的，报纸上都说熟食可以吃。我们哑语了，但还是不主张她吃，有时候拗不过，就准许只在她过生日、重要节假日或有大喜事时才去吃。

她只肯骑自行车上学。这也许并不是因为她喜欢，而是无奈。她说：老爸你又没有小车送我，不像我班的×××；坐公交又太花费时间，有时候等几十分钟也不来，还会遇到堵车，经常会迟到；走路又太远。所以，她每天要往返四次，奔波于学校和家之间，一次要骑半个来小时。最让我们不能理解的就是，我们要她中午别回家，就在学校吃食堂，尤其在下雨或天气特热时。可她仍旧要回，她妈妈于是就经常说一句经典的话：她就是落刀子也要回来。为什么呀？问她她不说，我想，也许是她觉得中午在学校很无聊不知怎么打发时间吧，因为她班的同学们中午绝大多数都回家的，还有，她从小就特别舍不得离开家。

思思读小学时很喜欢看故事书、写作文，现在却只喜欢看故事书，不喜欢写作文了。每次写老师布置的作文，都是紧皱眉头，万般泄气。我把原因归结于她看多了内容空洞形式单一的卡通剧或古装剧，丧失了想象力；而喜欢看的故事书，也往往局限在《童话大王》《故事大王》或杨红缨的校园小说，一本《童话大王》她看了一遍又一遍，甚至十来遍也不厌倦。如果哪年我不给她订阅，她就要责怪我一年。我有时候拿自己的经历教育她，说我读初中时就看古典名著，希望她也接触名著，可她望着砖头那样厚的书就却步了。但根据名著改编的电视剧，她却显得很有兴趣，常常陪我们一起看，还问三问四，加入评论。现在的孩子处在一个读图时代，真是不知祸福啊。

以前她写的作文，喜欢拿给我们看，以期得到表扬，但现在我们想看也不给看了。她妈妈为此责怪我，说是因为我打击了她的自信和自尊。我评价别人文章时喜欢好处说好，坏处说坏，对女儿也不例外。所以女儿读小学的后半阶段，我看她的作文就实事求是地评价，而且不足之处往往说得多些，批评多而表扬少。如此一来，久而久之，她也许就觉得自己不是写作文的好料了。以后她对写作就变成应付塞责了。我们也没办法。我如果再拿我爱好写作教育她，她就会很生气，甚至有点哭泣地说：你是你我是我啊，你知道不知道？我为什么要和你一样啊！那气势直把我噎得呆若木鸡。

四

女儿毕竟还小，虽然她已经 14 周岁了，也已经来了那个了。但事实上，她的心态、举止还很天真，她的外表、容貌看起来还像个十来岁的孩子。比如，她有时候还会撒娇地要求在我们的床上嬉戏或睡觉，我就会说：不行啊，你已经长大了，不能再和爸爸妈妈一起睡了。她会辩驳说：为什么不行？有什么关系嘛！现在电视里大人亲热的镜头也太多，她毕竟受到了影响，所以她其实也知道一二缘由。我们再这样强调时，她就会嘟哝着离开。

我们很喜欢看电视里的百姓生活，尤其是一些感人的真实故事。比如，故事里说一个十几岁的女孩如何如何自立自强，照顾父母弟妹，撑起一个家，我们就想教育她，要她好好向人家学习，还说如果换了是她，可能就什么也做不了云云，语气里带着对如今独生子女的不放心不信任。她往往会不高兴地回答：你怎么知道我就不行啊？我如果生活在那样的环境，也许也一样的。我们听了很高兴，就觉得自己的女儿还是很自强的。又比如，故事里说到儿女们不赡养父母，弄得父母和儿女打起了官司，我们就考验她说：思思啊，我们老了以后你会不会养我们啊？她往往毫不犹豫地回答：当然会养啊。我们接着考她：我们死了后，你会把我们的骨灰怎么处理？买块墓地安葬，放在殡仪馆，还是撒进大海？她想了想说：还是放在家里吧！

女儿从小就没给别人带养过多少时间，奶奶带过一个来月，外婆带过三四个月，保姆也只请过一个短时期，仅此而已。她一天一天的变化、长大，都是在我们的眼皮底下。所以就造成了她和我们非常非常难以分离的心理。现在，她不一个人逛街，不一个人做客，甚至不一个人出家门玩，无论到哪里，都希望和父母去。家里如果来了客人，她会很腼腆，会躲进书房玩电脑去。她也有两三个玩得比较好的同学或朋友，但往往不主动联系，常是很被动地接他们的电话或什么邀请。这样的性格，很像我们，好静，有点孤僻。

我出版的散文集里，有一篇《小女点滴》是写她小时候生活小细节的，我们叫她看看，她显得有点惊讶和兴奋。晚上她躺在床上看完了，我问她写得怎么样，她看起来很淡然，宠辱不惊，说：不知道。其实，我想她的内心里一定是波翻浪涌呢。现在，我写这个续集，也征求了她的意见，问可不可以，她显得很大方：随便你。

文/周百义

关于儿子（两篇）

父亲的礼物

“我的纽约律师资格考试已经通过了。”吃饭的时候，儿子淡淡地告诉了我们一声。

尽管儿子没有表现出十分地喜形于色，但我们知道他此刻一定也是如释重负。

两个月前，儿子在美国参加完纽约州的律师资格考试后，就马上飞回了国内，他要参加年底的国内律师资格考试。这对于一个在国内中文系毕业的学生而言，面对完全陌生的领域，他要付出多少努力。但我知道儿子能够成功！

1

儿子小时候实际上是有些多动症的苗头。从早到晚，他不会闲下片刻，但只有一件事，能够让他静静地坐下来——那就是画画。

孩子也许天生对色彩有些敏感，我们给他买来了蜡笔，当过小学老师的奶奶教他画儿童画。不管他在外面与小伙伴疯得多么快乐，但只要到了画画的时间，奶奶一喊，他就立马回到小桌子旁，一丝不苟地沉浸在绘画的世界里：那里是小狗小猫，天上的星星，河里的轮船，还有电视里的机器人，聪明一休，等等。对于他的每一点进步，我们逢人便夸，然后在家里扯条绳子，给他办画展，满足他小小的虚荣心。

儿子小时候儿童画的“代表作”，我们至今还保留着。

那是儿子的足迹，父母的念想。

2

儿子从小能够养成良好的学习习惯，静下心来读书，当然，与我们的工作、学习习惯也有关系。有一段时间，我在出版社工作，妻子在学校工作，每到周末，我们买好周六周日的生活用品，然后，三个人就各忙各的事。

我在自己的书房里读书、写作，或者看稿件。妻子在卧室里缝缝补补，或者到厨房给全家人做饭。儿子关起门在他的卧室里读书、做作业。很多次，我们都忘了时间的流逝，不知今夕何夕，到了星期天，我们出门去倒垃圾，才发现家里的大门还在反锁着——周六一整天，我们谁都没有出去。

当然，男孩子到了青春期，也有叛逆的时期，但他和妈妈的关系一直处得很好，他妈妈是学校支部书记，很会做思想工作。我的方法就比较简单，儿子经常指责我：我又不是你单位职工！当时，我在一家出版社当社长。有一段时间，他和我话不投机，常常怒目相向。但有一次，儿子学校开家长会，他妈妈却从老师那里得知，儿子对老师和同学讲，他对我很佩服。

这一下，我彻底改变了与儿子的对立情绪。我才知道，表面上与我格格不入的儿子，在他的心目中，父亲一直是他的偶像。父母的工作、学习态度，对孩子是润物细无声的。进入青春期的孩子，有他的两面性。一方面，他表现得桀骜不驯，与父母作对；但另一方面，父母又成了他的第一任老师。他抵触父母，但又从父母那儿继承了很多好的习惯。

3

我从小在农村生活，又曾经下乡做了五年的农民。勤俭节约，成了我生活的习惯。我经常在儿子面前讲：一粥一饭来之不易，任何财物，只能使用而不能浪费，更不能暴殄天物。

我在出版社里要求员工，凡是背面可以使用的纸张，一定要再次使用，并为此发了一个文件。我们家里的废旧物品，能够改造使用的，绝不丢掉；只要能够回收的，就一定会保存卖给收废品的人。结果儿子也养成了这个习惯，他在学校使用的矿泉水，喝完水一定会将空瓶子带回家。有时候，同学不用的本子和白纸，他也带回家。

有一次，儿子从美国留学放假回家，带了一个大箱子。他打开箱子，把一大摞白色的材料纸交给我。他说，这些打印纸只用了一面，反正箱子是空的，就顺便带回来了。稿纸上正面打印的都是英文，我并不认识。但我认识这些漂洋过海，万里迢迢从美国带回的材料纸，是儿子渗入骨髓的节约意识。

4

1992年，单位里还没有电脑的时候，我自己花了七千元钱买了台用软盘驱动的AT机。计算机虽然主要供我写作和用电话线上网，但却成了儿子的宠物。只要我不用，他就坐到计算机前鼓捣。

因为所有的文件都是在一张张五寸的软盘上，机子往往会出问题，这时儿子就会琢磨屏幕上闪闪烁烁的一行行英文字母，要弄清楚到底在表达什么意思。

很快，他成了出版社家属院的电脑专家，谁家的电脑坏了，人们便会找他，还在上小学的儿子当然不希望让人家失望，他便买来各种电脑杂志，研究计算机的结构和程序。虽然，他后来没有读计算机专业，但通过研究英文的操作系统，让他对英语表现出超常的兴趣。

读高中时，他参加全国的英语比赛，获得了一等奖。大四时，他参加了美国研究生 GRE 入学考试，一次就过了。没有通过中介，他自己找到了有奖学金的俄亥俄州立大学。

到了美国后，他先学习了两年的东亚研究课程，毕业后，却改变学习方向，到纽约读法律博士学位（JD）。要知道，母语非英语的中国学生，考上美国的 JD，难度是很大的。

儿子的英语学习能力，我想，与他小时候对计算机的兴趣不无关系。在这点上，我们父母没能给他帮上任何的忙。因为，我们基本是“英盲”。

儿子的天空

倒春寒，温度一下降了十几度，刚刚脱下的羊毛衫，赶快又找来穿上。二四八月乱穿衣，天气正应了这句谚语。天气一变，微信上便有了反应，这不，北京下了雪，片片雪花飘落在帝都的天空。不过，我现在关心的是香港，香港今天的气温 21 度，有阵雨。

关心香港是因为儿子在那边工作。

自从儿子大学毕业后离开我们身边，他去的地方，那儿的天气就成了我们夫妻俩关注的范围。

儿子离开我们去的第一个地方是美国的俄亥俄州。那儿是美国中东部的一个大州，属温带大陆性气候，夏天温度和武汉差不多，但冬天可降到零下 29 度。州府在哥伦布，儿子所在俄亥俄州立大学主校区就在这座城市。过去在家里，儿子穿什么衣服，基本上都是他母亲提醒，该加的加，该减的减。现在儿子一下子走了这么远，会不会不知道随着季节增减衣服呢。那时候还没有微信，但有了 skype。儿子刚走的那阵，我们很想念他。尽管他已经大学毕业，但他上大学是在同一座城市，在我们的眼中，他还是一个从未出过远门的孩子。

刚开始我们在 skype 上与他聊天的时候，儿子还很积极，主动介绍学校的情况。过了一个月再与其聊时，他开口总是问我们，有什么事吗？那样子，好像正在忙。你想我们能有多少大事，只不过就想看上儿子一眼，叮嘱几句他要注意天气变化之类的话。看他好像没有再聊下去的打算，我们也就悻悻地结束了。反正，知道他状态还好就行了。通完视频，关上电脑，我们夫妻俩就会讨论一会儿儿子的事情，回忆下他小时候如何如何。但下次再与儿子视频时，提前反复酌量，儿子这时候是不是有作业，是不是有事，但思念之心不止，还是忍不住打通 skype，有时碰巧儿子在，有时儿子不在，但这周给儿子聊过了，在屏幕上见了儿子，这一周心里便踏实许多。后来，我在网上搜索到一篇山东的家长写女儿在俄亥俄州读博士学位的文章，才从中了解留学生的学习任务有多么繁重，儿子没有与我们视频，接视频时不是很积极，我们也就理解了。

儿子硕士毕业后，从文学一下子转到了法学专业，到纽约读法律博士。我们关注的目光，又从哥伦布移到了纽约。纽约的曼哈顿我去过，全美国，恐怕没有比这儿更多的楼房，更拥挤的街道。我能想象得到儿子每天在这座喧嚣的城市里穿梭的情形。这下，纽约的天气与治安又成了我们关心的对象。

纽约之前发生过“9·11”事件，发生过枪击事件，我们叮嘱儿子出门一定要留个心眼。有一次纽约碰上了飓风，风很大，全城放假，我们在视频中反复叮嘱儿子不要外出，要小心天上的广告牌。有一次，纽约大雪，雪厚盈尺，我们担心儿子会冻着了，出门会不方便，视频过去，窗户外边有尺余的冰凌，但看儿子，穿着单薄的衣衫。他说房间里暖气十分足，热得不行，我们就释然了。

儿子在纽约读书期间，我因公去过一次纽约，但不巧的是，儿子这个学期交流到日本早稻田大学法学院学习去了。我一个人找到离纽约中央公园不远的法学院校舍，看着镶嵌在墙上的 Fordham University 一排英文，心中充满了温暖。虽然我进不了有门卫看守的校门，但我站在街的对面，让路人帮我照了一张以法学院校舍为背景的照片。爱屋及乌，我对儿子就读了三年的学校也充满了感情。可惜，因为换了手机，这张照片写文章时我没有找到。

儿子去了日本的半年，东京又成了我们关注的城市。我经常上网看东京的气候，看日本的地震趋势，关心儿子的行踪。儿子与来自世界各地的同学的合影，我与妻子在电脑上反复欣赏。儿子喜欢村上春树的作品，从读初中时便成了村上春树忠实的拥趸。村上春树也是早稻田大学毕业，儿子这下与他成了校友，自然对村上又多了几分亲切。他在东京和大阪遍访了村上春树的旧居和他在小说中提到的情景。我们跟着儿子的脚步，也更多地了解了日本和东京的情景。

后来，儿子回国到了上海工作，我们每天看电视，天气预报里上海的情况是会格外留神的。两年后儿子去了北京，我们的关注对象又改为北京。虽然我们知道他已经有了生活的阅历，有了生活的经验，但作为父母，凡是遇到天气变化，我们还是提醒他几句注意天气不要感冒，要注意锻炼身体、注意健康之类的话。

去年底，儿子又携妻去了香港。过去不怎么关注的香港，这下又成了我们在家念叨的对象。香港的天气，自然也加到手机关注的栏目里。而先前关注的儿子住过的那些地方，只是偶尔还会瞥上一眼。

孩子与母亲之间的脐带尽管从出生就剪断了，但剪不断的是血缘关系，是日复一日的相处，那种浓浓的亲情关系。除此之外，仿佛还有某种在冥冥之间由上天早就安排好的宿命。对于中国父母而言，孩子不是生命的一部分，而是全部。有了孩子，父母虽然多了很多的辛苦，但没有几家父母会抱怨。哪怕是口头上发几句牢骚，但也不会记到心里。父母对孩子，仿佛是天经地义的应当付出。而只有付出，才会感到一种欢乐，一种存在的幸福，才会感到生命的完整和丰满。孩子再大，哪怕成人了，成家了，在父母的眼中，孩子始终是孩子。在父母的记忆中，孩子一直是那个在襁褓中的婴儿，是那个牙牙学语的儿童，是那个与邻家的孩子嬉闹的顽皮少年，是那个背着书包渐渐远去的背影。

孩子成家了，有了自己的下一代了，父母有时还会叫着孩子小时候的乳名，在父母的眼中，孩子是永远没有长大的孩子。龙应台在《亲爱的安德烈》一书中说："所谓父母，就是那对着背影既欣喜又悲伤，想追回拥抱又不敢声张的人。"

我想，我的父母当年也会与我现在的心情一样，虽然那时没有手机、没有电话、没有 skype，更没有微信，但父母的目光，一定也在眺望着儿子头上的那片天空。

可惜，那时我并没有感觉到——儿子的天空里，有父母永远热切的目光。

文/莎仆

儿子心中的那片海

我的独生子名叫“一夫”，取自李白的诗句“一夫当关，万夫莫开”。小时候他就是个健谈、活泼的孩子。他从小就爱画画。读小学时就送他上了美术培训班，老师给他出了一个作画的命题：“你最向往的地方”。儿子居然画了一片大海和海边的一座小屋，命题为：我向往的家。我感到有点惊讶，我还没领他去看过大海，他心中就有了一片辽阔的大海了。那时，我给儿子朗诵海子的诗《面朝大海，春暖花开》，他听得津津有味，可他还理解不了那诗中的含义。

儿子上初中前，我不能不领他去见见真正的大海了。在乘火车去大连的列车上，儿子滔滔不绝地向我讲着他读过的安徒生的童话《海的女儿》和普希金的童话《渔夫和金鱼的故事》。他讲得绘声绘色，我心里暗自高兴，儿子是个多么富有想象力的孩子。

坐了一宿的火车，我们一家三口到达了大连海滨。儿子终于见到了他向往已久的大海了。他站在海边第一声就喊："大海，我爱你!"他还调皮地问我："爸爸，美人鱼在哪儿?"我告诉他："美人鱼在看不见的海底。那里不仅有美人鱼，还有东海龙王和他的九个儿子。"

他是那么兴高采烈，赤裸着身子在沙滩上来回打滚儿。他刚在泳池里学了两年游泳，连江里都没有游过，却执意下海游泳。看着羽翼尚未丰满的"小海鸥"游在浩瀚的大海中，在岸边的我和妻子对儿子充满了忧虑，喊着他不要往深海里游。他却在浪里调皮地说："这点风浪不算什么，我要去找我心中的美人鱼!"

儿子在海里足足游了一个多小时，望着他湿漉漉地游上岸，妻子既心疼又埋怨："刚学会游泳就敢进大海!"她急忙将干衣服给儿子穿上。我看着儿子勇敢的样子，在一旁笑着说："我儿子是好样的，这才是龙的传人!"

我问儿子："你画的那所房子在哪儿?"

"它就在我心里。"儿子说，"等我考上大学，参加工作挣了钱，真给你们买一套面朝大海的房子!"

她母亲在一旁乐得合不拢嘴，好像儿子真的实现了自己的愿望似的。

那次从大连回来，儿子写了一篇《我心中的那片海》的作文，不但得到了老师的表扬，还在全年级作为范文朗读给同学们。他回到家里不仅给我朗读自己的作文，还声情并茂地为我朗读了海子的诗《面朝大海，春暖花开》。他望着窗外，仿佛思绪真的沉浸在心中的那片大海了，眼里充满了对未来的无限渴望。

岁月之水如波涛汹涌的大海在不停地奔流。转瞬之间儿子参加完高考了。我本想让他上医科大学，实现我青年时没有实现的心愿。可儿子执意报考大连海事大学。儿子的成绩很优秀，很顺利地就被这所大学录取了。我嘴上没说什么，可对他没有选择学医仍心存遗憾。然而我心里清楚，儿子从小就喜欢大海，这所大学也是他自己最理想的选择。

儿子本科毕业后，以优异的成绩被保送就读本校的研究生。毕业后又因成绩优秀被留校任教了。他是一个有孝心而懂事的孩子。参加工作第一个月开支就为他母亲买了一块瑞士产的欧米伽手表。妻子戴在手腕上，见到楼下的阿姨们就炫耀说，这是我儿子给买的！阿姨们都羡慕地竖起大拇指。儿子知道我的颈椎和腰椎都不好，就在网上花三千元购买了牵引、按摩两用的按摩椅。快递公司给我送货我还纳闷是谁给买的？妻子打趣我，除了你儿子还能有谁惦记你？我竟不领情地对儿子说不要胡乱花钱。儿子说，为了您的健康怎么算乱花钱呢？其实我嘴上这么说，心里却是美滋滋的。

记得送儿子去大连上大学时，我们一家三口在渤海海滨拍了好多张照片。看着照片我就想起了儿子小时候画的那幅海边小屋的画来。那时我们正打算换套新房子。原来在单位购买的房子是最顶层的七楼，打算退休前换一套电梯房。妻子说："儿子毕业不知道分配到哪里去，要是留在大连，退休了咱就在大连买一套房子养老，相互照顾也方便的。"我想她说的也有道理。我打算退休后再去大连买房，可妻子说，房子在一天天地涨价，等你退了休，房子恐怕涨到买不起的地步了，房子买了我可以先陪儿子一起住，等咱儿子结婚了就当新房了，咱俩在附近再另买一套小面积的居住。

就在我张罗在海滨买房的日子里，也是儿子参加工作这年的秋天，我接到了儿子的电话，他说最近总感觉胃不舒服。妻子还唠叨说，他自己在外面吃饭总是不应时，肯定要得胃病的。听到儿子身体不适，我夫妻俩乘上了高铁，三个多小时就到了大连。

儿子电话里不让我告诉他母亲，省得她总是放心不下。我们来大连看他并未事先通知他。等到他知道消息我们已经到他的大学门口了。他还不住地埋怨我把消息告诉了他母亲。

第二天我们便带着儿子去大连最有名的一家医院做检查。医生先是给他做了胃镜检查，结果医生说，胃镜还不能完全确诊是什么病。第三天又做了核磁共振。我们在走廊里等待检查结果。这时一个女医生将我叫到她的办公室，她说："片子出来了，胃部有一个不是明显的阴影。现在不能确诊是不是肿瘤，你最好转到肿瘤科或专业的肿瘤医院查一下。"

我听到"肿瘤"二字，顿时感觉头像被重重地撞了一下，这是个多么熟悉又可怕的字眼。我不知道我是怎样从医生办公室里走出来的。儿子当时没有在走廊里，妻子看我脸色阴沉，焦急地问，有什么情况吗？我摇摇头说没有，医生只是说去肿瘤医院检查一下。一听到肿瘤医院，妻子立即瘫软在椅子上，眼泪立即从她的眼眶流了下来。我说，你先不要激动，现在还说不准是啥病呢。岂不知我在说这话的时候腿也是软着的。

我们不得不去肿瘤医院做进一步的检查。儿子不知道自己病情的严重，但去肿瘤医院检查，作为任何人都会察觉情况不妙。他心里也肯定忐忑，但表面很镇定地说，没啥大事儿，还去查啥呀？

为了准确地弄清病情，我们到肿瘤医院又重新做了检查。医生又是悄悄地把我单独叫到办公室，他说，患者是你儿子吗？多大年龄了？我说刚满 26 岁。他说，现在他的胃部的确长了一个瘤，至于是良性还是恶性的还要等到做完手术后的病理报告来确诊。但十天之内必须做手术。这时我真正感到病情的严重性了。

此时，我不是感觉有一场风暴要来，而是感到天在坠落，压得我喘不过气来。这时候的我没有倾诉的对象，越是亲密的人我越要隐瞒真相。可我就像在雨里颤抖的鸡雏那样无所适从。

儿子从手术室里推出来，倒不是我最紧张的时候。那时我心里燃着希望的火苗。我在祈祷苍天保佑，那个从身体切除的病灶是良性的。可事与愿违，手术后一周，切片病理结果出来了——

癌，这是个多么可怕的字眼！我不知道是先有了这种病才有了这个字，还是为了命名这种病而从字典里找到了这个替代的字，总之它是汉语里人们最不喜欢的一个字。

为了防止体内的癌细胞扩散，必须采用化疗的方法。三期化疗先后在医院里住了近三个月。儿子的一头浓发全部脱掉了。他不得不戴一顶帽子，试图掩饰自己的病情。即使我们任何人不在他面前谈及他的病情，可他心里十分清楚自己的病情，他也知道自己处在危险的境地。为了不让我们难过，他在我们面前显得很乐观，时常在他母亲怀里撒娇，逗母亲开心。越是看着母子二人亲密的样子，我越是心如刀绞，故意躲到楼道里的吸烟处吸烟，有时一宿要吸掉三包烟。

为了增强儿子身体的免疫力，尽快强壮起来，妻子想方设法为儿子补身体。她宁肯自己省吃俭用，也要为儿子购买昂贵的滋补品。她到农贸市场买了现杀的乌鸡，又到附近的小饭店加工成鸡汤。望着母亲跑得额头冒汗，懂事的儿子急忙拿着毛巾为她擦汗。儿子说："老妈，辛苦了！您放心，等您老了，我也会这样照顾您的！"借着灯光儿子看见了母亲鬓角上剧增的白发，他默默无语地注视着，眼里含着晶莹的泪珠。

也是在住院期间，我初次见到了儿子相处三年的女朋友小炜。她是一夫读研究生时的同学，一个漂亮、单纯的女孩子。她毕业后，被聘任到一家外资企业工作。住院期间她几乎每天下班都到医院里陪伴儿子，双休日就整天守护在他身边。

化疗三个月后终于出院了，儿子病情有了明显好转。回到家里半年多，儿子的食量多些了，我跟妻子的情绪也平复了些，可我们每夜只能睡三四小时。即使躺在床上也无法入眠，一闭上眼睛就是似梦非梦的状态。我瘦了三十斤，肚子明显变小了。妻子像自己患了病一样，人瘦得脱相了。

尽管我们悉心照料儿子，可转年的春天，儿子的病情还是加重了。去哈尔滨的肿瘤医院里复查，发现癌细胞已经扩散了。医生悄悄地告诉我，看样子病情到了没有治疗价值的程度了。但我执意说，即使没有治疗价值也不能眼睁睁看着儿子就这么离去，就是死也死在医院里。

我这次彻底绝望了，此次去住院恐怕儿子再也回不来了。我和妻子都打算在离家较近的哈尔滨肿瘤医院继续治疗，但儿子非要回大连的肿瘤医院。我们心里都清楚，选择在哪里治疗也就是选择在哪里与世长辞。我心里明白儿子是留恋自己刚工作的大学、那里相恋的女友和那片辽阔的大海。他的暗示就是他最后将与大海融为一体。

最后我们把儿子送进了大连的肿瘤医院。在医院住了一个月，儿子从一个身高一米八、体重八十公斤的大小伙子瘦成了皮包骨。他疼痛难忍时舌头被牙齿咬出血，也不发出一声呻吟。望着儿子难受的样子，我真是痛不欲生。我在无声地叩问苍天，残酷的命运，为何死神不选择心已沧桑的我，而放年轻的儿子一条生路？哪怕让我来生当牛做马来赎罪也心甘情愿呀！

在那个春寒料峭的黄昏，儿子的呼吸困难了，但意识十分清醒。我拉着他的手，他用很吃力的语气说："爸，我没啥嘱咐您的，您好好照顾我妈，让她不要太难过，来生我还做你们的儿子！"这是儿子留给我的也是留给尘世的最后遗言。

诀别儿子，那是一种真正的癌，世界上没有比这更锥心的痛了。可我知道我是这个家庭的顶梁柱，丝毫不能软下来，我的软就意味着这房子要塌下来。

去火葬场送别儿子的那天是个暖洋洋的春日，一轮旭日正从东方升起，可我却在送别一轮陨落的旭日。那天的路感觉太短了，没有几分钟，那个阳与阴的通关口岸就到了。在儿子年轻的身体化作灰烬的那一刻，我才真正体验了白发人送黑发人的痛。我的眼前出现了幻觉，仿佛儿子从那炉火里跳出来，跟我一起嬉戏在沙滩上。他在前面飞快地跑着，我喊着儿子，你快等等老爸，我哪里跑得过你这年轻人啊！我在自己的喊声中猛醒了，我的泪眼前却是一堆灰烬。

那一天我没有注视妻子一眼，也没有注视儿子的女友小炜，我不忍看亲人们撕心裂肺的样子。

我们遵照儿子的遗愿，把他的骨灰伴着鲜花洒在了他从小就向往的大海。小炜专门为一夫买了一个游轮模型，因为儿子答应她一起乘着游轮去向往的远方旅行，可这个愿望再也无法实现了。只有他自己乘着游轮去寻找心中的美人鱼了。小炜把那游轮模型放到水边，它随着海浪向远处渐渐漂去。小炜大声地喊着：“一夫，亲爱的，祝你一帆风顺，到了天堂别忘了回信息！”之后，她就瘫在沙滩上号啕痛哭。

在那滚滚的海浪把那些花瓣冲走的那一刻，我们的梦彻底被击碎了，那个面朝大海的房子也被冲走了，那些开放的春花也凋谢了。这是一片让我们伤感的海，看见它我的心海就会泛起记忆的波浪，心像翻江倒海般地难过。

在儿子病重的日子里，女友小炜竭力陪在儿子的身边。尽管她心里非常难过，但她依然用体贴来温暖我们的心。为了感谢她的陪伴和真情，妻子把留给未来儿媳妇的一串钻石项链送给她留作纪念。尽管她百般推辞，我们还是表达了我们的心意。

没有了一夫的岁月，是阴霾密布的日子。妻子很难摆脱丧子之痛，她开始精神恍惚，记忆力也在下降了。她不是盯着那块欧米伽手表发呆，就是怔愣地望着窗外说，咱们是不是该去海边看看咱家的那套房子呀？我知道她在幻想那根本就不存在的房子，但我不想让她伤心，安慰她说，等我退休了再去住那套房子吧！

我对儿子的思念不因时光的流逝而减轻，他的形象每时每刻都留在我的脑海里。每当我坐在那按摩椅上，心头像被针扎了一样的难受；每次看到街道上老人领着孙子在散步，我都久久地望着，一行泪水洇湿了脸颊。

五年前，我在书店里买了著名作家周大新先生2012年出版的一本书《安魂》，开始以为是一本小说，回到家里一读，我才知道这是他为祭掉亡子而写的一本滴血之书。阴阳两界父子间坦诚和揪心的灵魂对话读了让人心碎。至今我把那书放在书柜里不忍卒读。

今年是儿子五周年的祭日，我们又去了想去又怕去的大连海滨。知道我们到来，昔日儿子的女友现已结婚的小炜也来了。面对那辽阔的大海，我们没有什么可以献出的，只能把那一捧捧鲜花投向海浪。我们无声地站在海边，望着儿子长眠的那片海水向远处滔滔奔腾，我们的生命也犹如那不舍昼夜的海浪仍要继续奔流！

一双脚是怎样长大的

陪考记

女儿给我的人生启示

儿子放生

楠园女儿情

人生最重要的是认可自己

被女儿吓大的

文/叶梅

一双脚是怎样长大的

女儿，你喜欢听故事，无论吃饭睡觉，行车走路，你抓紧机会问这问那，听什么都津津有味，那么，我得说说你的事。

须知这女孩儿来到世上不容易。与她爸爸结婚的当年，还丝毫没有要孩子的准备，却突然感到头发昏腿打软，成天只想睡觉，以为是病了，当时我们正在湖南常德探亲，她爷爷奶奶是那里的人氏并都在那里工作，她奶奶说，我领你到医院去看看吧。结果到了医院一查，说是怀孕了，她奶奶不慌不忙地说，我一猜就是这个。

我心里吃惊，但虽然我们都还没有足够的心理准备，既来之也就只好则安之。

怀孕五个月的时候，单位派我下乡辅导。那时在湖北鄂西的一个县文化馆工作，除了每年给剧团写一两个小剧本，再就是办一个名叫《枫叶》的小刊物，登一些诗歌小说什么的，每年出四期，刊物虽小，但还是吸引了不少业余作者，因此我这份差事也叫创作辅导。有时候便辅导到乡下文化站，主要是去见那里的一些作者，看看他们的稿子，然后有针对性地谈谈。

那次去的地方叫景阳河，很曲折蜿蜒的山路，百二十里。到底是年轻，也不知天高地厚，去的时候坐的客车，几天才一班，回来时因为不赶趟便马虎地搭了一辆货车。司机开始就有些不愿意，说驾驶台已经坐满了，文化站的干部帮着说了好话，才答应让我坐上面。我就那样腆着肚子爬了上去，货车倒是空的，可没有任何可坐的东西，一路站着颠簸回来。要是换了现在的年轻孕妇，只怕是打死也不敢坐这样的车。

第二天就感到不适，最让人心惊肉跳的是见了红，我心想这下完了，这孩子说不定保不住了。幸亏看了医生以后，大慈大悲地说还可以将息，开了一些保胎的黄体胴针药打了，局势没有再继续发展。但从那以后，又总担心胎儿日后会受药物影响，出现什么怪异，心里老是揣着一份不安。

女儿还没面世时就特别敏感，文化馆里经常锣鼓喧天，有时候还会放鞭炮，我站在楼上，楼下的炮仗响一声，女儿就在肚子里跳一下，再明显不过了。而第一次动弹则是在一个月黑风高的夜里，我独自住在沙地乡文化站的木楼上，那木楼两层，平时只住着一个文化站的人，我去了以后，他将床铺让给了我，自个儿回家住去了。

那黑咕隆咚的夜里，木楼四处咯吱咯吱地响，总像是有人在朝我睡的门前走近，有好几次都停在了门口，我浑身沁出一阵阵冷汗，在暗夜中恐惧地瞪大眼睛，可灰蒙蒙的帐子外头什么也看不清。就在那万般无奈之时，一下，又一下，肚子里突然动了起来，那分明是生命的蠕动，有力地上下踢蹬着，仿佛在发布存在的宣言。于是一阵巨大的新鲜和喜悦从天而降，恐惧顿时消失了。

女儿给了我勇敢，我相信，什么样的牛鬼蛇神在这日出般的生命跟前也会退缩而去。

到八九个月的时候，肚子小山一样耸立，眼睛看不见自己的脚，原先所有的衣服裤子都再不能穿，对襟棉衣的扣子也扣不上。

那时做衣服买衣服都得凭布票，一件棉衣从里到外至少得一丈多，舍不得也没有，只好将就着在胸前缝几根带子，系不上扣子就系带子。这样胸前自然就单薄了许多，走在街上，冬天的北风凉飕飕的，从胸前透进来，吹得身上起鸡皮疙瘩，而那副形象恐怕更是不堪入目。

走路艰难，睡在床上连呼吸都艰难，翻身更是一项不小的工程，先得收腿，再借用肩膀、背，甚至头的气力，上下用劲连顶带蹬，待到姿势变换过来，早已喘作一处。洗脚穿鞋也是极为费劲的事，若是没有人帮忙，泡在盆里的脚就只好湿淋淋地抬起来，等它自己晾干，而鞋是没有鞋带的，捅进去趿拉着罢了。

1982 年 3 月 2 日那天半夜，睡在梦中突然感觉身上一热，惊醒过来，以为又来了红，掌灯一看，床上却无甚颜色，只是从身下汩汩地流出水来。凭我的一点了解，知道是羊水破了。离预产期还差几天，于是便没着急，坚持到第二日早起，才步行一两里路去医院门诊。

耐心等过前面一个又一个就诊的妇人，到我名下凳子已湿了一大片，大夫是个修饰洁净的五十岁左右的女性，三言两语一问，即刻变脸作色，二话不说叫来担架立即抬到产房去，说简直不要命了，羊水破了快十个小时还走着路到医院，看你们这些年轻人简直一点常识都没有。

她这话说得不假，在我们那个年代，人的有关知识是被封闭的，更何况我的母亲离我甚远，料理自己的只有自己。

在产床上躺了一天一夜，肚子一阵紧似一阵地疼，打过催产针药，又按医生说的方法吸气用劲，可就是生不下来。到第二天的半夜，肚子疼得恶心、冒冷汗，呕吐了几回，医生说不能再等了，剖腹吧。于是 4 日的清晨开始做准备，推到手术室打了麻药，主刀的大夫消毒了自己，高举着双手走进手术室来。我孤零零地被捆住双手双脚，恐惧不安地看着她们一步步走近，心想如果能活下来，这辈子再也不要生孩子了。

可那大夫举起刀，凑近来看了看，突然说头发都看得见了，还剖什么？快拿产包来！护士颠颠地去拿了个助产包，医生解开我的手，说你再挣一挣！一句话的工夫，哗的一下，世界在一瞬间变得轻松平坦。侧脸看去，一个皱巴巴、红通通的孩儿被护士拎在手里，那一双小脚就像两朵粉嫩的莲花，再看头上一簇卷曲的乌发，黑眼珠子在滴溜溜地转，嘴一瘪一瘪地哭个不停。人家说是个女儿，六斤三两。

我松了一口气，觉得还算够分量。要知道怀着女儿时并没有吃什么好的，日子过得艰难，她爸爸连续生了两场病，常常要在早晚步行十多里地到医院给送些饭菜什么的，等我回到文化馆那间小屋时，天总是快黑了，饿得饥肠辘辘的，顾不得别的，就用煤油炉煮上一大碗面条，放上些辣椒就算是一顿晚饭。

女儿后来一直长得不胖，我总认为是怀着她的时候营养不够的原因。这且是后话。

女儿总算是生下来了，想想觉得创造了一个奇迹。其实所有的人来到这世界上都不容易，只是每个人都有每个人自己曲折的路径。女儿同所有的人一样，就像到西天取经的孙悟空，在生命的历程中经过千难万险，最后才得以见天日。

我们不能不对生命表示最大的尊重，每条生命的诞生都是来之不易的奇迹。

保　姆

因为女儿，先后请过三个小阿姨，秀儿、梅儿和风儿，还间隔着跟三个老太太打过交道。

坐月子的时候，朋友和同事都说最好是有经验的老人在身边为好，可我们双方的父母都不能来照顾，就托人请了一位五十多岁的农村妇女来。她家在郊区，有好几个孩子，很穷，脸色黄黄的，性子很温和，但做事不利索，还好抽烟。每天早晨从家里赶来，慢条斯理地抽完一袋烟，然后再做饭，饿得我心里发慌，吃完饭又要抽一袋烟，诉说家里的贫寒。做完一个月，她就走了。

秀儿和梅儿待的时间也都不长。秀儿是来自高山的一个女孩子，却无山里的羞涩，十分的泼辣，一口黄牙（据说是家乡的水含有某种矿物质），说话风快，最爱炒“脆洋芋片”，说好吃得很，在我尝来却是生的。梅儿长得俊俏，却是眉眼含着些忧，心事重重的，做事一件是一件，做完了就静静地坐着，望着远远的山，让人替她担心。她俩前后都只干了一两个月，一个被亲戚介绍去小卖部站柜台，一个让哥哥做主定了亲。

没有保姆的日子混乱而无措。女儿生下来的时候倒还健壮。红红的脸，哭声响亮。后来不知是因为住的房子潮湿还是照护不当，月子里女儿和我一起感冒发烧，不得已去医院输液，尖锐的针头拨拉开女儿额顶的软发刺进去，女儿小手小脚一阵抽搐，那哭声像钢针扎得我肝胆欲裂，我逃出病房，天地昏暗一片。后来的日子里，女儿不再怎么生病，只是总不好好吃饭，喂奶常常吐出来，一顿奶或饭常常要花一两个小时。眼看着上班的时间到了，人也疲乏到了极点，女儿却还未吃完，衣服尿片尚未洗，房间自然也还是乱糟糟的。

这时，风儿来了。一位前辈眼见我过得艰难，就说她有一个远房亲戚正在她家住着，找活干，不妨来试试。第二天中午，一个娉娉婷婷的女孩儿顶着红火太阳来到门前，说我是风儿。我吃了一惊，女孩儿打扮得通体清爽，碎花衣裙白球鞋，脸白白的，头发黄而卷曲，含笑的眼睛，一口细碎银牙。

后来知道，风儿的家乡是出美女的地方，长江边上出过王昭君的香溪。那里山清水秀非同一般，风儿自然也沾了充足的灵气。可看风儿的苗条俏丽，又忍不住疑心她能否做得了端屎把尿，洗涮做饭这些活。但家里已是一团糟，好歹也只有将就着，就让她试试。

下班回来，却见得窗明几净，几样菜早做好了，用碗碟扣在小桌上，很是温馨。风儿侧身在床前，逗弄得女儿一片笑声。才夸奖她，风儿却轻松地说，这都是在家里天天做的事，算得了什么？我还在码头上扛过包呢。风儿家姊妹五个，她是老大，早早辍学养家糊口，带弟弟妹妹，摘柑橘、学裁缝、扛包什么都干过。

风儿爱俏爱笑爱唱歌，那年她才十七。再忙再累，风儿每天总是要洗澡换衣服的，有时到了夜里十一二点，我说风儿你快睡吧。风儿说不要紧呢，姐姐。窸窸窣窣地响，便知道风儿又在镜子前仔细地试衣服或梳洗头发。第二天却从不误床，早早地起来，哼着歌儿，多半是香溪的山歌小调儿，细听却总是曲折地跑了调，叫人忍俊不禁。风儿浑然不觉。

女儿半岁便隔了奶，说起来也是不得已。那时湖北省作协要举办首届文学讲习所，通知我参加，地点在武汉，时间有半年多之久。拿着那张薄薄的通知，感觉重有千斤，心里十分犹豫，机会难得但孩子实在太小，想来想去准备将女儿送往远在常德的爷爷奶奶家。但那边老人好些年未带过小孩子，一下子适应得了吗？

极端为难之时，风儿出人意料地说，我跟着去，姐姐。

我回趟秭归后就直接去常德。

我心想，风儿这是宽慰我的话，但还是把常德的地址给了她。没想到我把女儿送到常德之后不到一个月，在武汉从信上得知，风儿果真千里迢迢自香溪经沙市赶去了常德。我又惊又喜又担心，风儿在那里完全是一个陌生的天地，除了我的女儿，对她来说没有一张熟识的面孔，她怎么待得下去？

又担心着，女儿自小看上去像个小可怜儿，不怎么会吃，吃下去的奶常常回过，涨得小脸通红，隔了奶岂不更为艰难？学习期间我常在无人处想得牵肠挂肚。好不容易学完，匆匆跑去常德，小人儿裹在厚厚的袍裙里，戴着一顶尖尖的棉帽，那脸儿像一颗瓜子仁，也尖尖的，见面时正由风儿抱在怀里，见我全不认得了，竟哭起来，一个劲儿地朝旁边躲闪。

我张着两手，热泪一下子涌了出来。风儿也陪着泪，却说，姐姐，你放心，有我在这里，你放心。

未满周岁的女儿不肯吃饭，固执的办法是将喂的饭一口含在嘴里，不嚼也不吞，任你呵哄吓唬，就是不往下咽，一顿饭她爷爷奶奶得喂一两个小时，恼火得很。风儿说让我来，蹲在地上一蹦一蹦，两只手扮作摇晃的长耳朵，说你看你看，小白兔要吃嘉儿的饭啦！嘉儿赶快吃。女儿笑笑，嘴里果然嚼动起来。这办法也许不科学，但事实上，有了风儿辛苦的努力，女儿才吃了饭去。

后来的两年里，我去常德几次，风儿站在小小的厨房里给女儿煮饭，思乡之情使她忍不住在我面前流下泪来，我也心里发酸，劝她回去还是劝她安心留下，总在我心里矛盾着。最后一次离开常德是个下雨的日子，她送我到门前，将伞尽力偏向我这一边，飞雨淋湿了她纤瘦的肩膀，我侧脸同她道别，不忍看她怅惘的笑脸。

女儿近三岁时回到了我身边，风儿却留在了那里。那边老人给她在一家乡镇企业找了份工作，她干着还满意，后来在厂里谈了男朋友，竟然就在那里结了婚，成家立业过起了日子。

我遥遥地打听着风儿的信息，说后来风儿生下一个女孩儿，大大的眼睛黄而卷曲的头发，人见人爱，活脱脱一个洋娃娃。只是男人不怎么好，居然赌博，常靠风儿一个人的劳动养活三口。

风儿同男人吵闹过很剧烈的几次，后来又离开那厂去做了别的什么，听了真让人揪心。再后来，信息越来越淡，因为女儿的爷爷奶奶后来都离开了常德，便一晃好些年没了风儿的消息。

我不知道风儿具体的地址，风儿也恐怕不会知道我的，况且风儿很不容易写信，她曾说小时候书读得太少。只是总断不了想起，不定的时候，逢年过节，月明星疏的夜晚，眼前会蓦然浮现出一双含笑的眼睛，我就想，风儿，你此刻在哪里呢？

那年，女儿回到我身边时，离幼儿园招生还差一两个月，一位同学介绍说有位老太太管孩子挺在行，她的儿子就是在那家养大的。于是我便随着同学，将女儿寄养到一个老太太家里，说好每天早晨送来，晚上接回家。

老太太从未生育，对小孩子管教甚严，站要有站相，坐要有坐相，吃饭玩耍的地点时间都有严格的控制。只去过一天女儿便哭得凄惨，怎么也不肯去了，留她在老太太家的那一刻简直有种法西斯的味道。

这样送了几日，一天正在上班，老太太惊慌地打来电话，说女儿不见了。我顿时被吓蒙了头，头昏脑涨地叫人去找，正在忙乱之时，文工团一个演员牵了女儿来，两个小辫散了一个，头发蓬乱着，小脸脏乎乎的满是泪痕。

演员说是先一刻女儿蹒跚地挪进文工团的大门，东张张西望望，有眼尖的认出她来，说这不是叶梅的女儿吗？怎么独自到团里来了？一见人询问，女儿咧开嘴就哭了，说要找爸爸。她爸爸那时正在文工团谋事，仅仅领她来过一两次。

说来都不敢相信，文工团离那老太太家有一两里地的繁华街道，其中要经过两个十字街口还要拐一个弯，那年女儿不满三岁，刚从常德回来还不到一个月，对老太太家和文工团都应当是陌生的。只能说是天意，不让女儿走失。但我们再也不敢将女儿送到那老太太家里去了，当月的钱如数地给了她，老太太脸色黯然。

后来女儿还到饶奶奶家住过些日子，那是她在幼儿园放假以后的去处，我和她爸爸都不能带着她上班。饶奶奶是文化馆一位工人的老母亲，少见的一双小脚，佝偻着背，是一位善良的老人。

女儿现在还记得饶奶奶，说她的糯米粉最好吃，用糖拌了，小碗装着，就放在那小凳上一勺一勺地吃。后来我也给女儿拌过，但她都说不及饶奶奶。

眨眼二十

前年桃花三月，女儿满二十岁，红红的脸儿，乌黑的长发，跑起来像小鹿一样，两条健壮的长腿扬起一路矫健。从北京放假回来，小嘴吧嗒吧嗒地说出好多有趣的事，新东方英语啦，北图看书啦，跟着旅行团夜爬香山啦，还有一些小秘密，有关男生的。

一听就知道女儿真的长大了。可想起生她来好像就是昨天的事，在医院住了三天便出了院，自己走回的家。那时没有出租车，身上穿一件旧军大衣，头上裹着厚厚的毛巾，女儿由她爸爸抱着。女儿其后的成长虽无大惊也有小险，每一个做父母的都会体味到哺养孩子的艰辛，但终归来说，女儿带来的欢乐远远大于父母的付出。

女儿三岁时便经常提各种各样的问题，一天晚上我牵着她的小手散步，经过一家宾馆附近，那里有几个金发的男女走过，她歪着头注意地看了又看，郑重其事地问：外国人也尿尿吗？把我给乐坏了。

但显然这问题在她看来是很成问题的，就如同我小的时候，常常对着伟人的像猜想，不知伟人会不会像我们凡人似的也上厕所。

五岁时的女儿，无师自通地学会跳舞，头上扎着两个冲天辫，大红的绸结，手里握着两个“八宝铜铃”，在一队小朋友中间夸张地扭着腰，动作好看极了。到大来反而僵手僵脚的不会跳了，我常常不可理解地问她是怎么回事，答案其实不用细想，掂掂她沉重的书包就明白了。

六岁的时候，学会画齐白石老人家画过的小虾小鱼，用毛笔蘸着墨一圈一拖，活灵灵的小金鱼翩然浮游。六岁、七岁还分别获得“双龙杯”全国少儿书画三等奖、二等奖，转年成了少儿书画学会会员，段位四品，有证书为证。这门手艺也是到大些的时候就放在了一边儿，那些闲下来的笔和纸至今被打入在冷宫。

不知为什么，女儿刚上小学时，上课好动不专心，成绩总在中下游，老师常把我传去训示。带回一脸惭愧满腔怒火，可好说歹说也见效不大，心里便总有一块沉甸甸的石头。尤其见了她学校的班主任，比自己犯了错误还难受。过年时去给人家拜年，班主任没个好脸色，至今让我记忆犹新。

女儿九岁那年，我去北京鲁院上学，又只好将她寄养在别家，这回是我在巴东的二舅家。二舅夫妇受过高等教育，素来会调教孩子，且对我的事业百分之一百二十地支持，便担了风险来带这孩子。初转学到那里，老师测验过后很不以为然，数学分数只有36分，学校不愿接收。

二舅他们说了不少好话，学校才勉强收了，我听说以后自然是心乱如麻。在北京鲁院，万籁俱寂的夜里，眼盯着漆黑的空间，便想女儿还那么小，舅公虽然疼她，但毕竟隔了一代人，她要自己穿衣，自己收拾屋子，自己应付各种事物，那瘦弱的小小肩膀怎么承受得起？想着想着心里又酸又疼，常是彻夜难眠。

可是出乎意料，女儿在一个学期之内数学跃为全年级第一，真是奇迹。女儿常常创造奇迹。后来又当了班长，少先队大队长。去巴东看她的时候，发现她变得干练开朗，巴东县城是三峡边的一座小城，出门就得爬坡或是下坎，女儿的学校离家有三四里上坡，我走着气喘吁吁，女儿一边爬得飞快一边不停地兴高采烈地说话。

去了一年，就说着一口让人忍俊不禁的巴东话，唱歌一样。学习如她自己所说有了滋味，变得爱看书，课本之外的童话传说历史什么的，枕头边放了不少，上厕所时还夹带着，一蹲半天。

当然是坏习惯，可是人家学习渐渐地稳固着好起来，那年还被评为全国的好儿童，初听说时我简直诧异得不敢相信，后来细细地问过二舅，才知道说是全国，数量还是挺多的，每个县里差不多都有好些个，这样我才比较踏实。

养孩子的人都会有这样的感觉，自己一天天操心劳神总觉难熬，可别人看上去却觉着长得挺快。牵着女儿上街，每次碰见熟人都会听到惊讶，哟，女儿这么高了！门上刻有女儿身高的标记，一寸一分地朝上挪，像古人记时，果真是不知不觉就跃上一大截。

才十二三岁的时候，艰难出世的女儿便已是亭亭玉立，并肩走着，个头差不多跟我一般高，飘浮的短发时常撩拨着我的脸，温甜的呼吸吹得我耳朵根痒痒的。

女儿小嘴叭叭，爱吃零食，话梅火腿肠青豆之类；爱“狡辩”，三两个回合下来，做父母者就常是无言以对，恼羞成怒，动辄威胁“你再顶嘴”。

女儿还爱丢三落四，换下的衣服哪儿脱哪儿扔，书本纸张常常乱糟糟铺了满桌，每天上午在学校喝牛奶的专用杯也总是忘了带……时时让人生气。

有时候就想职业女性还是不养孩子的好，但转过身来一眼瞥见女儿清纯的脸蛋，听她独一无二地叫一声妈妈，一切不快便立即烟消云散。尤其女儿小小年纪居然善解人意，常常说妈妈你好累哟，用她那双小手用力地替我按摩头和腰，我说不用了不用了，女儿不听，仍然用着劲，一下又一下。

虽然时代和社会越来越复杂，竞争也越来越激烈，但我一直不希望早早地把压力给女儿，因此这女孩儿总像是长不大。上大学以后，不太熟悉的人见了她还常常会问，这孩子上高中了吧？她听了偷偷一吐舌头。喜欢看的书还是卡通，电视是“樱桃小丸子”，爱听的音乐是“对面的女孩走过来”，一点不像个大学生。无论是我去到她的宿舍，还是她领着过去的同学到家里来玩，我所见到的那些姑娘们的成熟都让我吃惊和羡慕。

去北京上大学的第一年，是我陪着去的，在火车上这丫头甚至不太愿意多说一句话，像一个十八世纪的淑女那样端坐着。

到了学校，是我替她打扫卫生铺好床，买好星星点点的物品，同时将她一一介绍给同室的那些女孩子们，临走时我发愁地想，这女孩儿接下来的日子该怎么过？九月初进的校门，国庆节前就打来电话，哽咽着说妈妈，我想你，我想回家。那么就回来吧，我心想这就像是起床之前的回笼觉，总归还是得你自己睁开眼睛往前走啊。

果然不知不觉间，女孩儿习惯了独来独往，电话里的声音也日渐昂扬，哥们儿姐们儿的一大堆，连做生日的“帕的”也操办起来，言语之间常带着“搞掂”，置办了一个呼机，粉红色的，别在腰间，跟她在一起时，常听那玩意儿嘟嘟地响起来，我就知道这个月的电话费又要大大地超出以往的开支。

我常常对女儿说，看你什么时候才能长得大？我们那会儿像你这么大的时候如何如何，女儿不怎么爱听，说其实你并不了解我。

我听了大吃一惊，很委屈也很恼火，我说，嘁，那是，我不了解你！我一直把她当作小孩子。可那天她在电话里告诉我说，妈妈，我明天就二十岁了！

一条小河从心里涓涓地流过，女孩儿从小到大的一幕一幕闪回，呵，真的是二十岁了！

我开始意识到这是一个千真万确的成年人的年龄，是一个应该得到更多的尊重和理解的年龄，也是一个值得付出辛苦而去换取欢乐的年龄。女儿在不知不觉间确实长大了。

欢乐无价

在这世界上，还有谁能比面前这个生命更为亲切呢？

她是你自己的血肉孕育而成的，她是你身体的一部分，她的哭和笑，她的顶撞和顽皮，点点滴滴证实了这个生命的存在，证实了你所创造的奇迹。没有比这更值得快乐的了。

所以，我心怀感激。所以，几番思量下来，我对女儿不想再有什么苛求，不指望她如何出人头地，对她的要求第一是健康快乐；第二才是品行学习良好；如果有可能再说第三，能成才则成才。

我常常心态平和地退而求其次，不愿意跟女儿和自己为难，这免却了许多麻烦，也给女儿稍稍大一点的精神空间，让她可以稍微自在地学习和生活。

女儿从小因为我的工作学习变动而四处漂泊，她小学的最后一年我调到湖北省文联，女儿又来到武汉东湖小学上学。那时门前一条窄小的土路，天晴一身灰，下雨一脚泥，上初中以后更远了，女儿得顺着那路到几里地外的水果湖去。于是不得不骑自行车，那路又窄车又多，开始学车上路以后，真让人极其的担心。

整整六年初中高中，不管刮风下雨每天两趟，女儿说把腿都骑粗了。后来那路开始扩修，挖得坑坑洼洼，更是难走。到了那路终于修成一条可以六辆车并行的大道，铺着进口的黑色沥青，豪华的风帆路灯，女儿考上大学走了。

这才更为真切地感受到，为女儿曾有的一切焦虑和担心都显得微不足道，而她带来的快乐却是无边无际的。它弥漫在空气里，流动在心的深处，时刻伴随在当妈妈的周围。

比方说，某一天你突然发现手机上多了什么东西，红的绿的闪着，或者小包的带子上也吊着了一个挺别致的吉祥物，不用问那就是女儿的杰作。

还有早晨没醒来，突然耳边就响起了广播声，蒙胧中怎么也想不通附近计划学院的广播什么时候变得这样亲近柔和？睁开眼却觉着不像，它就在床头柜里响着，原来是女儿去北京之前将那个小收音机定了时，每天自动地将以色列、巴勒斯坦、塔里班以及银行降息、天气预报等说了个遍。

我赖在床上不起来，任由它说着，似听非听，仿佛是女儿在跟前絮语。

眨眼间，女儿的一双粉嫩小脚长成了结结实实的大脚，要穿38码的鞋，走南闯北。

我因为有一个女儿而得意扬扬，而满心欢喜，而和她一起做着同样五彩缤纷的梦。

文/蒋栩媛

人生最重要的是认可自己

收到编辑有关教子题材的约稿信，我找到一封多年前给女儿的短信。信上说：

我们平时是无话不谈的。有些话你不敢对老爸说，但还是敢对老妈说的。这很好。

你学习一直很努力！这我是知道的。所以，我相信你不会做坏事。我还记得你说过的那句话："我们是品学兼优的好学生！"你很自豪，是吗？

你知道我对你的希望是什么吗？

我一直希望你是一个快乐的孩子。希望你能够从容面对生活中的一切。你需要坚强的心理。

别的不说，我认为你心理太脆弱，不能成功，也不能失败。自己给自己太大的压力。比如考试，考不好，或者自认为考不好就生气、难过，用自己的情绪影响我们的情绪，弄得全家人都很紧张。一次没考好，被老师找去谈话就成了你一学期的包袱，临近考试简直要崩溃，我能不紧张吗？这时候，我甚至责怪你的老师，怎么搞成这样？我想和你的老师多沟通，你也不让，不许我给老师打电话。我相信老师是好心，她只是不太懂你。

我没有想到的是，考好了也成了你更大的负担。这次段考你考得不错，连平时最难对付的数学也考得很好（题目太简单了吧?)，结果，面对下一次的测试，你的表现让我担心。你害怕去考试，烦躁不安，又在生气。你说出了实话，你说考好了更可怕，这次不如上次会被老师骂的。

“分数和排名那么重要吗?”

“不是因为考试我才不读书。”

呵呵，你这孩子的心性全出来了，做人不要那么被动嘛。读书不是完全为了考试的。

读书有什么不好？读书应该是一件快乐的事，你可以学到很多新东西。这是一个快乐的过程，考试你就当是附加的吧。考好考坏，平静对待，不要心事太重。

还有，学习上你有畏难情绪，一遇到困难就烦躁，不肯静心思考。有不懂的地方应该慢慢想，厘清头绪，总会弄懂的。在心理上你要自信，相信自己没有什么学习上的困难是克服不了的。

你喜欢读书，我和你一起去得最多的地方是书店，我给你买了不少工具书，遇到不会念不会写的字，你可以首先查字典，不要问我直接要答案。这样，你可以离开老师自己学习。学会学习对一个人很重要，因为，你不可能一辈子跟着老师，人生的每一个阶段都会遇到新鲜的东西，学习能力可以帮助你永不落伍。

轻松学习！从容面对一切！没有什么难得倒你的。

希望我们还是无话不谈的母女。

祝你快乐！

落款日期是2009年5月2日，写信的时候，女儿刚上初中不久。为考试的事情烦恼不已，我让她看淡考试的成绩，不要在意别人的评说，放松心情。

与生俱来的女孩身份，让她非常自责、自卑，甚至自弃。4岁的她就为自己是一个女孩难过，她告诉我，爷爷不喜欢她，也不喜欢我。我问为什么？她说因为她是女孩，因为我生了一个女孩。这让我惊呆了！这孩子，到底经历了什么事？怎么会有这样的想法？她三岁的时候，我们开始时常带她回乡下看望爷爷奶奶，没想到得了这么一个结果。我不知道爷爷给了她怎样的刺激，让一个年仅4岁的孩子有这样的体验，有这样清楚明白的领悟。但我知道她的感受是真实的。当爷爷知道她上幼儿园每年要交4000元学费时，非常愤怒，说出了很难听的话：花这么多钱给她交学费，不如给我盖楼。在他眼里，女孩子都不算个东西，可以随便丢弃，可以不让她们读书，可以让她们早早外出打工，为家里挣钱，出嫁的时候还可以收一笔大小不等的彩礼。反正，她们都不算自家人，读了大学出来也算是为婆家栽培的。所以，女儿的堂姐们都没有机会读书，有的初中没毕业就被迫辍学打工了，有的父母明言初中毕业就不让再读了。小的两个堂姐读了大学，还是我救助“女童”，以每年 3000 元的代价换来的机会。从她们初中毕业到大学毕业，坚持了 8 年。

爷爷对孙女厌弃的态度让女儿深受伤害，她感到被嫌弃，她甚至说自己让父亲抬不起头，很自责，很难过。很长一段时间，无论我怎么开解，她都郁郁寡欢、耿耿于怀她是一个女孩。她对自己的不认可甚至厌恶，曾经让我很担心。她不像我，我知道她爷爷对于我的态度，我毫不在意。我生来就不是要讨谁的喜欢的，我不会因为别人不喜欢我，我就难过。谁不喜欢我，有本事就断绝和我的关系，他甚至都不敢跟我撕破脸。让我女儿这样不开心，这样痛恨自己，却是我不能容忍的。我必须劝说女儿，让她知道，歧视女孩是野蛮的，是不道德的，她完全没必要放在心上。我需要激发她的心理能量对抗这种歧视。

我跟她说我的人生。我告诉她，我也被嫌弃，我不是被家人嫌弃，我是被整个“社会”嫌弃。这种嫌弃和歧视比一个爷爷的嫌弃可怕多了，那是可以致命的。

我一进入学校就不得不面对来自“社会”对我整个家族几代人的歧视和泼污。我随父母被流放到乡间，到了该上学的年纪，被放在一所乡村小学里，在一众农家子弟中显得非常出众，因为我非常优秀，比所有人都优秀。老师们明明知道我的身份，但是，挡不住我聪明伶俐又漂亮，还是喜欢我。课堂上老师费尽九牛二虎之力也教不会其他同学，最后总是提问我，是我给老师台阶下，让老师骄傲地说："都是我教的，有人就会了。"有一次，算术老师没辙了，又把我提起来，我坐下之后，这个老师说："某某某是天才！"全班哄笑，不知道老师在说反话骂他们。那时候在批林彪的"天才论"，是不承认天才的。老师说我是天才，他们还以为老师在骂我。在他们的哄笑中，只有我心花怒放，暗自得意。

我就这样在满世界的敌意中傲慢自得地走过来。我知道自己的优秀，我甚至因此而不肯堕落。我把自己与一个堕落的世界分隔开来。这种对自己的信任，这种对自己的欣赏，就是我的宗教，就是我的精神支柱。

"知道吗？我很喜欢这句话：走自己的路，让别人说去吧！"在我看到这句话之前，我就是很狂傲的，我就是藐视歧视我的世界的。在我读到这句话的时候，它就是我的心声，它就是我的座右铭。我要是在意别人的目光，在意别人的评价，我怎么活？我只在意自己的优秀，我只在意对自己的认可。这一种孤芳自赏，替我挡住了冰雪严寒，焕发出强势的心理能量，在凌厉的打压下傲然绽放。不让我加入"红卫兵"组织，我就无所谓了，到最后，我抗拒一切组织，求我加入也无动于衷，世俗利欲也诱惑无力，我得意于我的清清白白。我在乎什么呢？我在乎我活儿干得漂亮，我在乎真才实学，我在乎学习能力。世界再黑暗，也遮不住活儿漂亮的人。

我虽然拿出这种与整个世界对战的姿态，以此为榜样教导她，她还是说："我不是你。"是，没有人愿意与世界为敌。我无法，世界与我为敌，我只能以这样的姿态活下来。让它去诋毁吧，我要的只是自我的认同。人生最重要的是对自己的认可，如果自己否定了自己，人生就失去了方向，失去了前进的力量。我知道自己的方向，我努力让自己优秀，我为自己骄傲。

女儿不行，她内心不够强大，缺乏自我成长的力量，从小爷爷对她的排斥，让她总是希望得到别人的认同，这导致在一切事情上，她都不自信，都很在意获得的评价。考试那点事，就成了天大的事。老师的几句话就是圣旨，在她心里足以压死人。我很努力地想转变她的想法，让她狂傲一点，让她可以藐视别人的评价，努力做好自己该做的就行了。我希望她自信快乐，努力做最优秀的自己。

在我看来，最糟糕的是，她痛恨自己是一个女孩，这种性别的自我否定，会让她抬不起头，做任何事情都不自信，会毁掉她的一生。把野蛮的歧视抛在一边，认定自己，认真做自己是从容做人的开始。"做一个女孩有什么不好呢？你要快乐自信啊，在外公眼里女孩子比男孩子都强。我觉得女孩很好啊，我就开开心心的。”我用父亲从小对我的鼓励和赞赏，告诉女儿，女孩子可以比男孩子还优秀。我一再告诉她，哪怕整个世界都否定你，都把你踩到泥里，你都要肯定自己，快乐地做自己，做一个善良正直的人，做一个比歧视你的人高尚得多也能干得多的人。随着年龄的增长，女儿慢慢放下了那种不快乐，不再为自己是女孩子而自卑，明确告诉我她不再因为自己是女孩而难过了。我终于战胜了一个野蛮长辈的歧视给女儿造成的精神伤害，让她从自卑、自弃的泥潭里爬了出来。

后来，她告诉我，其实我是她的偶像，她一直暗中努力追赶我，但是还是样样比不上我。

文/於可训

被女儿吓大的

武汉人有句俗话，说，你怕我是吓大的。吓大的，意思是说伴着惧怕长大的。当然，这长大不仅指年岁的增长，也指阅历的丰富、经验的增多，而后逐渐成熟或显得成熟一些。对我来说，就是逐渐胆大或显得胆大一些。这句话我常跟别人说起。说这句话的时候，往往是我和别人在谈论我的两个女儿的时候。

我有两个女儿，相差只有一岁多点。小时候，老大挑食，长得慢，老二能吃，长得快，长相又很像，见到的人都把她俩当作双胞胎。那时候，什么都讲计划，上幼儿园也要指标，我家只有一个指标，所以老大上了幼儿园，老二就一直留在我爱人单位的托儿所。虽然后来老二成了托儿所的孩子王，但没能上幼儿园，毕竟是个遗憾。按说，老大上了幼儿园，就该省心了，可是，不然。幼儿园的老师和园长三天两头地来告状，不是说她害人，就是说她跟人打架，弄得一惊一乍的，让我和我爱人一天到晚跟着担惊受怕。有一个周末，我去接她回家，发现所有的孩子都走光了，教室里只有她一个人对着墙壁站着。问她为什么，说老师让她罚站。不用说，又闯祸了。我说，走吧，回家，我跟老师说去。她抬头看看钟说，还没到时间，我只好等她站够了时间才带她回家。又有一个周末，我去接她晚了，发现她自己从幼儿园回来了。幼儿园与我家隔着一条大街，街上车水马龙的，就问她是怎么过马路的。她说，我拉着一个叔叔的手，说，叔叔，我家在马路那边，你带我过去好吗，那位叔叔就把她送过马路了，从此，我周末接她回家再也不敢迟到。

这是老大吓我。老二吓我是相反的情况。不是她害人，是人家欺负她；不是她跟人打架，是人家打她。遇到这种事，我们又不好跟人计较，都是孩子家，不懂事，所以，就经常看着老二从托儿所哭兮兮地回家。有一次，我从我家附近的街边走过，发现有一群人站成一个半圆在围观什么，就挤进去看热闹，原来是一个小女孩在打另一个小女孩。被打的小女孩被打人的小女孩按在花坛沿上，裤子被扒下来露出了光屁股。打人的小女孩一手按住被打的小女孩的后背，一边扬起小巴掌照着被打的小女孩的光屁股拍打着，口里还念念有词地说，看你还打不打我妹妹，看你还打不打我妹妹。我赶紧冲过去扯开了打人的小女孩，又把被打的小女孩扶起来，整整她的衣服把她送回家。这打人的小女孩就是我的大女儿，被打的小女孩是我邻居家的孩子，因为是独生女，在家里很霸道，平时没少欺负我家老二。老二除了哭还是哭，从不敢还手。但从这次被我家老大打了以后，这个小女孩再也不敢欺负我家老二了，甚至躲在爷爷奶奶那儿，好长时间连家也不敢回。好在我们邻居关系好，彼此都不计较，事情也就过去了。

从这件事情以后，我和我爱人都发现，孩子不再是襁褓中的婴儿了，她们有她们的独立意识，也有她们的独特的生活能力，不必要我们事事操心，事事都看着她们。所以在她们上了小学以后，除了饮食起居，与同学相处和学习上的事，都由她俩自己解决。她们有什么事，一般也不找我们，姊妹俩一捏咕就解决了。说句闲话，这也是有两个孩子的好处。我家老二是个学习极用功的人，门门功课都想得高分。从小学到高中，她的成绩在班上一直名列前茅，大学时考上了本校的人文科学实验班，研究生毕业后进了中央电视台，后来又在职读了博士学位，一直顺风顺水，波澜不惊。老大相反，在学习上能投机的就投机，能取巧的就取巧，除了不抄袭别人的作业，考试不舞弊，什么投机取巧的事都干。刚上小学时，有一次，老师布置的家庭作业是把工人的工字写一百遍，老大就找来一把米尺，先在上面画一长横，又在下面画一长横，然后在两个长横之间划上许多短竖，眨眼工夫，一百个工字就写完了，别的字如法炮制，所以她的家庭作业总是比妹妹完成得快。后来学的东西复杂了，家庭作业有计算，那时刚兴计算器，她就从邻居的一个会计叔叔那儿借来计算器，三下五除二地就把假期作业做完了，还得意扬扬地对正在吭哧吭哧地做着家庭作业的妹妹说，你这样累不累呀，有60分就够了。转学考试的时候，她真的在考场上一分一分地累计她所得的分数，到了60多分，余下的题目就不想再做下去了。考试时，她的座位靠窗，我爱人正站在窗户边。她说，妈，有60分了，不做吧。我爱人说，做，她才继续做下去。因为老这样60分万岁，所以上高中分重点班时，她排在名单的倒数第四位，后来有几个人开后门，又把她挤下去了。上不了重点班，我知道后果的严重性，就厚着老脸到学校去找领导，领导又把她补上了。开学的时候，我送她去报到，新班主任当着我的面对她说，你要多考几分，你爸爸也就不用这样找人了，害得我无地自容。她好像也有所触动，高一时成绩就直线上升，高二时就进了班上的前排，后来一直名列前茅，成了班上的尖子生。我说，你早这样就好了，她回答我说，现在也不迟呀。看来，要让这样的孩子觉悟，要有时间，要有耐心，还得靠她自己，家长是着急不得，也代替不了的。

到了老大考大学的时候，我们已吓出了一些经验，不像升高中重点班那么紧张了。那时候，复习备考的事，基本上是交给学校老师，不用家长操心，临考的日子，也没有什么送考候考之类的事，学校用一台交通车把考生拉到考场，考完了就回家吃饭。临到考试那天凌晨，大约三点钟，我隐隐约约觉得床前站着一个人，睁开眼睛一看，原来是我家老大。我说，你站这儿干什么，怎么还不睡觉。她说，紧张，睡不着。我爱人说，完了，完了，这还考什么考，正要下床去安慰她两句，我却重重地给了她一巴掌，说，去睡觉。她转过身，果然就去睡觉了，早晨起来去考试又像没事人儿一样。第二天考完回来后，又说她的答题纸可能填错了，我和我爱人赶快去找她的班主任，虽然最后都有惊无险，但也把人吓了个半死。事后想起来，我和我爱人觉得又好气又好笑。心想，你咋就不能干点别的，老找这种事一惊一乍地吓我们。又一想，这种事，就像孩子蹒跚学步，你总以为他要跌倒，他却就这么跌跌撞撞地走着，你爱看不看。

我两个女儿从小都有写作的天分，老大小学时还背着我们往报刊投稿，发表过一篇豆腐块文章，得过几块钱的稿费。我和我爱人就想，这下考大学该学文科了吧。班主任和科任老师也这样认为。但她想了想却说，学文科没出息，要考理科。考理科就考理科吧，考分明明可以上本校的生科院，那时上生科院是最好的选择，学完后多半出国深造。她去了一趟生科院的实验室后，回来却说，我不上生科院了，生科院太辛苦，扛一箱方便面进实验室，十天半月出不来，我要学计算机专业。那时，我们对计算机的知识，仅限于计算二字，说，你又不去当会计，学哪门子计算机。她不理睬我们的质疑，自己报了计算机专业。大学毕业后，与她的男友一起分到了航天部，她的男友搞研究，她在研究院办报纸。我们正为她能发挥写作的特长暗自庆幸，没曾想，实习期刚满，有一天，我们突然接到她的一个电话说，她已跳槽，离开了航天部，调到一家计算机杂志当编辑。对我们这辈人来说，没有什么比守着一个铁饭碗更重要，何况是这样的一个大单位的铁饭碗，心下不禁暗暗着急，但生米已煮成熟饭，也奈何她不得。过了半年，忽一日又来电话说，我已升任技术部主任，年薪，不多，15 万。这下可吓着宝宝啦。要知道，在 20 世纪 90 年代，15 万年薪可是一个天文数字，我们全家人连同亲戚六眷的工资加起来也没有这么多。当然，在受惊吓的同时也暗暗为她高兴。就这样安静了几年，又一日，忽然电话告知，说不想干了。问其原因，答曰没什么，就是每天看见那些人就烦。我和我爱人以为，这不过是说说而已，工作中哪有不烦的事呢。不想过了些时日，我们就接到正式通知，说他们准备移民。不久夫妻俩就移到了加拿大。这下好了，天高皇帝远，八竿子够不着，想吓我们也难。不想出国没两年，女婿就一个人跑回来了，说是工作反差太大，不适应。女儿留在约克大学读书，拿到大众传播专业硕士学位后才回到国内。那时，我家老二研究生毕业后已在中央电视台影视部工作多年，正好央视招人，就介绍她姐进了中国国际电视总公司学做制片人。在这个单位干了几年，担任过几部电视剧的执行制片人，有一部还得过飞天奖，很受同行的赏识。我和我爱人就想，这下该安心了吧，都三十多岁的人了，孩子有了，房子有了，事业也干得不错，还折腾什么呢。不想后来还是因为“看见那些人就烦”的原因，又带着一家人离开中国，重赴加拿大，做了加国的永久居民。过几年，又鼓捣她妹妹一家移到加拿大跟她做伴。她妹妹在中央电视台干了十几年电视剧编导，已经很有成绩，也有些名气，许多著名的电视剧都是经她手播出的，陡然辞去这个职务，我和我爱人虽然都有点惋惜，但她受她姐影响，为了自己的生活理想，什么都舍得丢，我们也习惯了，就由她去了。比起她姐出国，到她移民时，我们已没有多少惊吓之感。我和我爱人都觉得，这些年，我们都被这两个宝贝女儿吓大了，从前着急得要死的事，现在看得云淡风轻，从前看得重要得不得了的事，现在也都成了神马浮云。孩子的事，是大得不得了，但经过了，也就没什么大不了的。这样，我和我爱人觉得心安多了，也自在多了。我们都老了，不想跟她们满世界跑了，只想在国内过平静的日子。想起她们来了，就飞去看看她们；不想动了，就让她们飞回家看看。她们过她们的，我们过我们的，都是独立的生活单元，互相关心，却互不干涉。改一句庄子的话说，相濡以沫，莫若相忘于江湖，这样顶好。回头想想，没有那些年吓就的基本功，是很难做到这一点的。

现在，她姊妹俩在加拿大都买了房，住在多伦多郊外的同一个小区，两个女婿在公司上班，她们姊妹俩选择了自由职业，在做所谓专职太太的同时，一个从事网络教育，把北美的作文教学法传播到中国，一个从事电视剧创作，为国内的公司写电视剧。兴致来了，她俩间或也写写小说。虽然我并不赞成她们这样的选择，也不欣赏她们这样的生活方式，但她们也算是遵照鲁迅先生的教导，在“幸福的度日，合理的做人”，过上了她们想要的生活。我常常跟学生讲我的两个女儿的故事，也常常想到鲁迅先生的这段话：“自己背着因袭的重担，肩住了黑暗的闸门，放他们到宽阔光明的地方去；此后幸福的度日，合理的做人。”我想，对我们这些做父母的人来说，这“因袭的重担”，就是我们头脑里各种陈旧的观念，这“黑暗的闸门”，便是我们各种担惊受怕的心理，我们把这些东西“背着”了、“肩住”了，不去干扰他们的选择，不去影响他们的生活，才能“各自解放了自己的孩子”，也才有孩子各自追求的幸福和光明。

2018 年 8 月 3 日写于珞珈山临街楼

文/罗聪明

陪考记

之一：泪战北京

校门口的求是园，赶考的学生飞来飞去，乍惊乍喜的声浪一波波袭向藤架。藤架下立着一条黑色背影，双手插进衣兜，脑袋耷拉。深冬的阳光从树枝间斜探过来，一声叹息仿佛发自某棵树的胸腔。

“小羽！愣着干吗？怎么不练声呢？”闻声转过来一张白皙端庄的脸。这是我家的考生，小女儿小羽。她眼里没有迎战群雄的热望，没有初上战场的生猛，像是庐山二月冰凌裹着的山茶花，迷茫冷峻。我跑过去，递给她一包糖果，看见她的泪珠子哗哗地砸向雪地。16岁的小羽由我陪同从南昌进京，来参加人大艺术特长生考试。第一次涉足全国精英荟萃的考场，第一次经历北方的鹅毛大雪，她拿出的见面礼是眼泪、眼泪、眼泪！

刚才带她去刺探考试情形时遇着一位女生，唱美声的，倚着梁柱旁若无人地吊嗓子，经过多年专业训练的嗓音如同一把利刃，嗖嗖地穿过林子越过房顶，一下刺中了小羽的自信心。小羽从小拜师学艺，拿到了少儿声乐九级、中国舞九级、电子琴九级，但一进中学就被升学压力缚住了艺术翅膀。入冬决定报考艺术特长生之后，才临时抱佛脚请一位教授上了几堂声乐课，现在又被重感冒整坏了嗓子。报考该校的艺术特长生近2000人，只取28名，声乐类是三百挑一。听人说，自主招生功夫不在考场，而在路子票子之类，但我相信考场，愿意跟着千军万马去挤独木桥。这是我们唯一的路。

陪考的我，一厢情愿地将信心高举头顶。自小羽降生，我就在她身上倾注了自己对歌唱的狂热。天遂我愿，小羽的声带条件比我好得多。打个比方吧。我是一条山涧，尖可入峰，细能穿针，而小羽是一条大河，宽广平和可揽天地入怀；我是一条独木桥，晃晃悠悠经浪即垮，而小羽是一条石拱桥，厚厚实实波澜不惊；我是一条绸带，贴心的轻柔难掩质地的单薄，而小羽是一段麻布，摸着厚实，看着土气，却任凭高低拉扯唱不破喊不哑。我热切地鼓动她报考声乐特长生，希望我生给她的这副嗓子能帮她挣到优先录取名校的资格。

从中国人民大学校园出来，沿着望不到头的涂鸦墙走向酒店，沉默把我们复杂的心思踩得咔咔响。开工开悟，开工天悟，天工开悟……涂鸦墙上反反复复跳出这四个字，一会红一会白，刚吊在一个女人嘴边，忽又钻到一个男人的眼底。搞不清这四个字到底是涂鸦工作室的名字，还是老师给学生的命题？天公啊，你就帮我女儿在高考这条路上洞开一下悟性吧。

回到酒店，小羽终于收了眼泪，开始练唱“我爱你，塞北的雪……”我的担心悄然退去。果然开悟了，在强手面前，她终究选择了当一名迎战的勇士。候考这两天，每时每刻我都陪着她，看见她的斗志一点一点地充盈起来。宾馆里住满了考生，古筝琵琶二胡、长号提琴鼓钗早晚都在操练。几个女声每天早上鬼叫鸟嘶的，每一个胸腔里都装着一股杀气。

不同内容的面试一场接一场。我和小羽相牵着一次次走过涂鸦墙，走过求是园，走向考场。

一层玻璃相隔。里面的考生，有的呀呀唱个不休，有的垂头走来走去。关在外面的家长都成了被夺走武器的斗士，有的敲着玻璃狂喊：儿子你冷不冷？喝口热水！有的朝里面挥舞拳头。小羽默然坐在墙角，也不转头来找我。无法看清她的表情，我便干脆背过身去，看天空的树枝。那些枝子像是人手，有的抓住一只鸟巢，有的抓住一把阳光，我的孩子，但愿你能抓住自己的梦想。

考完第一场天已全黑，第二场考试在夜那头潜伏。回到宾馆，小羽一头栽入酣眠。我洗完头发，湿淋淋的无法挨枕。校门口的小宾馆连条毛巾都不供应，更别说吹风机，只能靠床头的暖气片烘烤。电视机跟人一样不敌睡意，荧屏一会儿就分不清哪是脸哪是手。恍惚中有人抚弄我头发。“妈妈你别睡着呵，头发没干，睡了会头痛的，我帮你掀起来烘烘吧！”女儿从被窝里伸出手来，托住我头发往暖气片上靠。像是一条温热的毛巾，悄然捂湿了我的心。

第二场出来，塞北的雪结在她脸上，阴沉不开。第三场出来，冰花闪闪。我说不要紧嘛，北京不要我们，还有南京啊！小羽擦着泪道，早知道是这样，前几年我就不该玩游戏，去练声好了！

考完即乘夜返程。累是累，也放下一桩事，车厢灯未熄我就睡去。女儿坐在床前，在摇摇晃晃中看书写作业。不论这次考试结果如何，高考大关都必须去闯。奔来跑去地应试，耽误的一分一秒都得挤回来。我心疼她身体，也忍着不扰。列车咣唧咣唧，把我一时扔进睡里一时捞出来翻炒。每次醒来眼里都是一条捧读的背影。睡吧！好。却不动。灯熄了，小羽又拧开小手电。也不知多晚，一个轻柔的声音就像小虫子一样爬进我耳里：妈妈晚安。未及睁眼，一个热乎乎的吻印在我面颊。

这是一个具有里程碑意义的吻。平时下班回家，我的三个女儿会抢着给我递上拖鞋，下厨时她们帮着淘米洗菜，吃饭时抢着给我添饭，外出旅行时行李永远不会落在我肩上。这些寻常细节不足记取，不过是我传习的义务、习惯、礼节、家规。而睡里得到的这个吻，让我有一种被暖在手心的幸福。婴幼时小女儿的脚总暖在我手心里或怀里。大了，热水袋取代了我。有时我会提一个小小的要求：陪妈妈睡吗？就一晚。回答永远是：不嘛，我自己睡，我也长大了啊！我只能道晚安送她入梦。那些吻与爱原是种子呵，随手播着，不觉就长成林子，开始吐芳回报了。爱的世界里，播与收是不分季节、随时都能生发的。

之二：苦战南京

才下北京，又上南京。

这回我分不开身，由孩子爸及二女儿马兰花陪考，队伍够雄壮的。不过比起别人就逊色了。在北京见过陪考的强大阵容，父母之外还有辅导老师与伴奏的，一拖四。考大型打击乐器的，更是一车乐器一车人，长途跋涉像镖师出行。父女三人上路之后，我叽叽地发信提醒这提醒那，小羽回我一句：您老今年几十了？

报到后有半天的空余，陪考的父女去逛街，看雨花台，小羽独自留在宾馆练声。如果我陪考，会帮小羽听听音准，设计表演，提醒她抬头挺胸。而此刻，站在自家镜前的我，看见镜里一张六神无主的脸。操心哪！

临行前一晚，高度紧张的小羽竟然要改唱女中音。我不同意，便让她分别用高音和中音各唱一遍，家人当评委。唱完，评委们都说：还是唱女高音好！本来失了信心的小羽如遭电击，滚倒在地哇哇大哭："我唱不好啦！我死路一条啦！"大女儿拉她，拉不起。二女儿哄她，哄不住。我走过去在她耳边一跺脚："起来！哭有什么用？我家哪有胆小鬼？你自己选择的路，就得咬牙走下去！"她弹起来往卧室冲。我紧张得要命，万一她一气之下离家出走，我是堵门还是拉人？盯紧她。见她不急不慢走出来，手里拿一片光盘，打开影碟机，一抹泪道："我再唱一遍高音你们听听！"哭过的嗓子支离破碎，拉拉扯扯，我死咬牙关才没放出笑来。她唱完一遍，钻进卫生间洗把脸，出来又唱。一遍又一遍，一直练到修正了一些明显的毛病，才罢休。

南京大学这一战，我已预感不妙，却仍把女儿送上战场，只要存有一丝希望，我们就按照走向胜利的目标迎战。

特请南京朋友孙海涛（三届残奥会铅球冠军）为小羽助阵。预订宾馆和车票的事都是他在帮忙张罗，还赶到宾馆跟小羽聊天解压。

为化妆，陪考的父女俩忙了一晚上，才在南京街上找着一个愿意大清早上门服务的化妆师。马兰花悄悄告诉我，两百块呀！千万别告诉小羽。我当然明白。一谈钱小羽就是个吝啬鬼。有次我给她买了件品牌羽绒服，她一问价钱就气得不肯穿。平时在她身上的花费都不告诉她，她问就往少里说。晚上到老师家上声乐课，她往返坐公交，公交没了就走半小时回家，不舍得叫出租车。她数学想补课，送她去辅导学校，一听300元一节的课时费她就两泪纵横。我刚掏钱包，她就自责着往电线杆上撞："我怎么这么笨，只会浪费家里的钱！"我说我家有钱呀，留着钱发霉吗？最后还是她回家自己补。其时家庭经济滑了个大坡，200元是她寄宿学校一个月的开销，她是决不会答应涂到脸上的。

后来听马兰花说，头天晚上预付化妆师100元，第二天早上化妆师一进门，她爸就冲上去，像送情报一样把100元塞给化妆师。还好小羽没有问价钱。

南京场场失利，败北而归，接下来在本市一场调研考试中小羽又大退步。吃饭时听到她的成绩我轻叹一声，抬头看见小羽的泪蛋一颗颗砸进碗里，忙说："别急，就算进不了南京，还有南昌嘛！我们一家五口已有四个是南昌大学的，多你一个校友不是更光荣吗？"小羽扑哧笑了，鼻涕抖进碗里。

之三：笑战杭州

2010年的杭州二月，风花雪月我全没在意，眼里只有大马路。马路被环卫工人刷得清爽，白天有牛仔服的质感，夜里泛着奶酪的光泽。我称赞这马路不错，小羽道："那我就考到杭州来，让你多看几次马路。"年前一家子商量杭州这场考试来不来时，小羽想放弃，我心里头虽抱着希望，却不忍再让她啃那赶考的苦饼。犹豫半天，最后小羽汪出两窝泪道，我还是去考吧！

来杭赴考，目标不是杭州，而是中国传媒大学，杭州是该校在全国设立的自主招生五个考点之一。我希望杭州此行有一个温暖轻松的旅程，让她绷紧的神经得到一刻松弛。

杭州果然给了我们好心情。考场设在浙江工业大学，京杭运河的纤秀腰身在校园扭了一下，复又远去。绿树青条在春光里做出微醺的姿态。陪考的家长在河边闲坐，仿佛是专门来享受一段悠闲时光的。全国各所高校的自主招生考试大都在年前完毕，几场下来，能坚持到年后的，都好似打坐久了悟到了禅意，有些听天由命的心态了。

这次小羽改弦易辙，报考广播电视新闻学。之前没有刻意备考，以平常心来战。除了测试语文英语数学，还要笔试一场电视节目分析，再加当场抽题即兴演讲的面试。知识积累与应变能力的功夫不能突击练就，干脆赤手空拳上阵。

面试前一天，晚餐时我跟小羽谈论社会热点，模拟问题分析面试。我："农民工进城落户定居的问题值得关注。去年有些地方奖励了一批优秀农民工，为他们解决了城市户口。这个问题你怎么看？"小羽喝着汤："哦。这西红柿蛋汤放的油太多了。"我："这个问题，社科院的几个朋友有研究。你看看他们的文章。"小羽望着面前这碗汤："哦，这种事他们也研究？""当然，他们什么都研究!”小羽的思绪已跑进考场:“不知道是一个一个地,还是一批人同时进行?”我想的仍是农民工户口问题:“肯定是一批啊,同时解决。”“同时进行?那会互相影响的。”四目相视,看见彼此的疑惑。我俩在吃饭、考试、农民工问题这三条弄堂捉迷藏,谁也没逮住谁。一阵喷饭后换了话题:怎么看待李宇春的成名?母女俩各持观点,从饭桌辩到电梯。

面试时给出的素材千奇百怪,而小羽抽到的正是农民工问题,农民工开胸验肺事件反映的维权问题,我推荐的学者文章为小羽作了些铺垫,她演讲得流畅而有感情。

更巧的是,英语作文题竟是对李宇春现象的评析!天啊,陪考半年,小羽没考进理想名校,我却考成了捉题高手。可惜我家小羽不爱这道题,她选了另一个名人来评析。孙中界,一位货车司机,上海“钓鱼”抓黑车事件中的焦点人物。赶考途中,小羽书包里有我放进的《新世纪周刊》,其中就有一篇对孙中界的专题报道。她在火车上刚读了此文。

些微的惊喜夹杂在重重悬念中。另一场考试,小羽正在答题,一考官忽然晃过来盯住她问:“你为什么要化妆?”刚出考场的小羽讲述这段情节时,我的心悬空起来。每次考试小羽就是一件普遍白衬衣,为显得正式一点,我带她去理发店化了淡妆。“你怎么回答考官的?”

当时的小羽老实作答:“我妈妈说……”一出口,她马上意识到把妈妈举在面前太幼稚，即补上一句："我自己也觉得，化点淡妆显得正式，是对考官的尊重。"考官追问："谁给你化的？是你自己吗？"想象那时分考官目光里射出来的锐利，我周身骤寒。当包小柏在湖南卫视对舞台上的超女快男说着无情尖刻的话，我为那些小明星能遇上这么厉害的枪手来考验心智而叫好。然而，我不希望我的孩子在考场遇到包小柏。憨厚的小羽坦然相告："我自己不会化妆，是在校门口的理发店化的。"考官一声自语："哦，是校门口的理发店化的呀！"

我一遍又一遍地揣摩这一声自语的含义，一遍又一遍逼着小羽回忆考官当时是怎样的表情，反感还是肯定？可怜我家小羽，平日花裙子都没穿过，脂粉更不沾边，尊敬的考官，请您千万不要把她看作表面光的驴屎蛋呀！

迎面急匆匆走来一位家长，朝一女生叫喊："快擦掉！听说这个主考的老师最不喜欢化妆的考生。今天几个化妆进去的都完蛋了！"她毫不掩饰地放出那种着火在邻家、救急不关己的笑。我好想哭。

小羽却哈哈大笑，安慰我道："完蛋就完蛋吧！考官给我的结果，并不是我人生最后的结果。"哇，真是雾里看花，摘桃拣李，赶考一季虽然无果而终，但我和孩子还是赚到了呵！

文/华姿

女儿给我的人生启示

她们的饥渴

咪卡小时候常挂在嘴边的一句话是:“我要玩。”当我们各自为自己的事忙碌而无暇陪她时，这句话就变成了:“我没伴玩。”

在我们还住在杨园的时候，咪卡时常走到东边的窗前，对着对面楼里的另一个窗口，细声细气地，可怜巴巴地喊:洋洋，到我家里来玩呢?或者是:洋洋，我到你家里去玩呢?如果呼喊得到的应答是肯定，那么，这一天就是阳光明媚莺歌燕舞的一天。如果不是，那么结果就是相反。

有什么好玩的吗?其实也没什么好玩的。两个小女孩在一起，玩来玩去，永远是那几个不会说话不能交流的布娃娃，和一堆设计简单做工粗糙的塑料玩具。

那时候，咪卡还常挂在嘴边的一句话是:我再玩一下下。我再玩一下下。无论她在玩什么，在哪里玩，只要你说，咪卡，不玩了。她就会急急忙忙地恳求：我再玩一下下。我再玩一下下。那种语调、神情，那种样子，给人的感觉是，她好像有几百年几千年没玩过了。

1999年春天，咪卡读五年级，有个星期天，她拿了几年攒下来的压岁钱，带了五个同学从武昌到汉口，再从汉口到汉阳，再返回汉口。在一天里，把中山公园、汉阳动物园、解放公园，通通玩了个遍。当她又开始秘密策划下个星期天的远足狂欢时，她的一个同学向我告了密。那时候，她刚满十岁。

真有那么好玩吗？我问咪卡。在深夜的灯下，她脸色绯红地点头。但是，如果游乐场里的那些机器真有那么好玩的话，为什么他们玩过了还想玩，永不满足呢？

有个作家说，我们要多玩造物主造的东西，少玩人造的东西。造物主造的是有生命的，而人造的却相反。在我小的时候，我玩泥巴，或泥巴里长出来的东西，或靠泥巴生存的东西．也就是树木花草，虫子蚂蚁。它们都是我的伙伴和朋友，当我一个人时，我和它们说话。和一根微笑的灯笼草说话．或者，和一只刚刚停止了争论的青蛙说话。我坐在草堆里看日出日落，看月光和夜晚的闪电，听林子里的风响、鸟叫和田间的虫鸣。它们都是造物主的话语。在霞光弥漫天际的时候，幻想撕一片晚霞来做围巾，或衣裳。

春天我们玩杨柳，它新长出的黄蕊像飞絮．据说柳絮随风而飞，如果落到池沼里，就会变成浮萍；我们把艾蒿的叶子摆在湿地上，用稗子拍出美丽的形状；做吹叫子，看谁吹得响。我婆婆经常得意地说她儿子也就是咪卡的爸爸三岁的时候，用树皮做的吹叫子就吹响了。到了夏天我们玩雨，看流萤，摘桑葚和李子；秋天里，我们帮蚂蚁搬家，看麻雀做窝，看蒲公英结籽；冬天来时，我们玩雪，玩冰，看小草怎样从冬末的雪里长出来，听公鸡怎样在寒冷的早晨把嘴埋在羽毛里打鸣。

在我小的时候，我们很穷，穷得一个玩具也没有，但万物却都成了我们的玩具——造物主就是这样的公平和慷慨，他决不因为你穷就舍弃你。如果你肯亲近他，他就把他所造的都给你。现在我的女儿有很多玩具，花了很多钱从商场里买回来，但没有一样能使她真正满足，也没有一样能让她真正珍惜，就像成年人买报纸一样，看过了就扔，扔了再买。

有一天我突然想到，也许，她的永不满足正是因此而来。——她远离了造物主，她玩的是没有生命的东西，那里面没有爱——她的爱也无处可施。所以她饥渴。所以她要喊：我要玩。我没伴玩。

这种饥渴更胜于身体的饥渴，但大人们却意识不到。当她说我渴时，我们给她水和饮料；当她说我饿时，我们给她满桌子的美食。但当她喊我要玩时，我们却意识不到这也是饥渴，而且是一种更严重的饥渴。这种饥渴只有一种食物能够填饱，那就是爱。除此之外，没有什么玩具能使她饱足。

如果我们的孩子在一个这样的饥渴的世界里长大，那么，她感知爱的能力就没有得到发育和成长。她就将感知不到这个世界的爱，也感知不到亲人和朋友的爱，她将活在一个干枯的世界里。她会说，没人爱我。你们都不喜欢我。虽然事实不是这样，但她看不到事实。她甚至看不到太阳、月亮、水、蔬果以及新鲜空气给予她的爱。她不仅了解不到那份爱，更洞见不到那份爱的完全与深远。

更可怕的是，如果她感知不到这个世界的爱，她自然也就不会去爱这个世界。而我们是在爱这个世界的时候，才活在这个世界上的。

后来的事实证明我的感觉是对的。当我们养了辛巴之后，咪卡就变了。她再不像以前那样呼喊我要玩了，也不像以前那样永不餍足地买那些冰冷的没有生命的玩具了。当她对我们不满时，她会把辛巴抱在怀里，说，我现在最喜欢辛巴，还是辛巴对我最好。这是她以前从未说过的话——哪怕是对那个价格昂贵的芭比娃娃，她也没说过还是芭比对我最好之类的话。

辛巴虽然是一只狗，但它仍然来自造物主的创造，是伟大的生命的孩子，能给予爱，也能接纳爱。这就是人所需要的——人需要被爱，也需要施与爱。就像那个著名的小王子，他甚至在一棵玫瑰花身上，找到了他所需要的爱与被爱。因为玫瑰花也是生命的孩子。

爱生命的孩子，就是爱生命，也就是爱那个伟大的创造者，同时也被他所爱。在这种神圣的爱与被爱里，这个小女孩的饥渴终于被填饱了——也许只有凭借那神圣的爱，我们才能真正免于饥渴。

这个结果让我看到了造物主创造的苦心与深意，以及这个世界对于爱的回报。就像美国诗人罗伯特·弗罗斯特写过的：春树幽闭的芽中藏着碧绿，即将长成荫荫夏木。夏天辉煌的碧绿原来隐藏在初春那毫不起眼的细芽里。

这个结果还让我想起平原上一种叫木莲的植物。木莲蔓延生长，四季不凋不开花就结果。起初，果实里面是红而空的，但到了后来，里面就结满了细小的籽，每颗籽都有一根美丽的须儿。这种籽小孩子喜欢吃，小鸟也喜欢吃。

咪卡的饥渴——我们的饥渴，像不像木莲结的那个果实呢？起初虽然空而红，但造物主自然会走来把它充满，用那细小但甘甜的籽粒——那就是我们所需求的爱。文题只在于：你愿不愿意做那枚谦卑的果实，全然地接纳造物主的给予。

她们的孤独

我记得很多年前，在我还是一个二十岁的大学生时，有个女子跟我讲，她五岁的儿子常常趴在窗台上，眼巴巴地看着楼下的街道，和街上来来往往的行人。眼巴巴地，羡慕得涎水直流。她说："眼巴巴，你真懂这个词吗？我是看见了我儿子的眼神才懂的。他多孤独啊。但是，我有什么办法，我只能把他锁在屋里。在很多发达国家，这都是不允许的，警察会来管。但在中国，这样的家庭、这样的孩子实在太多了。"

我也有几次把咪卡独自锁在家里的经历。在她五六岁的时候，她爸爸去了海南，我一个人带她——很多时候，我不得不这么做。有一回，是冬天，我本来是计划带着她出去的，但临出门时发现天气太冷了，是那种随时都会下雪的天气，我只好把她锁在家里。我跟她保证天黑以前一定回来，因为我知道她怕黑。但武昌到汉口实在是太远了。当我疲惫不堪地返回时，天已经黑了很久。她一听到我上楼的脚步声，就哇的一声哭了。看到她满脸泪痕，我就知道她其实已经哭了很久，只不过因为害怕就隐忍着没有哭出声。

其实我能感受到她的恐惧与孤独。在我小的时候也是这样。天黑了，如果大人没回，我是无论如何也不肯进屋的，即便瞌睡来了，也不进屋，宁愿趴在门槛上睡，也不肯上床去睡。但跟咪卡不同的是，我不是一个人等，我是和弟弟妹妹一起等。我们挤坐在门槛上，困倦使我们不想说话，但我们互相依偎着，这就有了温暖和安慰。因此，虽然恐惧，却并不孤单。

如果咪卡有一个哥哥或一个姐姐，不管是多小的哥哥或姐姐，有一个弟弟或者妹妹，情况可能就完全不同了。甚至是，如果那时候就有辛巴（对门家养的一只小狗），情况也会不同（现在她常说：没关系，辛巴陪我就行了）。恐惧还是会恐惧，但不至于恐惧到哭泣。或者，哭泣还是会哭泣，但怎么样也不至于不敢哭出声吧。

所以，很多时候，我真想再生一个孩子，甚至几个孩子。使他或她不至于因为独自一人而感到孤单。当大人不在时，他们可以代替大人来相互陪伴，相互取暖，使孤独和恐惧不至于弥漫得像黑暗一样。而另一些时候，当我觉得人生空虚找不到意义的时候，我也真想违反国策去生一个孩子。让一个崭新的生命凭借我而来，是不是比上一个无趣的班有意思得多呢？

咪卡有个表妹，比她小五岁。当表妹长到可以跟她玩的年纪时，只要表妹一来，她的狂欢节就开始了。尽管表妹来了后，她要受一些委屈，作一些谦让，有好吃的要分给表妹一多半，有好玩的要让表妹先玩；甚至要多做许多事，比如督促表妹吃饭，替表妹梳头，陪表妹洗澡，表妹哭了要哄，等等。但她还是愿意表妹来，甚至恨不得表妹来了就不走。学校一放假，她就邀请表妹来玩，甚至不辞辛苦，在酷暑天里接来送往。有一次，她没跟我说一声，就把表妹带出去吃麦当劳。——放假后，表妹跟她一样，也是一个人在家。结果，弄得她小姨大发脾气，从此禁止她们私自来往。

也许她是喜欢表妹的，但最根本的原因却还是那一个：不喜欢一个人在家，不喜欢自己跟自己相处，不喜欢孤独。但是怎么办呢？好像不能怎么办。也许这就是这一代独生子女的命运，是他们必须接受的现实，也是他们幼小的生命不得不负起的重轭。跟我们小时候的贫穷相比，他们的孤独是更大的黑暗。

听说有一个画家，在他还是一个小男孩的时候，总是一个人在家。当他长大并成了一个画家后，他非常喜欢画屋子，他画了很多的屋子。但他画出的屋子，通通都是黑暗，没有光亮的。

想一想，在黑夜里，我们为什么会情不自禁地想念白天的种种好处，想念太阳？因为太阳不仅给我们带来光明，也使我们感到温暖和安全。而太阳落土之后，我们为什么急急忙忙地往家赶？因为家里有光明。但是，对于一个孩子来说，一个没有大人的家，就依然是黑暗的。

咪卡隐忍的哭泣给了我很大的震动，从那以后，我再不敢把她一个人留在屋里。在那几年里，我基本没有出过差，完全没有社交。除了上班，就是在家。虽然这样的生活并不是我想要的，我也许更向往服务于社会。但我必须这么做。我必须像一个旧式母亲那样，把我的生命全部用来陪伴孩子成长。对于世界来说，我不过是一滴水，一片叶子，或繁星闪耀的夜空里一盏可有可无的灯。但对于这个小生命来说，我却是一片海，一个森林，或无边无际的黑暗里那一轮必不可少的太阳。我想这是造物主特别赋予我们的爱与责任。如果我们在缤纷的世界里丢失了这份爱，造物主会把它捡在手里，并在适当的时候还给我们。

有一段时间，我也曾想把咪卡送去全托，这样每周我就有六天的自由了，至少我不用天天急慌慌地往家赶了，我可以从从容容地走路，看风景。但最后还是没有。因为有个基督徒朋友跟我讲了一个故事。

在一个很僻远的地方，有一个小小的村落，多年来村民们过着宁静安详的生活。但孩子们却过得很苦，他们吃不饱，从小就要干很重的活。大人们看不见孩子的苦难。也许看见了，但因为历来如此，也就懒得去改变。有一天，村子里来了一个国王。国王说，他是来寻找他的小王子的。他不记得他的小王子是什么模样了，因此，这里的每个孩子都有可能是他的小王子。国王走后，这个村子里的情况发生了很大的变化，父母们开始尝试着把他们的孩子当成王子来对待。又过了很多年，国王第二次来到这个僻远的地方，看着那些健康幸福的孩子，国王说，我并没有丢失王子，我来这里，只是要告诉你们，你们每个人的孩子其实都是王子。

事实就是这样，我们每个人的孩子都是王子。可很多时候我们看不见这一点，需要有个国王来指明。孩子的苦难，并不单指食物的缺乏，更指爱的饥渴、心灵的孤独。把你的孩子当成王子，也并不单指物质上的富足，更是指精神上的陪伴和引导，感情上的温暖和慰藉。

如果没有爱，宫殿也不过是一个僻远的村落；如果有爱，僻远的村落也可以成为光明的宫殿。事实就是这样。

我的朋友说，这个世界上没有一个孩子是愿意离开母亲的，哪怕是短暂的离开。因为那违背了孩子的本性。她需要伙伴，但伙伴的友爱永远代替不了母亲的至爱，就像人类之爱永远代替不了上帝之爱一样。那种至爱得不到满足的饥渴，比暂时的独处更可怕。她如果不能在一个有光的家里长大，那么，她内心的屋子就一定是黑暗的。而在人的一生里，只有这个时候她最需要你，最依恋你，这是你们互爱的黄金时光，错过了就永远错过了。

最后朋友说，把你的女儿当成公主来爱吧，她是一个多好的女儿啊。

是的，她是一个多好的女儿啊。她们是一些多好的女儿啊。还有他们，是一些多好的儿子啊。天下没有不好的孩子。如果孩子不好了，那一定是大人先不好的。

现在，我要把这句话送给天下所有年轻的母亲：把你们的孩子当成王子当成公主来爱吧，他们和她们，都是一些多好的孩子啊。

现在咪卡已经长大，那个在冬天的夜晚因恐惧和孤独而默默哭泣的小女孩，已经长成了一个健康纯净的如花少女。如果现在要她画一个屋子，这个屋子一定是明亮如昼温暖如春的。我有这个信心。她常说“我好幸福，我觉得你们很棒，我好喜欢你们啦”。虽然有时候她也对我不满，但转瞬就会表示她的宽谅。她说，我又不完美，我凭什么要求你完美呢。

虽然看起来形势大好，但我知道孤独和恐惧仍然与成长同在。她还是不喜欢一个人在家，不喜欢一个人走路，上楼。每个星期三的晚上9点，她补完课回来，我必须要到楼下去接她。就100多米远的一段路，她坚决不肯一个人走。

这使我意识到，我必须要带她去认识一个人。

这个世界上只有这个人会始终如一地爱你，陪伴你，也只有认识了这个人，你才不会感到孤独，才有勇气走任何一段路。因为一旦你认识了他，他就不会让你独自走过。事实上，那个里面的你，人类的你，始终都在和那最伟大的创造者并肩行走。而他也渴望着认识你，与你相见。用印度诗人泰戈尔的话说，如果不这样的话，太阳和一切的星辰，都是白白地创造出来了。

有一个故事这样讲：如果把人生比作骑自行车，那么，上帝一直都在帮你踩踏板。任何时候，你都不是一个人在独自踩，无论是上坡、下坡，还是坎坷、平路，上帝始终在和你一起踩。

还有一个故事这样讲：有个人做了一个梦，梦见自己与上帝在沙滩上散步。天空中闪现过一些生活的场景，他注意到每个场景都有两组足迹印在沙滩上——一组属于他，一组属于上帝。当最后一组场景消失时，他发现有许多地方只有一组足迹。而这些刚好发生在他人生最低潮的时候。

他便向上帝说：“上帝，你曾说我一旦决定跟随你，你会一路陪着我走下去，但是，为什么在我最需要你的时候，你却离弃了我?”

上帝回答说：“孩子，我爱你！而且永远不会离开你。在你经受考验的时候，你只看到一组足迹，那是因为那时我背着你。”

是的，只有他的爱是不变的。当你对世界感到失望，认为谁都不爱你的时候，你要相信他还爱着你；甚至当你觉得你的父母都不爱你的时候，你要相信他还爱着你。同他创造你的目的，就是要让他的爱充满你。如果你明白了这一点，你的一生都将活在幸福里。如果你看见了这一点，你就永远不会感到孤独，更不会感到恐惧。——因他时刻与你同在。

在你睡眠的黑暗里，他是星光；当你醒来，他又变成了黎明。你欢笑时，他在你的快乐里，当你哭泣，他又出现在你的泪水中。你如果认识了他，你也就认识了爱。这句话也可以换成：你如果认识了爱，你也就认识了他。

现在，我已经把他介绍给了咪卡，就像咪卡小时候，还是一个婴儿的时候，我把天上的太阳指给她看一样。在这个晴朗的早晨，咪卡看见了他，就跟小时候突然看见了太阳一样，是惊讶而喜悦的。从此以后，天上的飞鸟、云霞，地上的虫子、青草、水、空气和一根树，以及风的声音，都具有了奇迹般的爱的功能。当它们莞尔微笑时——当你莞尔微笑时，太阳就破云而出了。而阳光在照亮你的刹那，也照亮了黑暗。

她们的宽恕

已经是夜里9点多钟了，咪卡突然跑到书房里跟我说，这是她一天中最快乐的时刻。我问为什么，她说罗叶刚刚给她打了一个电话，问作业。我说，一个问作业的电话有什么高兴的，你们不是经常打电话问作业吗？

这时，咪卡就停住了，做了一个幸福的手势，说，今天可不同。我说有什么不同？难道现在太阳出来了不成？咪卡就走过来抱住我的肩膀说，今天我们吵架了，放学的时候都没说话呢，但现在她跟我打了电话。

我就明白了。我拥抱了咪卡，说，你们怎么这么棒啊。咪卡说，我好高兴啊，她肯定也很高兴吧？我说，那当然，她应该比你更高兴呢，因为是她主动的，你又接受了她的主动。虽然你们都没明说，但你们是心有灵犀呀。咪卡就使劲跳了两下，说，呵呵，我今天一定能睡个好觉了，我还以为我会睡不着呢。

在这个初夏的夜里，窗外风吹叶响，如同清脆的滴水之音，看着眼前这个因宽恕而喜悦的孩子，还有电话那头那个看不见的孩子，我突然就很感恩，感觉心里也有一片清风吹过，也有一阵清脆的滴水之音响起。原来宽恕是一件如此简单的事。而在今晚，宽恕就是她打一个电话，她接一个电话。

在这件事情上，孩子们总是比我们大人做得更好，就像他们更容易与一只小鸟和一片树叶亲近一样，他们更容易宽恕。其实，我们每个人的心里都有一盏宽恕的灯，只是我们不能像一个孩子那样，让它适时放出光来。因为我们常常忘了点亮它，更忘了擦拭它。是的，我们每个人的心里都有这样一盏灯，但我们使它熄火了。而孩子是一个崭新的熠熠闪光的生命，世界还来不及用它的尘埃来蒙蔽这灯盏的光辉呢。

其实有些时候，我们并不是不想宽恕，我们也很想打那个电话，但我们拿起话筒又扔下了。我们不只是缺少勇气，我们更缺少信心。但是，如果你不把脚伸进河里，你怎么知道河水干不干呢？这是源于《约书亚记》中的一个故事。先知约书亚带领众人过约旦河，脚一入水，水就干了。你必须要把脚伸进河里去，水才会干。也就是说，你必须要说出那句话，宽恕才会来临——既来到你的心里，也进入他的心里和她的心里。在我们的人生里，我们往往缺乏的就是这种“湿脚”的信心。但孩子们不同，他们身上还涌动着上天赋予的单纯和天真，这是只有他们才有的禀赋，所以他们很容易就把脚伸进河里去了。

有一个小故事这样讲：一个小男孩很聪明，有一天他做了一个很好的航模，预备送给他的父亲。他等到很晚父亲才回来。但因为种种不如意的事，父亲很不开心。当小男孩把航模拿给他看的时候，他很不耐烦地说，走开，不要来烦我。说着顺手一推，小男孩手中的航模就掉在地上摔坏了。这是他做了整整一天才做好的。小男孩就哭了。这时候父亲更加烦躁，他大声说，哭什么哭？还不快去睡觉。小男孩就只好抽泣着默默地捡起那个已经摔坏的航模进了自己的房间。

父亲也进了自己的房间。那天的确有很多事使他有足够的理由生气，但他怎么可以这样对待自己的小儿子？这么可爱的小儿子？但那时他的心已被抱怨充满了，再没有空隙使他能透过自己心中的乌云看到这一点。那晚他本来应该加班的，他还有很多的工作没做完，但心中的怨气使他无法安静。他坐在桌前继续烦恼。就在这时，小男孩轻轻地推开了父亲的房门，他伸进小脑袋，微笑着，柔声说，爸爸，我爱你。说完又把门轻轻地关上了。

故事到这里就结束了。一个本应该喜悦和感恩的夜晚，却被这个父亲的抱怨和烦躁吞噬了。他后来究竟受到了怎样的震撼和安慰，我们无从知道，也不须知道了。

孩子们就是这样的美好，他们让宽恕适时地放出光来，照到那需要爱的心里。一颗焦躁愤懑抱怨的心，其实是更需要抚慰和怜悯的，孩子们本能地懂得这一点，就像他们本能地亲近一只弱小的动物一样。他们在做这件事的时候是那么自然，就像一棵草在春天长出绿叶一样，青翠是它的本性；或者，就像一朵花在原野上开放一样，芬芳是它的本性。对于孩子来说，爱就是他们的本性。所以他们常常快乐，他们绝对不会花一天或一个夜晚的时间来生气和烦恼。

如果一个人能够一辈子，每天擦拭这盏灯，保持它的光洁，让它适时发光发亮，就像个孩子那样，那他就成了天使。一个善于宽恕的人，从精神的意义上讲，是真正的强者，也是一个能够享有平安和喜悦的人。

有一句话说得很好，要学会对你的生命说是。如果一个人生活在说是的内心氛围里，那么，他就能够生活在平静喜悦和从容里。反之，一个人如果生活在说不的内心氛围里，那么，他就会生活在对抗、抵触、谴责、烦恼和抱怨里。不要对你的生命说不，不要对你的环境说不。学会了说是，就是部分地学会了宽容和饶恕，怜悯和忍耐，分享、沟通和欣赏。也就是窥见了爱的一个层面。有个智者说，一个人的生活是否充满喜悦和快乐要看他的里面有多少爱来决定。同样，一个人是否宽恕、有多少宽恕也是由他里面的爱来决定的。孩子们本性的纯真和柔软，使他们天然地拥有爱，也就更容易宽恕。

千万不要用“父子关亲”来解释小男孩对他父亲的态度。这种因果关系否认了爱的本性，就像否认芬芳是花朵的本性、青翠是草叶的本性一样。看看大自然里，万物都在相爱——树与木在相爱，河流与高山在相爱，果与叶在相爱。这些爱都是出自本性，而不是为了你，或为了我。

有一个很有学问的旅行家去拜访一个著名的和尚。或许是因为旅途劳顿，旅行家到达的时候，非常烦躁。他走到门口，先是脱掉鞋子，把它用力地扔向一个角落，然后很响地把门撞开，向和尚问好。对于这样一个来访者，和尚拒绝接受他的问候，和尚说，你去跟鞋子和门道歉吧，道了歉我们才有可能交谈。旅行家很奇怪，他问，向鞋子和门道歉？它们又不是活物。和尚说，它们的确不是活物，但你愤怒地对待它们，就好像它们犯了什么罪似的。既然你可以愤怒地对待它们，那么你也可以跟它们道歉。旅行家想，他走了很远的路来到这里，如果因为这么一件小事而使他的拜访草草收场的话，那就太可惜了。于是他走过去对鞋子说道：对不起，朋友，请原谅我的无礼。又对门说道：对不起，我粗鲁地把你撞开是错的。

奇迹就在这一个片刻发生了。当旅行家说完这些话之后，他突然就感觉到有一种新的东西像明月一样从他的心里升起，他一下子就平静安详了。他简直不能想象，只是请求门和一双鞋子的原谅，一个人就可以获得这样的宁静和喜悦。

事实就是这样，当你说对不起时，实际上你就已经宽恕了自己，你就已经表达了一些爱，所以平安和喜悦自然就来到了。只要你表达了一些爱，不管是对一扇门、一双鞋子，还是对一只小狗、一个人，你就一定会释然。如果你愿意常常表达一些爱，那么，当你捡起一块石头时，你也会感觉像牵着一个朋友的手。

想到这里，我才真正理解了咪卡的喜悦，和电话那头那个孩子的喜悦。因为宽恕首先是自己给予自己的一种释放，一种安息，一种甜美、自由，一种爱。然后才是给予他人的一种释放，一种安息，一种甜美、自由，一种爱。道歉首先是自己宽恕自己，然后才是请求别人宽恕自己。

咪卡做完作业就准备睡觉了，在她睡着之前，我坐在床边给她讲了一个故事。我跟她说，这是一个最伟大的关于宽恕的故事。

有一天，经学教师和法利赛人带了一个妓女来见耶稣，她是在卖淫时被抓的。他们问耶稣："老师，按照摩西律法，这样的女人应该用石头打死，你认为怎样?"耶稣弯着腰用指头在地上写字，半天没有作声。他们还是不停地问，耶稣就直起腰来对他们说："你们当中谁没有犯过罪，谁就先拿石头打她吧。"说完又弯下身子，继续在地上写字。听到这话，那些人就一个接一个地离开了，只剩下那女人和耶稣。耶稣就站起来问她说："他们都到哪里去了，没人留下来定你的罪吗?"那女人说："先生，没有。"耶稣说："那好，我也不定你的罪，你去吧，别再犯罪了。"

她们的和他们的欢笑

11 月 19 日，是咪卡的生日。咪卡很早就跟我商量，星期六这天，她可不可以租用我们家一天，开一个生日 party。在这一天里，这个家只有她这一个主人。我和她父亲都要回避。

这当然没有问题。有问题的是我们，我们去哪儿晃这一整天呢？

所以，到了星期六早晨，我们并没有按点出门，我们先是在卧室里磨磨蹭蹭，然后又在餐厅里磨磨蹭蹭。结果，我们还没走，门铃就开始叮咚叮咚叮咚地响了。

我跑去开门，钥匙在我手上，竟然意外地看到了一片笑脸，一片灿烂得像油菜花的笑脸。四个女生，五个男生。大概因为那个撇开了大人独立地自由地使用一个家的愿望就要实现了，他们和她们明媚地饱满地笑着，像一片盛开的油菜花，把暗淡的楼道都照亮了。

当然，我也看出来了，当他们和她们在门开的刹那看到的是我而不是咪卡时，是有一些失望的。不过我们都是知趣的大人，才不会杵在这儿讨人嫌呢。于是，我们赶紧抬腿走路。木门刚一带上，还没来得及关铁门呢，里面就爆发出一片笑声，是那种解放的笑声，哗啦哗啦的，像暴雨突然打在密集的青翠的林子里。

他们和她们开始笑了，我们却不知怎么办了。突然空出这么一整天，我们都有点手足无措，像一个穷人突然拿到了一笔巨款似的。丈夫把车在院子里开来开去，不停地问，去哪儿去哪儿？不知道去哪儿，那就去东湖看水吧。

东湖的水是很好看的，尤其是这秋天的水。树也很好看，鸟也很好看，太阳的光也很好看，还有人也很好看。但我没心情看。晃了第一圈后，我就跟咪卡打了个电话。电话一接通，就听到他们和她们在笑，笑声像涨潮的水一样涌到听筒里。咪卡也在笑。我就问，你们在做什么？笑得像涨潮一样。咪卡说，也没做什么。我说那你们在笑什么呢？咪卡说，一定要有什么才能笑啊？老妈呀，想笑就笑嘛，还要什么理由？

中午，我们在湖边的小酒店里吃了午饭，然后把车开到一棵梧桐树下休息。我们把车门关紧，把天窗打开三分之一。这样既安全，又能呼吸到带着枯草和黄叶香味的新鲜空气，还可以看看蓝天。丈夫很快就睡着了，但我睡不着，我脑子里全是那些潮水般的笑声。这群小“造反派”，光顾着快乐，不知会把我的家弄成什么样子呢。于是我又给家里打了个电话。这是第四个电话。没人接。我想他们这会儿大概终于笑饿了，下楼吃饭去了。

到傍晚，夕阳也看过了，晚风拂水的声音也听过了，估计他们差不多该散了，我们才返回。在楼下碰到“食屋”的老板娘，她说，那群孩子，中午一餐根本没吃，光顾着说笑去了。晚上这一餐，个个像饿狼赶来了似的。说着，就笑了。

我也笑了，说，小孩嘛，就是这个样子的，玩乐比吃重要。

晚上我问咪卡，我说，今天该自由吧？没人管，该笑够了吧？玩够了吧？但咪卡说，笑还会有个够吗？玩有个够还说得过去。笑哪里会有个够呢？

我想起咪卡小时候，几个月大的时候，一点点声响一点点变化都会使她笑。树上的叶子被风吹得呼啦啦地转，她抬起头正好看见了，她会笑。一张纸被撕成了两半，她听到了那刺啦的一响，她也会笑。甚至，你把巴掌使劲一拍，喊一声咪卡，她也会咧开嘴，咯咯咯地，笑好半天。

笑是一个孩子最初带给母亲的最大幸福和安慰。因为笑，我们确信这个孩子是一个健康的、聪明的孩子。我们说，看啦，她会笑了。看啦，她在跟你笑呢。看啦，你把她逗笑了，她喜欢你呢。当我们惊喜万分地说这些话的时候，我们实际上已经把笑当成了我们温暖和安慰的保证，爱的保证，甚至当成了我们的幸福使者。好像只要还能笑，我们就不怕没有爱，更不怕没有幸福。

事实也是这样，只要你还会笑，你就还有爱人的能力。当你对一个人真诚地微笑时，事实上，你就对这个人表达了一些爱。

其实，我们小时候都是那样，笑是我们最寻常的表情，也是我们最初的表达，还是我们最早的社交——凭借笑，我们赢得了大人的喜欢和疼爱。但当我们长大成熟时，我们却不那么容易笑了，也不太会笑了。即便笑，也不再那么纯洁，那么恣意，那么灿烂，那么真诚而清澈了，也不再那么自然自发地出自心灵了。成长使我们丢失了生命里的宝石。

有一个故事这样讲，一天早上，太阳还没出来，一个渔夫就来到了河边。他感觉到有什么东西在他脚下，于是他弯腰去找，结果他找到了一小袋石头。他把渔网放在一旁，把袋子捡在手里，然后他坐下来等待日出。为了消磨时光，他从袋子里拿出一块石头丢进水里，听着石头入水的声音，他又拿出一块丢进水里。到后来，他也忘了自己究竟丢了多少块石头。慢慢地，太阳出来了，大地一片光明。那时候，渔夫手里只剩下最后一块石头。当他借着晨光看他手上的东西时，他的心跳几乎停止了。原来那是一颗宝石。

我们的人生也是这样，在很多时候，太阳尚未出来，我们就把生命的宝石浪费光了。在争吵、嫉妒、怨怼、烦恼、虚荣、谎言、仇恨的黑暗中，我们丢掉了生命的清澈、宁静、喜悦、恩慈、温柔和宽容，我们丢掉了笑。真诚的发自内心的笑，从某种意义上说，就是我们人生的宝石，是我们的幸福使者，但我们往往在生命的太阳尚未升起之前，就丢掉了它。

在这个世界上，只有人是唯一会笑的动物，至少我们有限的眼光看到的是这样？你见过一只鸟儿笑吗？我相信你只见过它飞。你见过一只蜗牛笑吗？我相信你只见过它爬。那么植物呢？你见过一棵鸭掌木笑吗？我相信你只见过它长叶。你见过一株茉莉笑吗？我相信你只见过它开花。笑是人类独具的禀赋，来自造物主的特别恩赐。如果这个世界不能够成为一个笑声朗朗、笑容如花的世界，那么，我们就真的太辜负造物主创造的苦心和深意了。

也有人深刻地看见了这一点，所以一辈子什么也不做，只做一件事，那就是笑。这个人就是日本著名的布袋和尚。从成道的那天开始，布袋就开始笑。在以后几乎四十五年的生涯里，布袋除了不停地笑什么也不做，甚至睡觉时也在笑。笑成了布袋的信条和经典。据说布袋的肩上总是背着一个布袋，里面装满糖果、甜点和其他零食玩具，从一个村落笑到另一个村落，把袋子里的东西分给那些围绕在他身边的“小孩”。凡被他的笑滋养过的“小孩”，眼睛更明亮，思维更清晰，内心更愉悦。

有时候这些小孩是真的小孩，但有时候不是。他们是一些大人，甚至是一些老人。有一回释迦牟尼问一个老和尚：你有多大？老和尚说：我有五岁。释迦牟尼说：你怎么只有五岁？你看起来有七十多岁呀？但老和尚仍然说，不，我只有五岁。其实，一个人的年纪不管有多大，他的里面都活着一个小孩。只有在你把你里面的那个小孩活出来的时候，你才会有真正的笑。当你发自内心地笑过，面对生命的苦难，你才会有发自内心的哭泣。也许这就是布袋要成为笑佛的理由，也是那么多的人喜欢笑佛的理由。

世界美如斯，也许只有笑，才是对世界之美的唯一报答，和唯一感激，才是真爱这个世界。

咪卡和她的同学们以恣意的欢笑庆祝了她的生日，她们选择了这种意味深长的方式来报答和感激生命，虽然她们是无意识的。但我却被震撼：我有多久没有像她们那样笑过了？甚至，我曾经那样恣意地、清澈地笑过吗？哪怕一次？有生以来，我第一次这样问自己。

文/周大新

儿子放生

邯郸之民，以正月之日献鸠于简子，简子大悦，厚赏之。客问其故，简子曰："正旦放生，示有恩也。"

——《列子·说符》

放生是佛界的用语、佛家的主张，我虽不信佛，却也有过一次放生的经历。

那是去年夏天，我带儿子去桐柏山采访，一位朋友从一条小溪里捉到了一条元鱼，儿子喜欢，那朋友就送我们带回了。

这年头吃元鱼已成风气，据说市场上的时价已达 140 多元一斤。朋友送我们的这条元鱼有 4 两左右，所以所有见到这条元鱼的人都说：这家伙够做一盆味道鲜美的汤了。

可我的儿子因为见它好玩而坚决反对吃。

他找来了一个瓷盆，盛上半盆清水，把元鱼放进去，看它在水中慢慢爬动；他听说元鱼喜欢在沙子里玩，又去找来了一纸袋沙子倒进了盆中。

此后，每逢他读书读累，我写作写乏时，我们就围在盆边，静静地看那元鱼扒动沙子，把自己的身体一点一点地埋入沙中；看它又怎样把身上的沙子抖掉，一下一下地浮上水面。

有一天，我俩正这样看着时儿子突然问：爸爸，人们都喜欢吃元鱼，吃来吃去会不会把元鱼吃光？

我被这话问得一怔。

我说，吃不吃得光不知道，反正如今河里的元鱼比起先前是越来越少了。

只要越来越少，最后就有可能绝迹。儿子接口道，如果元鱼真的绝迹了，以后的孩子们不就不知道元鱼是什么模样了吗？

我被儿子的话逗笑了。

我说，你想得倒远哩。

儿子那天最后决定，我看我们把它放了吧，让它还回水里活下去，说不定它还能生后代哩！

我沉默了一刹那，我望着儿子嘴唇上的那些茸毛，觉得儿子是长大了。

他已经敢于提出问题，敢于自己做出一些他认为正确的决定了。

放生那日，天下着细雨，儿子把元鱼装进一个网袋，和他妈妈一起去了一趟卧龙岗，把那条元鱼放进了诸葛亮茅庐前的卧龙湖中。

儿子回来对我描述放生时的情景：

我们把它放进湖中时，它停了一下，没有急着马上就游走，仿佛是在向我们表示感谢，然后就向水的深处游走了。

我看着儿子脸上的笑容，忽然想起了从电视上看到的一个画面：

十几个美国人把搁浅在沙滩上的一头鲸鱼又推入水中，他们见鲸鱼向大海深处游走时，脸上浮出的也是这种笑容。

看来，世界上懂得放生的人已经很多，而且放生之后的人，都会体验到一种快乐。

也许，对每一个珍惜生命的人，大自然母亲都会把欢乐奖给他们一份。

文/李林栋

楠园女儿情

不久前离别楠园，至今仍在念中。那是为人父者独享的一种女儿情，可遇而不可求；至今想来，那真可谓是天赐良“园”啊。

我曾经在云南生活过，昆明更是多进多出。举凡西山龙门看日出，滇池海埂戏海鸥，抑或是大观楼观长联品味孙冉翁，或者是在鸣凤山下登金殿观赏吴三桂曾经用过的那把战刀，等等，我都经历过了。甚至也可以说，我都“享受”过了。但在遇到楠园之前，这些享受都只能说是“群享”，而不能说是“独享”。为什么呢？楠园女儿情，当然是独享啊。

现在来说我的女儿。我的女儿刚出生时，为给她起个好名字，可是让我这个初为人父者绞尽了脑汁儿。记得当时我曾像着了迷也似着了魔一样，经常趴在床上，或站在晾晒的“太阳旗”下，认真地翻看辞典、字典，还翻遍了《唐诗三百首》《词综》《南唐二主词校订》《陶渊明集》等，先后给她起了100多个名字，写满了一张牛皮纸的正反面。但这么多名字起完之后，我竟然更没了定夺，反而听同办公室的一人说了一个“楠”字，便欲给女儿起名叫“李楠”了。当时其他同事也都推崇这一个“楠”字，但不管别人怎么说，我还是有点儿不放心，回家以后便又翻字典。原来楠是一种结实、贵重的木；楠木是木料之冠，略有香味儿，具有防潮抗腐的特性。而几乎与此同时，我还发现当日的《北京日报》三版下刊有一文《长陵的楠木大殿》，细读之，说的是明十三陵首陵——长陵的楠木大柱共有16根，皆为整材；中间4根直径各为1.17米，两人合抱不能交手。而且，此楠木大殿至今已557年了，国内无双，比故宫太和殿的柱子还好。太和殿柱外涂朱色，不见其内，而长陵楠柱外不涂色，毫无掩饰，常为游人惊叹与喜爱。仿佛是与此报道相呼应，妻当时也说道，前不久《文汇报》上公布上海中学生数学竞赛前几名的名单，就有一个女孩儿的名字叫李楠哪！真的吗？听“孩儿她妈”这么赞同地说，虽有重名之虞，但上海离北京何其远也，就这么定了吧，也图个好兆头！

真是“一名之立，旬月踟蹰”。后来的漫长岁月也充分证明了兹事体大，影响深远。比如说吧，自从有了“李楠”之后，我竟然变成了一个炽热的“楠”字爱好者！不管何时何地何种景况，我几乎是见到“楠”字就为之热爱，不胜痴迷——特别是后来女儿出国留学并定居海外以后，“楠”字在我眼前，仿佛就是我宝贝女儿的化身，每一见之，顿感亲切！恰如春风拂面，浑身舒畅！

因此，我曾经在有售金丝楠木手串儿的地方必入手几串，家中也多有收藏楠木雅玩如笔桶、小碗等；我还幻想过搬到楠溪江边住，也曾在福建偶遇的一棵古楠树下流连忘返；甚至，有一次在某地听闻某大型商业中心展售金丝楠木家具，我便急急赶去——我至今还记得，那时候的囊中羞涩，曾经让我无地自容……

终于，可遇不可求的机缘又来到了昆明，又来到了那奇迹般的一天……

就要告别云南飞回北京了。飞机票都已经买好了，后天走。本来今天是要和同伴儿一起去翠湖公园和红嘴鸥告别的，但临时有篇稿子当地某家报纸急索，便只好留在宾馆“完成任务”，任由伙伴儿独行了。稿子不难，中午便了断了此事。于是出门信步，沿街向前走去。四月的昆明，更是春明景和，怡情满目。

忽然发现曾经过多次的潘家湾却原来是个卖旧书的所在！原来以为里面只是个卖电器等的旧货市场呢！

兴奋之情，难以言表。于是逛，细细地逛。于是买，少买地买。就这样，细逛加少买，半天时间转瞬即过，我的少买之书在手仍然有七八本之多，怎么办？好在不远处即有收快递的——但哪本精挑细选的书都可以寄，唯有这一本不能寄，必留在手，必即阅之！

为什么？这可是潘家湾今日给我的意外惊喜，这可是可遇而不可求的一本天赐良“园”啊！

这本书的名字叫《楠园题咏》，其勒口处的内容简介为：“楠园，位于四季如春之昆明市属安宁县城，独具江南古典园林风格，是经著名建筑专家陈从周设计营建而成。园中厅轩亭阁及家具，全用楠木，且植楠林，景色奇雅，甚博殊荣。”而翻览全书凡184页，又可知其为“安宁楠园云路诗社”编辑出版于“一九九三年八月第一版”，这显然不是一本近著，而这亲切的楠园也显然就不可能是一座近筑了。可我为什么从来就没有听说过她呢？云南，真是秘境多多；昆明，真是百闻不如一见！

第二天，恰巧我的同伴儿又有别的事了，于是我便一个人前往那切近的、同时也尚属神秘的楠园去“独享”。

当我先去宾馆餐厅去吃美味卷粉时，竟然食不知味。这是因为我又一次被手不释卷的《楠园题咏》深深吸引了。特别是曾有《说园》一著隆誉天下的陈从周教授又在书中《楠园小记》一文中自道“为爱滇南山水好，古稀千里筑楠园”，读来令人钦敬不已。陈老接下来的文字也十分养眼：“园有水一泓，倚山垒石，亭馆参列。材采楠木为之，故曰楠园。园可以闲吟，可以度曲，更容雅集举觞。秋月春风，山影波光，游者情自得之……”

真是个好地方！可上路之后，不断有昆明友人电询我今天怎么安排？他们都是知晓我即将于明日返京的“老昆明”，但当我一一告知“正往楠园一游”的时候，他们竟然都没有听说过这个楠园！当我进一步告知这个楠园是在“安宁县城”时，他们竟不约而同地反应为“是吗”？这真是不可思议的一件事！莫非是昆明胜景多多，好多昆明人已经充耳不闻了？未见楠园，我已经先自为楠园惋惜起来。以我所见“楠”之多，以我所涉“楠”之众，此楠园应为世无所双，此地独有啊！为何此地的朋友们鲜有人知呢？

其实，这个“踏破铁鞋无觅处，得来全不费功夫”的大隐所在即处于安宁县城的一条街道里侧。在街边盛开的一片粉红色桃林的掩映中，从周先生题额“楠园”的一块门匾耀人眼目，门侧则有两座石狮镇守于前，当门可见内里修竹参天，曲径通幽。至此，我的心安然静然，一路上的觅途劳顿荡然无存，只想在这终至眼前的“楠园”匾额下留影一帧，尽快地在微信上传给远方的女儿一看，告诉她：此时此刻，爸爸与楠（园）在一起！

真是心想事成。恰在此时，空无一人的门前又来了一位上了些年纪的大姐，还没等我开口，她便善解人意地主动上前来帮忙了。而且她似乎熟于此道，当快门响过，我自视她给我接连拍的几帧“与楠照”都没得挑，张张可传存于久远。只是帮我“留此存照”之后，这位似乎熟于此道的大姐并未进入楠园，而是在我观览照片时即转身离去了。当我一边向她道谢一边看她没入那片耀眼的桃林时，又不禁想到：难道她不是游客，而是个当地人？

进得楠园，仿佛一下子由云南而至江南了。粉墙黛瓦，紫藤萝蔓，有春苏轩豁然开朗。左转春影廊，旁有楠亭矗立于一泓池水之上，天影倒涵，如临仙境。绕经随宜轩，达鸳鸯厅，即见一大理石屏其上有俞振飞所题“春花秋月馆”。驻足其下，你不禁会想到“若到江南赶上春，千万和春驻”那般名句。面北则有顾廷龙所题“小山流水轩”；另有池畔石山与长廊相对，有巨石为从周先生亲题之“音谷”，暗寓这里有流泉泄过山巅之谷。触目庭院所及之处，虚实相间，清香四溢；园西北角高阜上有春润亭，东北角假山颠则有安宁阁，观之颇有园内有园或园外有园之感。此楠园真是难能可贵，虽多人工点缀，却不损其天然之美与山水之真，其设计之精巧，技艺之神奇，非胸有万千丘壑而功力非凡者，不能配合得如此天真自然。特别是身在那一片罕见的楠木林中时，万籁俱寂，心中的诗情却一再地翻涌，终至凝结成了这样一首小诗：

情有独钟访楠园，
深度昆明又一款。
宝地从来不世出，
窝在红尘枉为仙。

哈哈，这首诗吟出，未及步出楠林，我便急急在微信上传给身处遥远的女儿了。如今时代自有神助，我刚刚步出馨香的楠木林外，微信上便出现了女儿那厢“非常快乐”的表情符号，然后是巨得意的“哈哈”，再之后就是完美会意了我的藏头诗句了：“情深宝窝！”

啊，世界上有个称谓只有我们知道！而我们之间的“心有灵犀”又是多么的出乎意料又在情理之中啊——是的，至今思想起，犹在楠园中。那是普天下的父母都会有的一种儿女情啊！

给你的十九岁

琢玉记

家有犬子

女儿不会哭

婉婉骑大马

孩子，妈妈因你而幸福

从小用粉笔乱写乱画

文/何立伟

家有犬子

童话与我们

因为儿子小，就要听故事，在黑灯睡觉之前。

故事无非是些符合六七岁孩子听的童话，格林兄弟的，安徒生的，还有中国古典和民间的，如孔融让梨、曹冲称象。但我最爱讲、儿子又最爱听的，就是如“海的女儿”“小红帽”“白雪公主”一类，有着梦的色彩，情感多于说理，诗意胜于事实的故事。父子躺在暖暖的被窝里，一个说，一个听，成习惯，亦成享受。初时我还只是以为这是一个做父亲的尽责任的服务，后来慢慢感觉，其实这故事不单是说给儿子听，也是说来给自己听。别人的国度怎么样，我不敢妄加评说，但在我们中国，一个人的成熟当以什么计？那便是他的天真丧失殆尽。这童话说来给自己听，使自己回复几分天真，对于已逝童年做一遍认真温习，庶几也算得是对人在生活磨砺中异化得可悲可怜的一种抵抗吧。抵抗固然微弱，然终归也还是抵抗。

前些天里，电视上国际新闻里介绍说，美国有一妇人，近期开办了一所成人幼稚园，目的便是使失尽天真的成人，回归到人之初，那些最单纯最快乐无所心机的日子。如此用心良苦的善举，我想即便那美国妇人不去做，世界上终会有人去做的。改造我们的人性，抵抗现代社会对人天性的歪曲或毁灭，办一所两所那样的幼稚园，自然无甚功用。但人类已意识到这一点，又以自觉的方式维护天真，这即是明天如虹的希望。我们这里，是没有那种幼稚园的，不过，给儿子，兼又给自己，说说童话，浸淫到透明晶莹的一个梦里，也不失与那美国妇人的异曲同工。

昨日又从报上谈到一则新闻，说在俄罗斯，新近办了一家报纸，发行量一下子猛增，胜过诸种老牌的大报，原因就是办报的人，发现儿童的文学，历来在那一个国度里荒芜得惊人，遂在副刊上特辟一块园地，专事连载世界各地儿童文学名著，以饲养饥渴的俄罗斯少年的精神，于是这报纸一时间竟洛阳纸贵。这恐怕也算得上是一个明证。社会固须发展，人类仍要做梦，做梦是人生的权利，而做梦的好处，是使得人心暂时地与现实隔离，让投注到眼前利益的心思，慢慢回流到往日的纯净之潭。

许多的儿童，包括我自己的儿子，都说过这样类似的话：希望他自己快快长大，希望他的父亲快快变小。这其实是极哲学的一句话。长大与变小之间，原本有许多锦绣的文章可做。美国的妇人，与俄罗斯的报人，已经在那里用行动来做，但中国有许许多多的作家，竟没有谁来留意做这文章，实不知心思安排在什么地方了。

冬天的夜很长，正可以讲同夜一样长的童话，讲完了童话，只希望远处鸡的啼叫，不要过早地唱白了窗子，儿子他困得真好。

宽　儿

我儿七岁，名宽，是他妈妈取的。我一翻《辞海》，原来还是蛮不错的一个词。宽者，君子宽而不慢也。给他上户口时还有小笑话一则：当时登记户籍的是一个年轻的女同志，问我儿叫什么。我说是“宽”。女同志便问：“kuān？哪一个 kuān?”我总不见得文绉绉来一句“君子宽而不慢也”吧，只答说是宽广的“宽”，且张开两臂做辽阔无垠模样。这女同志脸上竟浮出美丽的迷惑。我便在空气里一笔笔写着“宽”字。派出所的这位女同志，恍然明白过来，仰天大笑道：“哦，不就是宽大处理的‘宽’吗?!”

正是正是，宽大处理的宽。

我儿这一生，皆需得我这做父亲的，完完全全取一个“宽”

的态度，真是始料未及。

我儿从小即很顽皮。不会走路时，小名唤作何小狗，形容他状如稚犬，四处乱爬。家里无数玻璃杯陶瓷罐一类什物被他打翻在地粉身碎骨不奇怪。又几乎一岁一个小名，是他调皮形象的文学概括。现在，新近的小名是：昆虫学家。这是他外婆院子里的大人给他加的冕。因为他中午不睡觉，大惊小呼，在壁角的粉苔上分期分批逮捕虫蚁，且把虫蚁装在火柴盒里，带到这个家里玩，带到那个家里玩。还要叫我买显微镜（实际上是放大镜，但他不知从哪里听说了显微镜，故这么叫），欲好好来研究一番那些手脚不少的怪东西。虫蚁从火柴盒里爬出来，上到大人的床，晚上大人觉得自己被什么古怪小东西入侵了，腿上手上一遍遍地痒，便忽然想到我儿子的行状种种来。我去那院子时，于是有抗议之声不绝于耳。他外婆的讨伐更加直接，是“可恨”或“我要打他的屁股，用鸡毛掸子!”这便使得我儿极快活。一点小小的把戏，就与这么多人的喜怒哀乐纠缠在一处，他于是觉到了自己的重要。他不快活似无道理。

而我近来又有了一个发现，我儿像花花公子贾宝玉。送他上学，临到校门时，与他打招呼的，都是女孩子。我就奇怪，问他，与班上什么同学最要好。儿子答曰：“当然都是女同学啦!”又问他为什么只同女同学要好，不同男同学要好。回答是极认真：“男同学顽皮，女同学不顽皮，又听话，又穿花衣裳!”这样的态度，真叫我木在那里不能动。而我儿轻轻巧巧走开去，旁边飞翔着粉蝶一样的女同学！这样看来，他比一个大人要更加明白怎样使自己的日子幸福愉快。他走路一弹一闪像草间的蚱蜢，恰似一个完全的证明。

我儿也是极情绪化的一个人。他高兴时什么事情都能做得好：吊吊环（我在门上装了一个这玩意儿，他耍起来俨然似山中活泼的一只猴），唱歌（他的乐感还真是不赖），画画（他的画还发表过好几回）……无一不显出一个七岁孩子天赋的灵性。但他若阴了下来，百事恹恹，恍若是一个小老头儿，着他一鞭也懒得动弹一两回。但是，我不能怪他。因为他的父亲便是一个情绪化的人。我知道一个人的生命发展若单单受到情绪的怂恿，那是多么危险的一门状况。而你要控制一个七岁孩子的情绪，那又是多么不可能的一桩事。怎么办呢？花自飘零水自流，任他去吧。

我儿他生性敏感，这大约是他为什么很单薄的原因。在我看来，敏感与瘦，多半是有些关系的。我经常出差，我妻有时送一送，有时也在门内说一句："保重！"算是道别。我儿习以为常，并没有格外地难割舍。往往只是叮咛，要给他带玩具，或"给我捉些昆虫回来！"但1988年夏，我单独去美国访问，我父亲也来送。我儿便感到此非寻常，一路无语到车站。临别时我对他说在家要好好听妈妈的话。他不作声，脸扭向别处，眼里泪花晶莹着。我有些感动，去吻他，他更加把脸扭过去，而这时他就哭了。他仿佛明白这是长别离。虽然那时他才三岁，根本不知道美国是一个怎样遥远的所在。敏于事理，这固然不错，但这也很伤人的。一个敏感的人，他的烦恼必是比常人多很多。我希望我儿子不那么敏感。但是，恐怕我的希望要落空。因为，我儿子他很瘦。

我儿出世时是哇哇哭着闹着的一团肉。那时节我没有别的办法，只想他快快长到两三岁。到两三岁时，心里又想，要长到七岁，读书，就好办多了。现在，他已是七岁，可是我整天为他伤着脑子。于是想法又来了：要是十三四岁，念中学了，那就会省事了。但，我又极明白，到那时，我的麻烦必定又被生产出来了。有什么办法呢？办法或许只有一门：那便是，做父亲的，永远永远，对儿子取一个“宽”的态度。唉，真是无奈得很！

蚕　豆

太太下班回来，除了带些菜，每每也还带些零食，因为她称她家中有两个孩子——小的那个是我儿，大的那个便是我。大的小的，共同的一点是：贪嘴。这毛病自然可爱处要多于可恨处。今日太太带回的零食，是一包蚕豆。

蚕豆，香喷喷的炒蚕豆！我小的时候极爱吃的，且因为有一回把它带到课堂里，不小心咬出嘣脆声音来，叫老师罚站，到家后又挨父亲的揍，终于烙在记忆深处不能忘。我对蚕豆有感情，还缘于我的外婆。因我儿时外婆每每炒蚕豆，拿来给我做零食。外婆的蚕豆，香了我整个儿时的回忆。现在的儿童，吃的是巧克力、口香糖，他们或他们的家长大约是很瞧蚕豆一类东西不上的。所以我太太说，吃多了精致食品对儿童并无太多益处，还应补充点粗糙的食品才对。我深以为然，于是对她的粗糙的蚕豆表达了精致的拥护。然而，终于，不行了，我咬不动这金刚似的东西了，我行年四十，满口的牙齿几乎全坏了！这便意味：我的浪漫快活的好日子一去不复返了，我的生活已如我的牙齿一样让虫子蛀得一塌糊涂了！

当我正悲哀，我儿放学回来望见桌上的蚕豆，因为没吃过，便扑上去，努力咬出些兴奋来。但不到一刻，我儿就感到失望了。他同他母亲说，一点味道也没有，怎么不买巧克力？

为了这区区蚕豆，大的小的两个孩子，皆有些悲哀。但是这是怎样不同的两种悲哀呢?!

儿 戏

我的抽屉总而言之极端地杂芜，好比是一个杂货箱子，乌七八糟什么都有，因此要翻寻一样东西十分困难。每每是找甲东西的时候久已失踪的乙东西无意间翻了出来，正如法兰西文豪雨果先生所说的：瞄中了鸽子，打中了鹰。这一回果又如此，找一个札记本，却翻出来了一盒磁带。不大记得里头录了些什么，拿去一放，哎呀，录音机里传出来的，竟是我儿子一岁时候咿呀学语的声音——这正是我苦苦找了很久的一盒磁带！

我儿现在已是五岁多了，有时会抬头问一个怪问题：“我小时候是什么样子啊？”虽然可以拿出照片来给他看，但心下觉得这个证明尚不完全。这一下把他一岁时候的声音拾回来了，正可以证明着他的那个“小时候”吧。

我儿“小时候”的声音，在我听来那简直就是天籁，正如听雨、听风、听林间竹笋之拔节，听之熟浆果落到草叶间，这声音像葡萄一样玉润，也好似鸟啼一般清脆。不难想象一个人在一个偶忽间骤听见儿子生命之初的声音，会有怎样的感动。这感动之末，是多少喜乐甜柔日子的一齐涌来眼前！这正是教徒听见教堂钟鸣之向往上帝，战士忽闻号角骤起之遥望凯旋，是一种快乐之浪的拍击，也是岁月之钟的旋荡。录这声音的时候，儿子正满地乱爬，状如稚犬。于是把瓶瓶罐罐置到高处，且呼道：“何小狗！”他明白是唤他，就愈加欢喜，四处爬将去，撅着他那两瓣南瓜似的屁股。打他的屁股，轻轻地，并又唬他那么一两下，结果就是不失时机地哭。听到这哭，大人就心软，晓得导致这哭的不恰当，好歹便要偏就他。他得了胜，并且明显晓得这制胜的法宝是什么，于是每每用他的惊天动地的哭，把大人弄得糯米糕粑似的。他的胜利，是要持续到他觉得自己很疲乏了，方才鸣金作罢的。失败的大人，只好摇头、叹气，末了还要赔一回笑脸，说：“何小狗啊，你真是乖！”

乖了下来的何小狗，于是趁势要吃巧克力、棒棒糖，这样这样，那样那样。你恨得咬牙切齿，你又爱得无可奈何。

而到了后来，儿子大了，大人便小了。

小了的大人，同大了的儿子一起玩积木，一起在楼下街心花园里捉迷藏，一起拐到床底下去抢一只皮球或一个苹果。大人的童心，叫儿子激发了。结果是我的太太如是唤我：何大狗！

而大狗小狗是好朋友。他们不可能不是好朋友。现代的建筑，把人际的交往隔断，把玩乐的空间隔小。独生子，他不会不孤独（我儿的口头禅：爸爸，我一个人玩，没有味），他孤独了，不会不央求着大人，来同他儿戏。我关在书房，他母亲告诉他，爸爸在工作，不要去闹！可是你看他，还是忍不住来敲门。他要来找我玩，他要隔五分钟就来探一回亲。你拿他有什么办法？一切的事业，拿到这位鼻涕横流两手脏脏的小家伙面前来，皆显得是那么的不要紧。于是也好吧，大人遂有了一回重做小儿的体会，在一声欢叫中陡然跌落到童年的时光中去。

这没有什么不好，只是乾坤有了小小的颠倒。

颠倒的乾坤，还有儿子居然时时地教训老子。父亲同母亲拌嘴，他横横地那么一站，指定了你的鼻梁，喝道：爸爸，你不对！戒烟未遂，复又吐雾吞云，他斜刺里劈来一句：爸爸，你讲话不守信用！你于是有几分慌张，赶忙掐灭了刚燃的一支烟，点头如鸡啄米，说是的是的，哦，哦，哦！

更有甚者，数天前把他从幼儿园里接回家来，发现他的图画愈来愈糟糕，就批评他，不料他竟是哭起来，大声宣布道：我要到宁乡去（他的外婆住到宁乡舅舅家去了）。我不准你想我！

——不准我想你，儿啊，你晓得这是多么残酷的一句话？

花　炮

我儿最大之乐事，就是放花炮。所以，他常常仰起脑壳，问我："什么时候过年哪？"应了一句俗话：大人望插田，小儿望过年。过年不为别的，为有花炮耍。有人否认有"代沟"存在，这不是"代沟"是什么？

小孩子喜欢热闹，而花炮几乎可以说是热闹的一种象征。一放花炮，日子就有了喜庆的气氛了，这实在很符合儿童害怕冷清的心理。所以，我并不责怪我儿子对于花炮的情有独钟。部分的原因还在于：我曾经不也是一个小孩子吗？我曾经不也是日复一日巴望过年的吗？

过年，即便是咔叽布的新衣叫冲天地冲出来一个窟窿眼，父亲也未必会抡起巴掌扇过来。

到我做了大人，即使自己不放花炮了，也极喜欢听炮仗在空中爆响的声音。

这种时节，一种过去的温馨仍复回到心头，有如一只鸽子从远天里飞回，驻落到伞顶之屋顶。而整个的人，柔和得像墙纸上的奶黄色灯光，是一点都不假的。若微闭着眼，在心的空宇仰视繁花点点，似梦非梦，也好算得人生的一种境界。

1986年，我到浏阳乡下兼职体验生活，最高兴的一门消遣，即是去农人家看做花炮。这是传统的一种延续。我在那一双双运作的粗糙的手上，不单是看到了一种技艺，同时亦看到了一种古老的文化和一种农人的梦。而这种梦，是同小小的一个炮仗联系在一处的。我因为做着副乡长，所以不能过于地流露出孩子似的好奇与欢喜，只好以仿佛极严肃的表情掩饰着自己从往昔里拾回来的快悦，实在说来这也算得是一桩滑稽的事。

我在美国访问时，注意到美国人很容易流露出自己的童心来。比方在迪士尼乐园，老太太们是要与儿孙辈赛欢喜的。所以美国的成人，多有一种大孩子感，这是确实的。而在中国，“少年老成”，要备受称誉。一个人随意流露童心，会被当作不成熟甚至幼稚的表现。所以，中国的成人身上，要找到童心的遗迹，那可是一桩极艰难的事。大人望插田，小孩望过年。何以大人就不能望过年呢？中国人可谓太现实了。这个人人都有的现实感，怕是现实逼出来的吧！

话不说远了，仍复是放花炮。去年的除夕，我儿在阳台上放花炮，我坐在房中看电视。我听到花炮的爆裂声和呼啸声，不知怎么地，遽然感到了岁月的流逝。这是与先前的感受不同的另一种感受。先前的感受，是把已逝的时光索回到眼前来；而这一回的感受，则是眼前的一切倏然飘逝而去。我感到几分苍凉，几分渺远。掐指一算，我已是三十有六了。这种年龄的中国人，恐怕是再也不会有什么童心了的吧？

我叫妻子把阳台的门带上，于是儿子的欢乐便在门的另一边了。

椅子三条腿

早几日我带我念初中的儿子到一个朋友家做客，这朋友也有一个儿子，比我儿略大，因为发育早，高我儿两个年级。大人说大人的话，小孩子也自有他们的话题。这是因为他们都有同好：对电脑游戏方略无限倾心。就像金庸的小说中什么门派的高手遇到了另一门派的高手一般，下了若干说辞之后便躲到那间有电脑的房间里去过招。于是那屋子里就不断传出乒乒乓乓的声响，间有他们的惊呼雀跃飞出，可想是有一番怎样的激烈。这一厢大人自然也就把话题扯到了如今的家长难做上来。朋友说他儿子沉迷于电脑，虽然好处是因为要看懂游戏上的英文提示，于是他自己买来英文辞典现炒现学，毕竟英文单词是识得了许多。按朋友的讥评是他儿子的英文比中文还要好一些，不过坏处也实在是不待言说，最明显的是各科学业成绩下降得厉害。朋友愁眉紧锁：我儿子电脑固然玩得精，但是考试是考电脑吗？我现在坚决不准他玩电脑，只准他搞学习。今天是你儿子来了，又是周日，所以才让他玩玩。

这朋友又说，如今的小孩子真难教。家长这么认为，老师也这么认为。原因大约就是如今的小孩子并不似我们当年做学子时一样，跟着老师的思维跑，把老师的话当作金科玉律。如今的小孩子都很有个性，不但很有个性，且还处处要把这个性张扬出来，于是把老师每每弄得头大。朋友举一例说，老师要学生背历史，他儿子就意见蛮大，当着老师的面在课堂上大声说：把几百几千年前的死人记得牢牢的有什么用？现在有那么多了不得的活人都还记不过来呢！活活地把老师要气得休克过去。是的是的，我的儿子也正是如此。你要他死记呆背些什么，他就莫名地反感，而且视多得不得了的什么家庭作业、模拟试卷一类如洪水猛兽，仿佛这些都是专与他作对的天敌，俨乎痛加铲灭方后快。他只喜欢他自己感兴趣的事物，这大约是因为兴趣所在亦是个性所在吧。个性压抑住了，他的反抗意识便油然升起，蓬蓬如火，时常便与大人争执，捍卫自己时小眼瞪大眼，把道理还每每说得让你张口结舌。

后来这朋友还说了一桩小事，其实这小事真还细细想不得，一想倒也蛮可怖的。不过说起来确乎是小事：他儿子最近趁大人不在家时就把家里的好几把椅子拿锯子各个锯断一条腿。朋友说：也不晓得是为什么，真无聊！我当时以为这也真是小孩家的无聊把戏。但后来心念一动，觉得也许并非如此简单。我想必定是这孩子觉得学校与家庭总是逼了自己要干什么，不干什么，于是意绪愤愤，拿椅子腿来发泄。假若椅子腿尚不够他发泄，接下来又会发生什么呢？所以细细一想背上就冷了。

中国的应试教育体制有如一条漫长的隧洞，小孩子们悉数挤在这隧洞中朝前攒去，出得洞口见得阳光的毕竟是少数，这少数便是高分的少数，然则少数所以高分，也只是证明了他们是这种体制的适者，未必就能证明他们是广阔的社会生活的适者。少数之外的多数，又未必不是广有才俊，只是为这种教育体制所掣，一时不能出头而已。举一个简单的例子，我自己，包括我的好些朋友都有过类似经验：参加同学聚会，细细算来，发现混得最人模人样的，几乎鲜有当年班上那些考试分数最高的同学。

所幸如今的小孩子已不似他们的前辈，强爷胜祖的地方，也决计不在听话读书一属。当我儿子每每与我据理力争什么的时候，我就明白到了这一点。这也是我为什么时常让步的原委。

从朋友家回去的路上我把朋友的儿子锯椅子腿的事同我儿子说了，问他这是为什么。儿子几乎不假思索地说：老师啊家长啊强迫他学这样学那样，又不许他玩电脑，他当然有气啊，还不就锯椅子腿？

我问我儿：那你为什么不锯椅子腿呢？

儿子说：老爸不强迫我啊，老爸要是强迫我，那对不起，我也会锯的。

椅子剩下三条腿，表示椅子业已残废。受了压抑的中学生，其实是以这种方式暗示大人——沉闷且严格的学习空气，必致人以残。

真是聪明的暗示。

差 别

因为今年暑日格外地炎热，便计划着合家三口上南岳山上避避暑气。说去于是就去了。人一到山上，方知三伏天夜里要盖被子的好处，方知早行步上山巅去观日出，身上披着厚重军大衣是如何样地叫人销魂，方知天一凉爽人便顿消了火气，一日里要少骂多少趟娘……但这感受是大人的感受，小孩子觑来，却全然不是这些。小孩子，他高兴的是满耳的蝉鸣雀啼，是云如奔马、松如怒潮，是满天的星斗与流萤……大人关心的乃是切身的利弊，而小孩子却一心兜捕着大自然的美与神韵。这一个区别真是大得很。“久居樊笼里，复得返自然”，然而返自然的快活，真正能领略的，不是大人是小孩子。

小孩子漫山地跑着，他去追蜻蜓，而你要去追他。你的追很功利，而他的追却为着不期而遇的美丽。你追得很累很生气，他跑得满头大汗然而极快活。除了蜻蜓蝴蝶，这一回他可识得了多少的新朋友：松鼠、螳螂、蛇同竹节虫……而他自己，则仿佛使这万丛青翠倏忽添了一只顽皮小动物。大人却想：我不是来消夏的，我是来讨累的。

白日的蝉唱亮滑如歌声，夜阑的虫声呢喃似耳语……小孩子会在一个忽然里向你问：“爸爸，那是什么在唱？”你会讶然愣住，这时才把耳朵派上用场。但美丽总是瞬间的事，你每每却错过！大人啊，你的心思用在哪里？

后来下到半山，想起在农家小住抑或别的风味。果然是好得很。粗茶淡饭，瓜蔬果菜。听鸡在纸窗下啼，听狗在竹林间吠，开门又是“悠然见南山”！这一下大人也算是回过神来了，燃起一支烟，说：“唔，妙！”

到夜里一上床，不料片刻就觉得有东西在脚上咬，依了下乡的经验，就很明白：“哎呀，臭虫！”于是开灯四下里找。小孩子睁眼问：“找什么？”答曰：“臭虫！”小孩子立即就又亢奋起来，说：“一定是昆虫！我来抓！”便如在草中捉蚱猛，高兴得不得了。

一面找还一面叫：“要是抓着了，带回家里养着好吗？”这一回大人啊又是尴尬了。

摹　本

近半年来我一直客居沪上，太太时时有电话来，抱怨儿子学习不认真，成绩上不去，贪玩，不懂事，不思长进云云。我听了总是安慰她，说小孩子的成长总归有一个过程的，只要他脑壳开始想事了，一切就会有大的改观。太太在电话的那一头说：这么说来，你就是要我也像你一样做甩手掌柜，不闻不问，随他的便啰。我想说正是正是，但又担心太太生气，只好含糊其词，虚与委蛇。不过话说回来，现在的小孩子都是独生子女，做父母的，谁又能做到不闻不问呢？我的意思仅仅是，尊重孩子成长的规律而已。

早几天我回到长沙家中，很留神观察了一下我儿子的学习情形。正像我太太说的那样，他表现得是那么地漫不经意，不当回事。举例而言，他有好几门功课成绩都不甚理想，于是我太太为了强化这几门功课，特地买了一些参考资料——具体地说，就是一些习题——给他来做。但是我那宝贝的儿子仅仅只是应付完老师布置的家庭作业就了事，那些习题，哈，躺在那里为难它自己吧。再举一例，我回来的那天，把儿子叫到跟前，同他说，要好好学习英文，未来的日子里，这“英格利施”很是重要。我儿子眼睛睁得很大，仿佛说，哦，真的吗？我说真的是很重要，你每天早起要听听英文的磁带，练练听力，记住了？他老人家点点头，表示首肯。第二日一早，我躺在床上觉得很幸福，因为我听到我儿子起来了，并且开了录音机，早晨的空气里颤动着清新的洋腔洋调。不过这幸福的感觉很快就消失了。这是因为我儿子打开录音机以后就去了盥洗室，匆匆地抹一把脸，匆匆地刷几下牙，嘭，大门一响，他鸟儿一样地飞掉了；剩那盘磁带在那里吱吱地转动，满屋子真的很重要的呜里哇啦，似乎是洋猫的嚎春，气得我爬起来要把录音机扔到窗子外头去。更可恼的是第二天，我儿子爬起来径直就走了，他老人家首肯的事情过了一天就忘记得利利索索了。录音机很寂寞地躺在他的床头，里头的磁带只怕也不是什么英文，是什么狗屁日本动画片里头的放肆的劲歌。

有一天我儿子告诉我说他下午不上课。我说那正好，可以看看课外书什么的。他说我都和同学约好了呀，去溜旱冰！你看看，真的，就像他妈说的，他心里头只装着一个“玩”。

我叫我儿子坐下来，我要好好同他谈谈话。我说儿子，你的成绩好不好？他沉默了一下嗫嚅地答道：……不……好……我说哪一个学生成绩不好有什么资格这么玩呢？他愣愣地望着我，不作声，等着下文。我接着给他说，老爸认为这个世界上有三种学生，一种是会学不会玩的，一种是会玩不会学的，还有一种就是又会学又会玩的——你属于哪一种呢？我儿子不好意思地说：中间的那一种。我说对，你现在就是会玩不会学，所以偏颇，所以要加强学。这样你就会成为第三种学生，也就是老爸最欣赏的人——又会学又会玩。

我儿子大约觉得我说得有点道理，于是搔了搔脑壳，说：那老爸，我下午还去不去溜旱冰？

我说怎么不去呢，你都和同学约好啦。你只给我记住一条，做第三种学生。

我儿子又快活又响亮地说：OK，老爸！

匆匆吃罢午饭，我儿子筷子一扔，就像仙人一样，一闪，不见了人影子。

我太太摇了摇头，意思是你要他搞学习也有这样的积极，那是天方夜谭。

当然，而且，肯定，那样很不符合他的天性。

我太太一边收拾碗筷一边说：你小时候肯定也是这样的德行。

太太啊，你说得真是对。我跟我儿子说的话，就是我老爸当年同我说过的话呀——不过，我现在不是蛮好的吗？

腰间的皮带

我儿子今年上初一了。在他们班上，他是个头最小、体重最轻、坐位子要坐在最前面的，看上去哪里像个初中生，按老婆同志的说法，他还是个“毛毛虫”。这句话的意思还不单是指他的身体的弱小，更多的恐怕还是指他在心智上的发育。这不是没有道理的。因为从种种方面来看，我儿子的确还有非常明显的幼儿园倾向。举例来说，他现在一边做作业一边还玩变形金刚——他对这种从幼儿园时代就开始玩起的根本不需要任何智力参与的玩具一直情有独钟，玩到念中学了还不放手。如果你对“津津有味”“孜孜不倦”这样一类词语缺乏感性的认识，那你最好参观一下我儿子玩变形金刚时的那种神情，那副只差没有流涎水流到飞流直下三千尺的嘴脸。我在一本杂志上读到一篇描写十三四岁，也就是我儿子这般年纪的少年现在在干什么的文章，读完了气得我把那本杂志摔到正在组合变形金刚的他老人家面前，说：你看看，你看看，你的同龄人都在干什么，你又在干什么！那篇文章里介绍的少年，已经成了网迷，对电脑的熟悉程度让成人也感到吃惊。顺便说一句，因为上网要英语好，所以那些少年不要任何大人的督促，均能自觉学英语。而我给我儿子买了些英语教学磁带，还是浅得不得了的东西，但如果你不从腰上抽出皮带来，你就绝对听不到他老人家古得猫宁、好啊哟。

我经常把这种情形说给朋友们听，目的当然是要得到些于事无补的安慰。通常的安慰是这样的：男孩子在这个年龄大多比较懵懂，到了高中才会真正懂事起来，那时他的心智的发育才会有一个飞跃。还有的说法是：你不要急嘛，急什么名堂？我相信，像我儿子这样的懵懂少年是很有一批的，正如同成了网迷的少年也很有一批一样。假如我儿子属于后者，那我就会成为一个可以安慰别人的人，虽然所有的安慰几乎都是于事无补。至于不要急，我是这样想的：假如我儿子要到高中才会在心智发育这一点上有一个飞跃，那么在此之前的若干年里我还得为制造变形金刚的厂商不断做贡献。这需要耐心，还需要好脾气——倒是蛮锻炼人的。

望子成龙是中国的父母们的普遍心态。人们就是怀着如此的期待来眼睁睁盯着自己的小孩子的。就如我认识的所有的人而言，除了对家庭毫无责任意识的人，很少有能对此持超脱态度的——至少我本人就是一个例子。其实我并不是不知道，在人群中，有的属于早慧，有的属于迟熟，但是总有一天，人都会从天真变为成熟。不过我们做父母的通常做的事，就是揠苗助长。倘不如此，我们就好似没有尽到做父母的责任。我们时常抱怨自己的小孩子心智不成熟，但是假如有一天，小孩子站起来，指着我们的鼻尖，愤怒地说：大人们，你们才是心智不成熟的人！我们怎样回答呢？好在没有小孩子敢如此胆大，因为我们的腰间毕竟有一根可以随时抽出来的皮带。

初三的儿子

儿子在做父母的眼中永远都是孩子，这种天经地义仿佛意味着一个人是永远长不大的。这样的中国父母的眼光其实非常可笑，因为在事实上，在不经意之中，儿子已经长大。许多你以为很熟悉的东西，实际上在慢慢变得陌生。只是你不知道，你眉头上还堆着我太了解你了的自以为是，不料想陷入了滑稽的泥坑。

我对我的儿子就是如此。

不知不觉，儿子已是初三，快要考高中了。我因为工作很忙，也因为我相当粗心，同时还因为距离太近，极少观察到他的细微变化。有一天，老婆同志对我说，你看看你儿子的日记吧，他写了你呢。我于是找我儿子要看日记。儿子起初不肯给我看，在我的好奇而又恳切的要求下，他才把日记拿出来。我要承认，我有很长时间没有看过他的日记了。以前他的日记，都是学校布置写的，要给老师检查，所以写得像作文一样，没有他自己心里头流出来的东西，空空泛泛，无甚可看。我在上海工作一年，回来后又住院开刀，折腾很久，没料想就在这段自顾不暇的时间里，儿子他长大了，深沉了，开始有他自己的思想了。这篇日记就反映了他的这种默默的成长。在日记里，他写道：我的爸爸老了。他感觉到了我的生理的变化，也感觉到了我的思想的变化。

他说我到学校去看他，他的同学同他说，你的爸爸像个老头子了。他听了感到伤心。在他的记忆里，他的爸爸和他一样，是个顽童，整天嘻嘻哈哈的。现在，生活让一个顽童变成了老头子了。从他的慨叹里，我分明感受到了我的儿子对他父亲的诚挚的情感同爱怜。我很感动。日记在我眼中模糊起来。在一片亮闪闪的模糊中，儿子的长大的脸孔渐渐清晰起来。于是在感动之外，我心里树一样长出了一份坚实的骄傲。

读完了日记，我在我儿子身边坐下来，我想同他聊聊天。我问他他最要好的朋友有哪几个。儿子想了想，答道：没有，一个都没有。我忽然觉得我的儿子很孤独。因为只有孤独才会使一个人产生思想，产生隐秘而又深沉的情怀。但是我的儿子接着说，虽然他没有最要好的朋友，他却和所有的同学都相处得不错。其实，他说，他也有最要好的朋友，那就是书本和音乐。我给他的零花钱，他都拿去买了书和CD。他喜欢一边听音乐一边看书。不过，这样的时候毕竟有限，因为他是初中毕业班，他的学校又是有名的重点中学，作业多得仿佛永远都做不完。他没有时间发展他的兴趣爱好，没有时间玩电脑游戏，也没有时间想一些他这个年龄的青少年所要想的未来和生活。他的成长和成熟都是在一种不可理喻的压抑之中顽强产生的。

我儿子的日记，同从前最大的不同，就是他开始和自己说话了。他知道他的父母仍把他当孩子看。他的同学们也只是在下课的时候笑闹一回。真正能深入地同他的内心世界交流的，也许只有他自己了。

他的日记现在不给任何人看，就像他的内心的秘密不给任何人知道一样。我儿子在日记里写到我，是我老婆发现了他的日记，偷看了然后告诉我的。我儿子给我看他的日记，显得极不情愿，而且只允许我看写到我的这一篇。事后，我听见他在责怪他的母亲，他的声音里，有一种我听来很是陌生的愤怒。

我不知道应不应该尊重他的愤怒。

文/石钟山

女儿不会哭

女儿是2000年岁末出生的，小名叫末末，学名叫石墨语。跟别人介绍女儿的名字时，总会强调一句“笔墨的墨，语言的语”，朋友们就会啧啧惊叹这名字如何。其实在给女儿取名字时，并没有想得很多，只是希望她能文气一些，在字面上她的名字和别人有所区别，避免名字上与更多的人重复。这是浅层面的本意，通过浅层的意识可以看出，任何一个父母都希望自己的孩子卓尔不群，这只是一个美好的愿望而已。未来的路终究还得靠女儿自己去走，希望她有个平坦、光明的未来。

女儿出生时，我早就过了而立了，属于老大得子那一拨的。因为对事业和生命有了不同程度的认识，关照女儿的弱小生命就有了别样的体悟。

女儿出生那一晚，我几乎是彻夜未眠，医院的病房里是不允许陪护的，但女儿出生了，一张小床放在母亲大床的一旁。她在熟睡，熟睡的不仅仅是个婴儿，在我看来她是一个贵重的生命。

更重要的是，这是我刚刚出生的女儿，我怎么能忍心扔下她不管呢。我守护在母女俩的身旁，突然感受到了从未有过的责任，这份责任让一个男人的情感变得复杂起来，可以说是柔情和坚强等诸多味道杂糅在一起，很难说清楚。

护士查房的时候我溜出去，等护士一走，我又偷偷地溜回来。反复几次之后，护士烦了，我也烦了。医院是有那么三两间单间病房的，费用另收，是那种可以陪护的温馨病房。但此时没有空房，我早早地作了登记，在这三天住院的时间里，本来是可以有机会住进单间病房的，只因后来者和医生护士熟悉，而把我的希望扼杀了。为此我和医生护士吵了一架，因为有正义在心，架吵得有些理直气壮。医生护士理亏，反驳的话语并不多，我也将计就计，赖在医院里不走了，堂而皇之、理直气壮地陪护女儿。查夜的护士也不好说什么，我自然在医院里心安理得地住了三个晚上。

刚出生的婴儿不怎么哭，只是她饿了、拉了或尿了，才会有所表示，及时处理后，很快她又甜甜地入梦了。那时觉得带一个孩子并不怎么费心，三天后，孩子和爱人一同离开医院，回到了岳母家里，事前已经计划好了，爱人的月子要在岳母家过。岳母的身体不好，自己还要照料一家人的吃喝，晚上是不好让她陪护爱人的。爱人生完女儿后，很长一段时间没奶水，后来有了一些也不旺。女儿吃不饱，只能喝奶粉，那时的女儿似乎很能吃，三两个小时就要吃上一次，一个夜里下来，少说也要起来三四次给女儿喂奶。给孩子喂奶的过程也比较复杂，先要烫奶瓶，然后调好水温，热度适中放入奶粉后，才举着奶瓶，看着点点滴滴的奶液被啜进女儿的嘴中，一次喂奶的过程下来少说也得半个小时。女儿睡着了，我再躺下，迷迷糊糊中刚睡过去，女儿又哭了，睁眼一看，离上次喂奶的时间已经过去两个多小时了，于是又重复上一次所做的一套程序。女儿的哭声就是召唤是命令，让父亲变成了一个战士，在女儿的哭声中扑向女儿。这样的日子持续了三个多月，当然在这个过程中，女儿由原来的两个小时喂一次奶，延长到了四个小时喂一次奶，她在一天天长大，体重也由原来的六斤半长到了十几斤；父亲的体重却由原来的一百三十多斤，降到了一百二十多斤。因为女儿的出生，一度让我的身体从稍胖变得标准了起来。在那一百多个日夜里，新生的女儿让一个父亲感受到了甜蜜和劳累。女儿出生时，我还在电视台上班，晚上陪护照料女儿，白天还要完成工作和自己的写作计划，辛苦是免不了的。有时从岳母家驾车上路，或奔往单位，或奔往自己的小家，有几次竟感觉自己已经在车上睡着了。白天忙碌着，仍然记挂着女儿，想她是不是饿了，是不是又哭了，一想起女儿来，心里就多了份悬念。

女儿满百日后，被接回到自己的小家，请来了一个亲戚帮着带女儿。百日之后的女儿比以前似乎省事了，在白天的一部分时间里，她会睁开眼睛，盯着你，咿咿呀呀地和你交流着什么，这时你会感觉到有一种叫幸福的东西从心底里慢慢升起，在周身弥漫。那时，对每一天都有一个期盼，因为过一天女儿就大一天，可以说女儿是一天一个样，正是婴儿生长的高潮期。

女儿真的一点点地长大了，她渐渐地就有了自己的想法，她不会说，只会用哭声来表达，哭泣声就是命令，女儿一哭，一家人便会围过去问寒问暖，问饥问饱。女儿得到了满足，她笑了。刚开始女儿的哭完全是出于本能，因为她有需求，女儿的哭，证明父母没有做好。为了女儿的需求，做父母是辛苦的，为了不让女儿哭，觉得家里人手总是不够，有一段时间，家里请了两个人来照料女儿，那阵势现在想起来有些好笑——女儿一哭，四个人，七八只手同时伸向了女儿，跑前忙后，不亦乐乎的样子。

女儿咿呀学语了，女儿又蹒跚学步了，那时不住地听到她的笑声，笑声发自她的内心，甜在父母的心头。因为女儿的快乐，所以父母才快乐。她也有哭的时候，于是做父母的开始自责，检点自己的不足和错误。女儿一天天长大了，她就有了自己的想法，经常用哭声来表现自己的不满或者恶作剧，虽然看透了女儿的小伎俩，但父母心里仍然不踏实，反复地检点自己的不足，努力让女儿的哭声变成笑声。

在女儿没有出生时，我对孩子的哭叫一点也不敏感，甚至有些厌恶。自从有了女儿，对婴儿的哭声异常地敏感起来，有时在外面，遥远地听到孩子一声啼哭，我身上的每个细胞都会张开，总认为那是自己的女儿在哭。循声望去，待确信那不是自己的女儿时，心里才安稳一些。

女儿两岁的时候，正是2002年的春节，女儿感冒了，也许这是她有意识以来第一次患了这么重的病，哭闹不止，尤其是在晚上。女儿的哭闹是因为患病引起的，药也吃了，没有别的办法，只能是哄劝，抱在怀里不停地走，女儿才会安静下来，半真半假地睡去。二十多斤的女儿抱在怀里对谁来说时间长了都是一个负担，刚想把她放在床上，人未醒就先哭了，于是就打消了把她放回床上的想法。那一阵子，不知为什么，女儿只认我的怀抱，换别人谁也不行，别人怎么抱都哄不住，没有办法只能我受累了。一个小时、两个小时过去了，确信女儿真的睡熟了，才小心翼翼地把她放下，但不知什么时候，她会再次醒来，然后就是哭，于是再一次抱起女儿在地上走。那几日的辛苦自不必说，重要的是感受到了一个女儿对一个父亲的需求，这种需求也是幸福的。

女儿真的一天天长大了，每次出门她学会了恋恋地看着你，不想让你走的神情，但最后又无奈地和你挥手告别，这时在你离开家门时，心里是柔软的。有些时候在外面应酬，眼看着到女儿该上床睡觉的时候了，心里特别想在女儿睡前再看她一眼，明知自己回不去，还是一定要把女儿入睡前的情形再想一遍。

自从有了女儿，我才对家这一要领有了些许的体悟。以前和爱人两个人生活，只要知道对方到家了，心里就安了，在外面早回晚回都是一样的。自从有了女儿，便不时地想家，因为女儿，让自己对家多了许多的牵肠挂肚。

三岁的女儿在我出门时会说这样的话了：爸爸慢点开车，别喝酒。还说，爸爸早点回来。虽然这些话都是她妈妈教的，但从女儿嘴里说出来，味道就多了些不一样的东西。也是在女儿刚满三岁时，我出差几天，女儿在梦中抽抽咽咽地说：我想爸爸了。女儿在一天天懂事，她在懂事的过程中，学会了思念和惦记。

女儿才三岁，没有更多的故事好讲，以上的叙述无非是可以发生在任何一个家庭中的一份普通的父女情感，但当这份情感落实到个体的时候，她就别样起来。

三岁的女儿已经上幼儿园了，她很少再哭。但有时候还会因为这个或那个而哭，她一哭，我心里就非常不好受，总想在最短的时间里，让她破涕为笑。她白天身在幼儿园，我时常会想起女儿——她在幼儿园里好吗，她哭了吗？每天傍晚，早早地赶到幼儿园去接女儿，更希望每天见到从幼儿园里走出的女儿满脸都是笑意。

女儿才三岁，长大成人的年岁还很遥远。但我发誓，在未来的生活中，我会努力地让女儿多些欢笑，少些哭泣。

文/聂鑫汉

从小用粉笔乱写乱画

儿子三岁时，我就把他送入了幼儿园。幼儿园里托管孩子分全托和日托两种。全托是孩子早晚都在幼儿园里，只在星期天接回家；日托是孩子只白天在幼儿园，早晚由家长接送。我采用的是日托。有天下班我去接小孩时，老师在批评聂焱，指责他不该用粉笔到处乱画。我见此情况，就把老师叫到一边，对她说，小孩乱画固然不对，但请你莫批评他，这样可能浇灭小孩心中对绘画的兴趣，我愿意出点钱请卫生员将孩子画脏的地方清洗干净。这位老师心领神会，回到孩子面前时，对孩子说："你父亲认为你画在墙上的线条很美丽，我再一看，确实不错。以后，你就多在纸上画吧，老师每天发纸给你画。"小孩听老师这么一说，脸色也由阴转晴。从那时开始，我常见孩子从幼儿园回家，用粉笔到处画画：美丽的气球画在窗台上，小蝌蚪画在茶缸上，太阳公公画在墙上，飞机、小鸟画在门板上……我从来不制止他，任他去随意涂鸦。

孩子在四五岁时，因受电视中武打片的影响，想去学武，成为精武门的英雄。他外公送他一套小军服，他天天要穿着，他妈妈只好晚上洗干净，放在火炉上烤干，第二天再给他穿。我见他对学武有兴趣，强身健体也是好事，就送他到工人文化宫举办的少儿武术班学习。孩子学会打两三套拳后，又想去学习书法。那时，湘潭少儿学习书法成风，不少五六岁的孩子墨笔字写得蛮好，我又送他到群众艺术馆办的少儿书法班学习。两个月后，他又没有兴趣了。

两三岁时，我每天用识字的积木告诉他认字。到了六岁，他已认识不少汉字了，还能背不少唐诗。他正式开始学习绘画时已经读小学四年级了。在此之前，我并没有着意培养他画画的特长，只是看他画些东西时，常赞许和夸奖他几句，让他心理上得到些满足，产生成就感。一个星期天，我带小孩到市工人文化宫去玩，正逢电影院电影散场，市十一中美术老师陈宪明带着一大帮挎画夹子的少儿从电影院出来。我在市文联工作，陈老师是美术家协会的会员，与我熟。我就走过去打招呼，请他找我的孩子问一问愿不愿意学习绘画。陈老师拿过一个学生的画夹，从画夹里抽出几张画给我小孩看，问我小孩画得怎么样，愿意学画画不？我小孩说愿意。就这样敲定了小孩学画画的人生。我带着孩子在潭州画院购置了画夹、铅笔、画纸、速写本等美术用品，当晚就送小孩到市十一中美术组学画画。小孩对画画很有兴趣，一到美术班，就画得不差，陈老师还将他的第一张画贴在画刊上，说聂焱有绘画天才，只要坚持学习，必有出息。其实，小孩那幅画画得非常一般，并不比其他学生好，老师是在鼓励他。而孩子得到赞许，对绘画的兴趣高涨。我真要感谢陈老师，小孩在他那里学画一年多，他启蒙教学的方法重点是培养小孩对绘画产生兴趣。通过一段时间的绘画训练，我发现聂焱的思维能力、语言、视觉、听力、动作都得到迅速发展。特别是小孩对儿童画的创作兴趣非常浓厚，想象力和创造力都随之提高。画画是业余爱好，不能耽误正常的文化学习，我时常提醒他，每天要把学校布置的作业按时完成，不能过早地偏科。从聂焱的成长史来看，绘画不但没有影响成绩，反而促进了其他文化的提高，他的成绩直到初中毕业，都是在市里重点学校排名靠前的，他当过班干部，评过三好学生。绘画方面，获得过市里“艺术百家”和“小书画家”的称号，多次绘画比赛的作品在省、市级报刊发表。

聂焱进入初中后，自己确定的目标是考上中央美院附中。全国有八大美院，都办有附属中学。当时我分析，孩子初中毕业后在全日制学校读高中，文化基础打得牢固些。读美院附中，专业美术基础打得牢固些，就读哪种性质的高中各有利弊。既然小孩一心想考美院附中，我们也就尊重他的选择，但要求他文化课一定要学好。

美院附中的招考是在每年的四五月间进行。是由各校自主组织在本校的考试。为了去参加各个美院附中的考试，就要耽误初三下学期的学习时间。为了帮助小孩实现考上美院附中的理想，我在小孩读初三下学期时，就停课参加美院附中的考试了。当时，我向各大美院附中索要了招生简章，围绕考中央美院附中的考试时间，计算了聂焱可以参加湖北美院附中和中央美院附中的考试，其他美院附中考试时间与中央美院附中考试时间相撞，不能参加。1999 年 4 月 5 日，我带着小孩赴湖北武汉参加湖北美院附中的考试。我们携带的行李足有七八十斤，我是用根小扁担挑着上车下车的。行李除生活必需品外，还带着小孩初中三年的文化课本和名师教学的影碟，以及影碟机、随身听、教学磁带、画具等。在每次考核专业和文化课后，都要小孩注意对文化的复习。考完湖北美院附中美术专业和文化后，我就带着小孩从湖北直奔北京。

中央美院附中的考试是在 5 月 8 日，我们提前了近一个月到达北京。提前到北京的目的有两个：一是看中央美院附中应届毕业生的绘画水平；二是参加高考培训班，加强考前冲刺的培训。我们了解完中央美院附中情况后，就在吴作人美术学校进行美术专业培训。这个学校的任课老师都是中央美院附中的。学校采用封闭式的教学，来自全国各地的所有学生都必须入校住宿，统一作息时间。聂焱在该校学习了个把月后，美术专业成绩在班上中等偏上。在北京期间，我在旅社住下，每天到吴作人美术学校陪伴孩子学习，共进中晚餐。晚上我带着聂焱的画作，分别拜访过中央美院附中的一些老师，他们对聂焱的美术专业成绩颇有称赞。中央美院附中正式开始考试了，聂焱在数千名报考学生中，连续闯过了初试、复试关，进入最后录取排名阶段。小孩美术专业成绩排名 32 位。那年中央美院附中招考 80 名学生，这证明小孩专业成绩已过。在进行文化测试时，聂焱的英语以相差两分失去了上中央美院附中的机会。

聂焱得知自己中央美院附中失利的消息后，心情沮丧，沉默寡言。回到家乡湘潭后，又担心湖北美院附中没有录取，还必须抓紧初中文化的复习，迎接全市的高中入学考试。聂焱一直打不起精神，曾抱着我号啕大哭。聂焱对我说："爸，对不起，这次未考上中央美院附中，你打我吧！你骂我吧，我真不争气，我太笨了，我没有听爸爸的话。"为什么说没听我的话呢？在吴作人美术学校学习期间，学校请来附中的英语老师上课，我劝他也去听一听，当时聂炎一心想把美术专业水平提高，没听我的话，拒绝了去听课，最后，导致因对中央美院附中出的英语题型不熟悉而以两分之差落榜。我说："孩子，不要认输，没考上中央美院附中还有湖美附中，千万不要打退堂鼓，你一直在父母的关怀下成长，没遇到挫折，这点打击要经受得住。我们知道，你学习很刻苦，很认真，没有考上中美附中，我们决不怪你，你不要自责。现在要振作精神，搞好初中文化的复习，争取考上市重点学校的高中。"

聂焱望着我连声说："谢谢爸爸，谢谢爸爸。"

我说："孩子，当你陷入困境或遭受失败的时候，千万不要回避它，相反地，你应该坦然地去面对它，失败并不可怕，可怕的是不敢去面对它，不去采取办法解决它。再说，人生不可能一帆风顺，年轻时遇到这些困难和失败，对你的成长是有好处的。失败是成功之母，就算你没有考上中央美院附中，或许你考上了湖美附中呢，既离家近一些，生活费和学费低一些，父母的负担还轻一些，坏事可以变为好事，关键不在考美院附中，关键是将来考大学。"

聂焱听完我的点拨，高兴地回到房间做作业去了。

不久，湖北美院附中就寄来了录取通知书，聂焱以专业成绩第一名、文化成绩第四名录取为湖美附中的学生了。

我送聂焱到湖北美院附中读书，他很兴奋。我嘱咐他，四年的时光很快就会流逝，你一定要努力学习，毕业后考上北京的美院，弥补中考的遗憾。他说，清华大学的美术学院前身是中央工艺美院，我想到清华去学习。我很赞成他的目标。四年来，他多次获得学校颁发的奖学金，是班上的团支部副书记，表现很好。美术专业在班上名列前茅，文化考试都逐一过关。学校通知他免试入湖北美院学习。聂焱在2003年高考前几个月就回到湖南湘潭家里，征求我的意见：是否参加全国各大美院的专业考试和文化考试。当时我与他妈很难抉择。如果不参加全国的美术专业和文化高考，聂焱可以轻松地到湖北美院学习，但这意味着放弃到北京读大学的理想了。如果参加全国的高考，这又意味着放弃湖北美院的保送指标，因为每个学生填报志愿只有一次，填报的时间又在考试成绩未出来前进行。湖美明确表示不录取第二志愿的学生。怎么办呢？我们再次与聂焱交谈，要他把心里的打算说出来。聂焱说他的目标是考清华大学，万一落榜，明年再考。话虽然这样说，但给我们经济上、面子上、心理上造成很大压力。

我广泛征求亲戚朋友的意见，大多数都主张不参加全国高考了，能保送到湖北美院读书也是许多人梦寐以求的事情。最后，我在左右为难的情况下，为了不让孩子落下遗憾，尊重了他的选择。于是，我们陪同聂焱到湖北武汉参加了清华大学美术学院在湖北设点的考试。不久，我们就收到清华大学美术学院“专业入围准予参加全国文化高考”的通知书。一家人高兴地回到湘潭，又开始了另一场文化攻坚战。清华大学美术学院对美术生文化要求很高，许多美术生专业成绩好的都因文化过不了关而被“杀”了下来。就全国而言，美术生普遍存在数学成绩差的状况。其他美院数学不计入总分，而清华却计入总分。回到湘潭后的第二天，聂焱就入住湘潭湘声高考文化补习学校去了。在不到两个月的文化补习时间里，聂焱日夜苦学，非常勤奋，学校老师、校长常常深夜探房，劝他休息。学校考虑聂焱美术专业已入围清华大学的情况，特意在伙食上为他开小灶，安排他住单间房子，以便他能更专心致志地学习。我们几乎天天到补校去看望他，为他做些后勤事务，以保证他全身心地投入学习。

清华大学美术学院对已专业入围的学生录取的办法是：美术专业分加上高考文化分，按总分从高分到低分录满指标为止。聂焱报考的绘画专业全国限招 39 名，如果文化类多考一分，录取的可能性就大一点。聂焱的文化基础中等偏上，录取的可能性完全存在。聂焱的数学成绩也不太好，我们就专程在市里请了个专教高中毕业班的数学老师补习。高考时间临近，因聂焱户口在湖北，只能在湖北参加高考，于是我们又收拾行李，再一次陪孩子返回湖北武汉参加文化高考。两天高考一结束，全国的报纸就刊出了高考题目和标准答案，我们一家三口对照答案反复计算各门文化考试成绩。估分出来后，我们又将清华大学美术学院近三年录取学生的分数线列表制图，预测出小孩录取的可能性很大。果不其然，文化高考结束后，清华大学美术学校用邮政快件寄来了录取通知书，聂焱荣幸地考上了清华大学美术学院。聂焱手捧着“清华，是你一生的骄傲”的录取通知单，兴奋地流下了眼泪。

他到清华大学报到上课后向我们寄来的第一封信中写道：“是你们用爱心铺出我成长的阶梯，是你们用情感引导我走入艺术的宫殿，我永远地感激你们……”

文/叶广芩

琢玉记

为人之初

这篇文章说的是“琢玉”的事情，这个琢玉并非指工艺品玉件的雕琢过程，是指怎么“修理”我的女儿顾大玉，因为大玉也是玉。我知道“修理”这个词用得不妥，但我一时实在找不出可以替代的其他词汇，毕竟作家也有词穷的时候。谈家事，往往舌头发短，容易偏颇，容易感情用事，容易当局者迷，希望读者能理解，能原谅。我没有别的意思，只是希望能和我的读者像老朋友一样，泡一壶茶，细细地品着，聊着，说着让彼此愉快又伤心的家长里短，说着家庭中的种种喜悦与困惑，必要时再抹上几把眼泪……我想从您那儿得到安慰，得到批评，得到指点和帮助。

怀孕的滋味因人而异，我常常想起怀着小孩的艰难。

高龄初产妇。

浮肿，高血压，心动过速，蛋白尿，学医的我完全明白，这是“先兆子痫”的早期症状，这预示着下一步的不妙。

难以控制的是情绪的改变，那一段我的心情变得很敏感、很脆弱、很糟糕，那是一种病态的情绪变异。

犯了小时候的毛病，我时常泪水涟涟，下了班坐在那里，一句话也不想说。

这使我的丈夫不安。他说，说话啊，你到底怎么了？

我说不出我怎么了。

他就开始猜测，猜我和同事闹了别扭，猜我挨了领导批评；后来竟然猜想我是不是苏修潜伏下来的特务，一推测年龄，又不太对，也没有跟苏联人接触的条件；然后就又开始考虑我是不是私下借了哪儿的高利贷……在他这般费力推理的时候，我照哭我的，实在是懒得搭理他。他这人，喜欢看破案电影，《徐秋影案件》《铁道卫士》《国庆十点钟》一类的影片，他看过不少，之所以猜想我是“苏修特务”，是因为当时街上正在上映反特故事片《熊迹》，他是把我跟电影里的人物弄混了。就是在今天，他对此仍有偏爱，现在他是日本广岛女子大学的教授，每逢周一、周二、周五，下了课就要急着赶着往家跑，为的是赶上看晚上的破案电视剧。有时看到他风风火火地进门，一边脱衣服一边直扑电视机，嘴里不停地叫着“杀人事件！杀人事件！”真让人好气又好笑。

挺大的人了，童心未泯，倒也可爱。

但那时候我不觉得他可爱，只是可恶。

我在工厂里上班，他在西安的大学里教书，我们都被工作牵制着。

肚子里的生命在顽强地表现着他（她）自己，踢腾伸展，几无宁日。这是个淘气又不甘寂寞的孩子，我不知他（她）是男是女，但以这般的拳脚、这般的不知体贴母亲，我想多半是个男孩。

男女对我都一样，我的娘家，兄弟姐妹十四个，男女对半，我肚里这个是男是女就显得很无所谓。男也罢，女也罢，这孩子将来有的是姨儿和舅舅，有的是表兄弟姊妹，他（她）不会孤独。

丈夫家就不同了，丈夫是独子，是顾家的千顷地一棵苗，他和他的父亲对这个没照面的小孩寄的希望很大，当然男孩最好，真是女的也没什么，也很好……下一个也说不准是儿子。

我知道，没有下一个了。

以我的身体状况，能将这个安全保住就是一种幸运了。时常的眩晕，时常的喘不过气，血压低压到了一百二十，心跳已经超过了二百，肿胀的脚穿不进鞋，只好趿拉着一双挖防空洞时穿过的解放鞋，裤子是丈夫的，衣裳是厂里的大号工作服，脸上是一块块的黑斑，擦的是药用凡士林……我知道我很丑，我也知道我的打扮很是有点儿那个，但面对这一切，我有一种冷静和坦然，我想孕妇本身的美或许正在于此，在于丈夫的裤子，在于一脸的黑斑和大号的工作服。是女人就要走这一步，我在乎什么！

我什么也不用在乎。

但是，当若干年后的今天，我在商店里看到孕妇的专柜，看到那些为孕妇准备的各式各样的衣服和为婴儿准备的各式各样的物品时，我深切感到了时代步伐的速度和那不可阻挡的潮流，文明、进步、和谐，毕竟成为今天的主导，成为灿烂的阳光，装点着我们的生活，左右着我们的人生。在商店里，我凝视着精美盒子里的一件淡粉色的小衣，想象着会有一个怎样的可爱的小孩子穿上它，毋庸置疑，拥有这样衣服的孩子是幸福的。

当然，没有这样衣服的孩子也不能说不是幸福的，我孩子的小衣服、小被子都是我所在的工厂一位叫孙玉婷的老师傅给我做的，我没有这方面的经验，母亲也早早去世了，这些本该属于姥姥的工作，就全由她承担起来了。她乐于做这样的事情，她在缝纫那些颇有古典风格的儿衣时脸上充满了慈祥、充满了爱意。我在一边看着她，心里也是充满了感动。我想起了我们小时穿过的那些由大人旧衣服改制的儿衣，想起了在北京东城那座旧宅院里诞生的一个又一个小生命。

生命就是这样一代代接替，历史就是这样一圈圈滚动。

我决定回北京生小孩，那里是家，是老家，那里是最安全的地方。

对家的依恋是我人生的弱点，尽管我已经走出了几十年，尽管那里已经没了父亲母亲，我对那座充满家的气味的城市仍是情有独钟。

但是，我不能回到祖居的院落去，这是规矩，是北京人的规矩，一条至今为止仍在严格奉行的规矩——女儿在娘家坐月子，被视为不合章法。

我必须到我的婆家去，到雍和宫附近的一个叫作后永康胡同的小院去，那里有我公公购下的房产，有他的养女——一个我们叫作二姐的善良女性。后永康离我的娘家不远，隔着几条胡同，两家人彼此都是熟识的。

丈夫不能与我同行，没到寒暑假，他哪里也走不出去。为了将来孩子的降生，他能做的，就是穿着棉大衣端着小板凳，在火车售票处排了一宿队，为我购了一张卧铺车票。那时候买卧铺车票很难，我们没有任何关系和后门，就只有老老实实地去排队。丈夫回来将那张得来不易的票很郑重地递给我的时候，看着他大衣袖子上被人用粉笔画上的号数，只是让我心酸。

早晨，天还没有亮，他用自行车驮着我去火车站。他告诉我，如果半道有什么不好，就找列车员，千万别忍着。

我说知道。我说我给他买了十斤挂面搁在了柜子里，小缸里还有我腌的雪里蕻，我让他注意饮食调节，别饥一顿饱一顿的。

他说我走了以后他就去吃食堂，因为我一走，家里那个蜂窝煤炉子准灭，他侍弄不了那个东西。

我说他不能老吃食堂。

他说他就是吃食堂长大的。

米面的夫妻，充实而实在。

我还有些话欲说却没有说，想了想还是咽在了肚子里。我想到了或许有回不来的可能，尽管我对前途充满信心，但以身体状况而论，不能说不是危机四伏的。我的母亲说过，女人生孩子就是和阎王爷隔了一层窗户纸。对我来说，这层窗户纸其实已经捅破，我已经清清楚楚窥见了那边的一切。之所以不愿意跟他说得太多，是不想给他增加心理压力。已过了三十七岁的他，是头一回做父亲，他是个乐观而简单的人，大孩子一样的，在生活中，他的喜悦多于忧虑。

上了车，等不到开车丈夫就回去了，他早晨第一节有课，不能耽误了。他交代了两句就匆匆走下车去，看着他消失在站台上熙熙攘攘的人群中，我的心里一阵发空，有些伤感，也有些无所依靠的失落，还有些"大难来时各自飞"的无奈……

这时，肚子里的孩子猛地蹬了我一脚，一下将我拉回到现实，这使我感到了另一个"人"的存在，那个人像是在提醒：别怕，有我呢！这信赖的一脚如同无声的安慰，我用双臂抱住了肚子，就如同抱住了他（她）。是的，他（她）将陪着我一同度过这颠簸漫长的旅途，我们同呼吸，共命运，我们会一直坚持到最后。

我的乖乖。

来到了北京，不能去医院而是要先去报临时户口，否则医院不予接诊。

办事处的女同志麻利干脆，二话没说就给我办了手续，我看到她把卡片递给我的时候眼睛有点儿红，正有些惶恐，那女同志说，我女儿也是1969年从北京走的插队知青，现在还在陕北，没有回来……又说，看你这身子，八成要生一个大儿子。

我笑了笑，心里想的是她那个还在农村的女儿。

到了东四妇产医院，医院的大夫建议我中止妊娠，他们要开刀将孩子取出来。

我问不开刀是不是于孩子不好。

大夫说孩子问题还不大，从现在看，一切发育都很正常，关键是我，妊娠中毒症状已经很严重了。

我说要是这样我还是自己生。

我不希望在孩子不想出来的时候，很被动地让人掏出来。生命的历程，要顺其自然。怀胎十月，一朝分娩，果子熟了，自己就会落地，完全用不着谁去干预、去改变这个过程。我坚信遗传，我的母亲一生生了不少孩子，应该说她老人家是个很合格的子孙娘娘，在她这些众多的孩子中，没有一个是让人掏出来的。据说，她在生我的时候是在一个晚上，洗完脚往起一站，就感到了情况有变，继而我就来到了人间。我想，母亲是这样，我大概不会很难，我自己应该有能力完成这一切。分娩的过程是生命的更迭与延续的过程，是一个人将自己的基因、自己的经验、自己的生活毫无保留地交给另一个人的过程，这是一个庄严而伟大的过程。做女人的体会，唯有通过生产才能更趋于完整和完美，才能更体会到人生的真谛。母亲这个字眼意味着坚韧，意味着成熟，我相信我的孩子会和我配合默契，会帮助我完成这一愿望，因为我们是母子（女），因为我们血肉相连。

大夫不再坚持。

在等待孩子出世的最后几天里，我每天在胡同里散步，我必须积蓄足够的体力和耐力，以应付可能出现的一切。我沿着戏楼胡同往西，擦着雍和宫南墙而过，走到成贤街国子监的大牌坊往回折，再从柏林寺回家。国子监是元、明、清三代国家的最高学府，柏林寺是元代遗留下的名寺……这是一条很文化很历史的路线，也是一条让人能生出无限遗想的路线。雍和宫是清世宗雍正的潜邸，雍正是康熙的第四子，所以人们最早将这里称为“四爷府”。过去雍和宫的东侧有大和斋、如意室、醉月轩、海棠院等精美建筑，戏楼是其中之一。这些建筑与西面雍和宫的中路主体连成一片，成为京城东北部一片壮丽辉煌的建筑群。可惜，东部的建筑在八国联军占领下毁于战火，只留下了墙外的一个戏楼胡同，让人们去空空地浮想联翩了。我怀着一个新的生命，在历史与文化中走着、思考着，感到了人生玄妙的不可分解的秘密。二十年后，我所写的一系列“家族小说”，背景即是戏楼胡同，连那胡同的名称也没有改变，说不定有些故事的雏形在那个时候就已经酝酿于腹中，酝酿于那悠悠的一趟一趟的散步中，与我的孩子同融一“腹”了。

雍和宫在二十世纪七十年代处于封闭状态，棕红的大门永远沉沉地锁着，没见有开的时候。那些宫殿的黄色琉璃瓦顶在夕阳下闪着寂寞的光，显出了亘古的苍茫，给人以深不可测之感。透过红墙，可以看见里面高大的龙凤呈祥四柱七顶牌楼，那龙凤合玺的图纹，那精美绝伦的贴金彩绘，从高高的红墙露出，透递出一组解不透的历史密码，透递出一种博大与精深。隔着墙能看见牌楼上“寰海尊亲”的字样，我觉得，这“寰海尊亲”与我的心境相当的吻合。这里是雍正的出生之地，是生命的萌生之处，一种祥瑞，一种亲情，一种说不出的对于祖宗的敬畏，让人生出无限感动。我与祖先，与宇宙生命的机缘，就在这天地之间，在自身的生命之中。

我决定为这个未出世的小东西取个名字。

取名的过程就是散步的过程，思绪在那些金碧辉煌的牌楼上萦绕，在那些“寰海尊亲”“十地圆通”上纠缠。

我决定管他（她）叫：顾大愚。

这是个男女可用，雅俗共赏的名字，大智若愚，会欣赏的能赏出中华文化的精神，不会欣赏的也能品出为人的憨直与谦逊。

看似大傻，不是大傻。

顾大愚，这是雍和宫的赐予。

在顾大愚还没有降生的时候，他（她）的名字已经先他（她）来到了这个世界上。

若干年后，我的孩子嫌这个“愚”字笔画太多，难写，加之那些表兄弟们嫌难听，未经我允许，孩子私自将“大愚”改为“大玉”。这三横一竖的“玉”自是比那个“愚”简单了许多，省事了许多，但那意思却是差得远了。大玉，大玉，大玉即璞，其实就是一块顽石，暗中还包含着“玉不琢不成器”的警寓在其中。

改坏了。

丈夫说，顾大玉这样一刻不停地折腾，都是这个名字叫的，命中注定，该着如此。

我说，名字是自己改的，折腾也是自找的。

这是二十年以后的话。

人生的过程，大的环节往往简单明了，但讲述起来却又是些琐碎的细节，我去医院检查，大夫说再不能拖延，必须提前住院。

我说不能开刀。

大夫说，不开刀就催产。打催产素，扎针灸。

整整三天，我在医院里受罪。待产室里，一批一批的产妇换过，生产对她们来说顺畅而自然，在我，却被折磨得不人不鬼，连呻吟的力气也没有了。我咬着牙缩在床上，一会儿清醒，一会儿迷糊，我已经不知道我是谁了。那个孩子牢牢地抓定我，他（她）就是不想出来，固执的家伙！

大夫最后征求我的意见：剖腹。

我说，不。

产房外面，我在京的亲人们在轮换守候等待。我的七嫂焦急地说，怎么这样难啊，是生太子吗？

谁都急，只有肚里的孩子不急。

在几针大剂量催产素的催促下，那孩子才有了出来的想法，第四天上午，我被推上产床。由于高血压和派替啶的作用，我只觉得天旋地转，感觉不到疼痛，感觉不出环境，那些叮叮当当的器械声，那些大夫护士的话语，都变得遥远而渺茫，看不清也听不清了……

一股温热由身体里涌出，一声啼哭响亮奏起，冲击着我的耳鼓，让我为之一振，是孩子，我的孩子！一阵兴奋由心底涌起，从头到脚，我的每一个细胞都充满了幸福，幸福得让人战栗。

过程原来是这样的，复杂又简单，痛苦又欢乐。

大夫说，是个女孩。

紧接着，一团红扑扑的东西在我眼前一晃，算是完成了母女相见的仪式，这对医院来说，是例行的公事。

我听见我的亲戚们在外面的声音：女孩！女孩！

我躺在东四妇产医院的病床上，医院在过去好像是个大宅门，后来改作了医院，那老式窗棂老式庭院给人一种家的慰藉，窗外有风，几只雀儿在干枯的海棠枝上顶风而立。天是阴霾的、灰蒙蒙的。宽敞得像庙堂一样的大病房里摆着十几张床，每张床上都躺着生产过了的产妇，探视的人很多，很杂也很乱。但是我感觉不到那乱，我的心已经飞了出去，我知道，离此不远的地方躺着我的女儿，那是一个独立的、完整的生命，再不是我肚子里的“踢腾”。

传来婴儿们的大合唱，合唱中有一个响亮的带拐弯的高音在领唱，能下地的产妇们都去看了，隔着玻璃辨认着自己的孩子。我不能动，医生说血压还是太高，要是再居高不下，恐怕麻烦。

到了第三天医生才把女儿给我抱来，是一个很丑的小姑娘，头发又细又软，一双眼睛很小很小，那嘴却很大很大，鼻子上长了很多细小的白泡，耳朵像是很匆忙地安上去的。总之，并不出色。

我看着那双亮晶晶的黑扣子一般的眼睛想，这就是在我的肚子里待了几个月的小孩吗，就是跟着我坐火车，陪着我每天在雍和宫散步的小孩吗？我们之间的对话，我们之间的默契彼此应当记忆犹新。我用手指刮了刮那个红润的脸蛋，她用嘴寻找着，想吃，唔，她把那些记忆都变作了吃。找不到吃的，她开始哭了，听她的哭声我明白了，在婴儿合唱队中，领唱的就是她——我的女儿。

以后的事实证明，但凡有出格的事情，只要一追查，领头的准是她。

当然，学习除外。

第四天将顾大玉抱回后永康，住进了那间带花隔扇的里间，外间是二姐住着。里间墙上挂了很多清朝的字画，玻璃上吊着镂花窗帘，这是我住院这几日，二姐的儿子们所为，他们以这种很文化的方式迎接新出生的小表妹。那些字画在今天来看都是文物，但在那个时候，都是很不在意的东西。二姐有三个儿子，三个儿子三只虎一样地围着他们的妈，这使得二姐总觉得身边少了点儿柔软的东西，少了点儿细腻和贴心。顾大玉的到来，填补了这个空缺，顾大玉是住进这个家的第一个小女孩。

哥哥们都已经工作，他们对这个布娃娃一样大的小孩感到新奇。他们围着她看，看得很仔细，二姐呵斥着她的儿子们：都滚一边儿去，留神你们的臭气熏了她！

哥哥们嘿嘿笑着，并不散开。

以后便是走马灯一样地，轮着番地看“小人儿”。

十天一过，孩子的小鼻子小眼开始有了变化，变得舒展了，变得有了模样，脸蛋由红变粉，胳膊腿开始变圆，眼睛也渐渐地有了神。二姐用两条宽带子把孩子的腿捆上，说为的是将来能长成两条秀美的长腿。我让她松开，我说捆得像个粽子似的不难受吗。二姐说小孩子都是这么捆着的，我说我就没捆过，二姐说肯定捆过的，你是不记得了。我不好再坚持，但我总替我女儿的两条腿难受。孩子没有准头地舞着一双小手，捆在一起的腿美人鱼一样地挣着，她玩得很高兴，她好像不在乎捆与不捆。突然，她“哇”的一声哭了，脸上多了一条红红的血道子，原来是她自己的指甲把自己的脸划破了。这下可不得了了！她自出生以来还没有受过这么重的伤害，她哭得闭过气去，脸憋得铁青。我束手无策，二姐一边掐她的人中一边吩咐我赶紧准备点儿水。

暖瓶里的水太烫，情急之中我抄起桌上的茶缸，将剩茶兑了进去。

那边顾大玉已经缓过气来，仍在号啕不止，将水瓶递到嘴边，竟然赌气不喝，划破了脸，她闹脾气了。

我说，这就有点儿不讲理了，这脸又不是别人给你划的，是你自己划的，你跟谁发火？凭什么发火！

二姐说，你跟个月科孩子讲什么理，我们要知道这个理我们自个儿就不划了不是。于是就抱着颠，于是就肝啊肉啊地哄。

号渴了就喂水，一大瓶水灌下去，麻烦来了。

一点点儿剩茶根让她喝下去竟给她提了精神，到半夜两点了她还没有睡的意思，一双眼滴溜溜地乱转，必须抱着颠着走着，才能安静，你一停下她就哭。我实在困得不行，可我没有一点儿办法。到4点钟了，她还没有睡意，我对她说，我服了您了，您给我闭会儿眼行不？

二姐由隔壁披着衣服过来，见我正满抽屉乱翻，问我找什么，我说找安眠片，二姐问给谁吃，我说当然给她，我现在困得这样还用得着吃安眠片吗？二姐说没见过给小婴儿吃安眠片的，别吃死。我说这也是不得已的法子。

二姐没说什么，把孩子抱走了。

第二天给我送过来的时候，孩子的手上多了两个布套。

带孩子我没有经验，但我有一个原则，绝不娇惯。幼必待以严，壮无薄其爱。叶家对孩子宽松又严格的管理方法，对小孩子从不过于看重的做法，在我童年生活中已经潜移默化地融于血液里。在我的记忆中，我的父母亲从来没有将我抱在怀里拍着、哄着，乖呀宝呀地亲过。同样，我也没有见过我的哥哥姐姐们对他们的孩子有过过于亲昵的举止。小时候常听我的大大这样教训我：咱们是在旗的，外头一说在旗的就是八旗子弟，就是提笼架鸟熬大鹰，就是醉生梦死，纸醉金迷，这是不了解咱们，咱们不能跟别人的孩子比，那些引车卖浆者流对孩子只知一味宠惯，他们能有什么可求的，有点儿小手艺，做点儿小买卖，赚够个温饱就知足了。咱们不行，咱们教育子女没有别的招数，只有一个字：严。不严就不能出人才，曾国藩该是一代人物了，他的祖父在教育儿子的时候也常在稠人广众之中，壮声呵斥，毫不宽假。

你记住，有出息的人都是在“严”字上站起来的。

我的这位大大娘家是清朝内务府的大官，终生未生育，一直和我们住在一起，直到1961年去世。在她跟我说这些话的时候，不但大清已经灭亡了，就连中华民国也已经不存在了，但是她的“慈爱不姑息，严格不伤恩”的思想在叶家是一脉相承下来了。当然这中间存在着一个对待劳动人民态度的问题。我想，还是不要苛求那位已经故去的清朝老太太了吧，她要活着的话已经一百多岁了。

问题是眼前床上这个正在手舞足蹈的小婴儿她姓顾，她跟姓叶的没有关系。围着她看的这些哥哥们，个个都是“引车卖浆者流”，老大是铁路工人，老二是铝制品厂做铝锅的，老三待业，他们的父亲是废品回收公司的。他们都是凭力气吃饭的人，没有什么文化，也没有什么高深的教养。他们不知道什么“君子教子，导之以道”，也不知道什么“宽猛相济，治家之道”，但他们都很善良，很质朴。他们在这个小表妹面前，毫不掩饰他们的亲爱之意，他们无时无刻不在表达着对小婴儿的关切。你稍不注意，他们就把她抱起来了，不光是亲，还要满屋转，还要隔着玻璃看树树，看鸦鸦，看花花……

没过满月的孩子会看个屁，让太阳光照得挤住眼睛，只会打喷嚏。

我隐隐感到，这孩子我怕是带不走了。

如我所料，回西安我是单身一人回去的，我的孩子留在了北京，留在了后永康的小院里。

回到西安，我常常感到自己是分裂的，我的大半心在北京，在孩子身上。刮风了，我会想到北京的风是不是更大，下雪了，我不知孩子穿上了小棉裤没有……每月给孩子寄去三十元钱，这是我工资的百分之八十。那时我的月工资是三十九元，丈夫的五十八块五拿了十几年，我们的经济十分拮据。我曾经给人刻蜡版，印日语讲义，刻一张是五毛钱，我把这笔钱寄到北京，让他们给孩子买辆小竹车。那时候，北京的孩子都有小竹车，他们坐在车里由大人推着满街走，竹车既可以装孩子又可以装菜，必要时还可以代替小竹床，现在想想，那真是个很实惠的物件，比现在由棉布和钢管纠集在一起的婴儿车要高明多了。

简陋的竹车充满了平民百姓的味道，大概至今还能让不少人怀念。

常有顾大玉的消息传来：

会爬了，能扶着墙走了，会叫妈妈了，能吃面条了，断奶了……

她的每一个消息都让我兴奋，都让我品味半天。北京寄来大玉坐在竹车里的照片，照片上的顾大玉已经是个胖而美丽的小姑娘了。丈夫说孩子像他，因为他比我漂亮。我说像我，那神态、那气质就是我小的时候。

丈夫出差去北京，回来很神秘地对我说，你猜咱们的丫头过生日抓周抓了个什么？

我说会是什么呢？

丈夫说，大油饼！她抓了个大油饼，还是带糖的。

抓周其实就是一种游戏，谁也不会认真，有大油饼也不错。可反过来说，她跟前那么多东西，她怎么就不抓钢笔，不抓书本，不抓点儿实质性的物件，偏偏要抓大油饼呢。

丈夫说，大油饼也很实质。

我说那当然。

心里总觉得不美。

顾大玉两岁半的时候，我们决定把她接回来。

我和丈夫踏进后永康的大门，顾大玉正坐在小饭桌前喝粥，看见我们，她哇的一声哭了，因为事先已经给她做了不少工作，说爸爸妈妈要来接她回西安，聪明的她一看见我们立刻就明白了是怎么回事。她叫着妈妈，不是扑向我，而是扑向了二姐。二姐的眼圈也红了，把她紧紧搂着，再不撒手。

还没有说走，就已经这样了，这是怎么档子事啊。

先不说走的话，联络感情是必要的。

我让孩子跟我睡，尽量满足她的一切要求。

睡前，大玉提出要给她摩挲背，就摩挲背；又让摩挲肚子，就摩挲肚子；又让摩挲腿，摩挲胳膊，摩挲手，摩挲脑门，摩挲鼻子……已经是很没意思的得寸进尺了，但我照办。

吃饭的时候，一匙稀饭要像大飞机一样呜呜地飞，飞过的饭才肯咽下，否则就不张嘴。先是围着饭桌飞，后来不满足了，得绕着屋子飞，这样每喂一口饭我就得站起身在屋里跑一圈，这孩子真能把人折腾得吐血。

丈夫的感情联络得也很壮烈，将她哄出，说是去买冰激凌，用小车推着去。初时还好，一个大冰激凌吃到一半就不是她了，她要回家，她不坐车了，她开始哇哇大哭，开始在车里辗转腾挪，那冰激凌于是糊了一身一脸。丈夫不得已，一手夹着沾满冰激凌的她，一手推着车，在大街上向着家猛跑，那情景，所有当过父亲的人大概都能理解。

出了北京，哭了一路，害得火车上的人谁也睡不成，只好抱着她在火车连接处站着，她边哭边在我身上打挺。

我对这个人物简直一点儿办法也没有了。

回到西安，我请了一个月假，每天专门陪着她玩，坐电马，溜滑梯，看大象，打秋千，直到把我搞得筋疲力尽……

顾大玉背着我跑到邻居家，张嘴跟人家“借两毛钱”。邻居问借钱何用，她说打车票，回北京，她不能在这没有北海的破地方待。

是的，我在西安给她变不出北海来，她在我们这里活得不愉快。她不允许她的爸爸和她在一个床上睡觉，她让爸爸铺张报纸在地上睡，她爸爸说地上太凉，她说那你铺两张报纸吧。每回睡觉，丈夫都得等她睡着了，才能躺下，否则让她发现了，就会没完没了地哭。

有一回，顾大玉在临睡前问我，在被窝里拉屎行不行？

我一听就乐了，以为她是在开玩笑，我说，在哪儿拉都行，你在房顶上拉都没人管，只要你拉得出来。

第二天早晨，我让顾大玉起床，她说，等一会儿，我还没拉完呢。

我说怎么个没拉完？

她说，屎呀。

我感觉到事儿不好，掀开被窝一看，好家伙，热腾腾的一大泡屎！我抬起手来就要扇，竟然没处下巴掌，她的屁股上、身上全是屎……我简直蒙了，这样的情景是有生以来头一回遇到，从哪儿抓起呢？先把她从屎堆里拎出来，让她光屁股站在椅子上，再烧水洗。寒冬腊月在我们那间五凤楼一样的破平房里洗澡，她冻得哆嗦，换了几盆水味还去不掉，我恨得咬牙切齿。洗完了她又洗单子，拆被子，拆褥子，弄干净了一切，以一顿揍作为结束。

那是她第一回挨打，杀猪般地号，在北京她没受过这个。

我也是第一回打人，打人的感觉是越打越来气，打完就后悔。

事后我想，也是打得没理，头天晚上她其实已经请示过了，

“在被窝里拉屎行不行”，我说“在哪儿拉都行”，这责任还在我，不能怪她。

我这人的特点是不会讲理，特别是对小孩子，我总爱用调侃的语气跟她说话，这就注定了我在教育上的失败，从根上的失败。按理说，发生了这样的事，我应当好好地跟女儿讲明白，不能在被窝里拉屎，多脏啊，多臭啊，给妈妈添了多少麻烦啊之类。但是我没有，我对孩子说：被窝里拉屎的感觉不错吧？

顾大玉说，没有坐盆拉得痛快。

我说，你什么时候还在被窝里拉啊？

顾大玉说，我会提前打招呼。

不是顾大玉有心气我，是她就这么想的，也是我把她的话，把她的思路往这儿引的。这种失误，当时我没有意识到，至少，在她长到二十岁的时候，我都没有意识到。现在意识到了，孩子也大了，这常常让我后悔，我跟丈夫说，再让我生一个小孩，我会吸取教训，会少走许多弯路。但是已经不可能。

别的孩子都有很高远的理想，顾大玉不行，我问她长大以后干什么，她说“卖馄饨”。这是因为她爱吃馄饨，我老不能满足她的缘故。七十年代的肉一人一月半斤，我们不可能天天吃馄饨。有一度她还想“烧锅炉”，是因为北京她的那位做铝锅的哥哥改行烧锅炉了；她曾想当警察，想赶马车，想砌墙，想卖冰棍，想喂老虎……顾大玉的理想都很实在，都很劳动人民。

我指着天上的飞机说，你不想开飞机吗？

她坚定地摇摇头说，不。

我问为什么。

她说飞机掉下来怎么办？

也是啊，飞机掉下来怎么办呢，这个问题我怎么就没想过。

顾大玉的另一个特点是不能一个人待着，她必须得有伴，不是我就是她的父亲，时刻得守护在左右，再不就得借个孩子陪着她玩。玩的时候她必须得处于主导地位，别人什么都得顺着她来，否则就“不跟你玩了”。这不是件好事情，这种在北京就形成的“以我为中心”的毛病，是所有独生子女的特点，也是她成长过程中让人深感为难的地方。性格决定命运，在她以后的许多出格的行为中，追根都会追到惧怕孤独上。到今天，她也不能克服这一弱点，只要一个人，她就会处于焦躁不安之中，她就会生出些什么事儿来。我想，倘若她像我一样，有着众多的兄弟姐妹，有着一个轰轰烈烈的大家庭，大概会是一个乖孩子。

我对丈夫说，咱们对孩子应该有所冷落才好，要让她知道，她重要，别人同样很重要。

丈夫说，该送幼儿园了，这孩子得启蒙，老这么浑蛋似的不行。

我说，是该送幼儿园了。

进了幼儿园的顾大玉充分表现出了她执拗的本性，从进园的第一天起她就哭，整整哭了两年，一天不落地哭，大概能进吉尼斯大全了。我每天送她去幼儿园，离幼儿园一百米的时候，她便要张开胳膊让我抱，到了五十米的地方开始变脸咧嘴，到了大门口就哇出声来，准确极了。每天上幼儿园，对她是一大难事，对我也是一大难事。我说，你不是愿意有伴儿吗，幼儿园那么多小朋友，多好啊。

她说，他们不好玩。

我不知道什么样的小朋友才叫“好玩”，看似是怕孤独，其实她的内心是极其孤独，极其不合群的。以顾大玉这样的怪拗，这样的哭闹，大概也没有哪个小朋友会认为她很“好玩”。阿姨不喜欢她是显而易见的，不止一次有人告诉我，说在幼儿园小朋友午睡的时候，我们家的顾大玉一个人站在外面的走廊上使劲哭号。既是这样，我每天也咬着牙照送不误，只要不闹病，哭哭也没什么，我就不信把她这坏脾气治不过来！

一个叫张秀兰的幼儿园大夫，经常在顾大玉哭得太不像话时将她领到医务室，给些小瓶子、小盒子什么的哄着玩一玩。也只有在这种有人陪着“单练”的情况下，顾大玉才会暂时停止哭泣。毛病！

张大夫对我说，这孩子啊……

一种无奈。

大夫很无奈，我也很无奈。

这种无奈只是开始。

三娘教子

顾大玉上学了，一年级的小学生，新书新本新铅笔盒，一切都是新的。上学，作为人生的体验，应该有很多值得纪念的东西留在她的记忆之中。

第一次上学，是件永生难忘的事情。

就我自己来说，许多情景至今仍清晰如昨：

我使用的第一个花书包，是母亲买了二尺红底白花的花布为我缝制的；第一个铅笔盒，上面有“木兰从军”的图案，是姐姐送的；第一块石板，是我到文具店自己挑的……那些很一般的东西，在我这却庄严而神圣得无与伦比。

我所就读的北京方家胡同小学，是一所很老的学校，老舍先生曾经在这儿当过校长。学校的东边是女二中，南边是二十一中（我的丈夫是那里的毕业生），北边就是著名的国子监。方家胡同小学的教学是相当严格、相当不错的。我们家之所以选择这所学校让我去读，大概就是看中了它的古老和严格。

记得还没有开学，我们家的老七就怪声怪气地对我说，哈，您要上学啦，要上学啦……

他的意思很明白，进了学校就是马上了笼头，牛上了轭，就要老老实实受管制了，再不能水下房上，再不能天马行空。后来我也明白，进了学校，就要负起一份责任，挑起一副担子，就要认真在人生的道路上迈步走了。

第一天上学，是母亲送的我。母亲领着我的手，和我一同走在幽长的胡同里，我不明白为什么第一天上学还要人送，但母亲坚持要送。母亲的手在学校的门口将我松开，我在母亲的目光里向教室走去，记得当时我一边走一边回头看母亲，母亲站在早晨的阳光里，穿着旗袍，她向我挥手，鼓励我自己走进去……

很美好、很有意境的画面，成了永恒的一瞬，深深地嵌在脑海里。

今天，我的孩子也成了一年级小学生，我也拉着她的手向学校走去，我把这个时刻看得很重要，基于自己的经验，我穿戴得比较齐整，为的是将来孩子回想起这一幕的时候，她的母亲是一个很清晰、很美好的形象。

顾大玉走在我的旁边，嘴里啃着一根大油条，啃得热烈而认真，满嘴满手都是油。本来她在家里已经吃过早点，走过小吃摊还雁过拔毛地要，我就只好买，她就一边吃一边走，很不雅观。我问她文具都带齐了没有，她说带齐了。我把她的裤子往上提了提，这孩子动手能力很差，都七岁了，还不会系裤带，不会系鞋带，还要穿松紧带的裤子，小孩子，没有胯，裤子就老往下掉。我嘱咐她，上课的时候要专心听讲，下课要记着上厕所……

顾大玉说她现在就想上厕所。

我说，你在家不是尿过了？

她说，尿过了还想尿。

于是就找厕所，越找她越急，急得直跺脚，好像一泡尿立马就要装到裤子里了。我比她还急，身上已经出了汗，我说你憋到学校好不好，学校里肯定有厕所。她想了想说，行，就接着吃她的油条。走了不远，正好路边有个厕所，我让她去，她说她又不想去了。

我不知道她肚里那泡等不及的尿，这会儿工夫都化到哪儿去了。

有些窝火。

到了学校门口，也就是说到了我对上学记忆最初始的那一刻，我看了看身边的孩子，心里很有些庄严肃穆，想对她说点儿什么。但看着她那油嘴油手，看着那根本吃不下去的大油条，我却觉得哪里不大对头，找不到当年我和母亲的那种氛围和感觉。

有人送的、没人送的小学生们纷纷走进了学校，我蹲下来，正了正孩子的书包，又提了提她的裤子，不敢再说上厕所的话。我从顾大玉手里拿过那半根油条，她心里正巴不得与油条分离，很爽快地推给了我。我刚要说手绢在兜里，她的一双油手已经理所当然地在衣服上抹开了，那是昨天才从商店买回来的新衣服，看来她对这套衣服并不怎么在意。

将顾大玉推入校门，她混入学生当中，再没有回头看看一直站在大门口的我。

一刹那，我竟有些茫然。

这也是一种上学。

回到家里我才知道，所谓文具“都带齐了”的顾大玉，她的那个崭新的有铁臂阿童木图画的双层塑料铅笔盒，很冷落地躺在桌底下。我掏出，打开，发现里面的橡皮被切成了小碎丁，所有的铅笔都秃了头……

开学了。我不知道没有笔的新学生在课堂上会出现什么样的局面。

但我相信，在顾大玉的记忆中，永远无法寻找我初上学时的那种清新，那种舒朗，那种欢快中的淡淡哀愁。

随着时代的发展，人的感情好像越变越粗糙。

顾大玉的爷爷从太原来了，老爷子已经退休，来和我们一起住。这是位开朗、乐观的河北老人，今年他已经九十四岁了。九十四岁的老人身体硬朗，头脑清晰，爱认死理儿，在我们家里掌管着全家的经济大权。换煤气，买粮食，一应采办都是老爷子的事情，老会计出身的他，是一流的管家。他那一手算盘，噼里啪啦，打得流水一般，荣获过太原市算盘比赛第一名，无人能比的。曾经沧海难为水，有这样的老爷子替我理财，我乐得清闲。

二十世纪八十年代，一老一小在西安相遇，大有相见恨晚之感，很快就如胶似漆，难离难分了。

顾大玉放学，一进楼道就开始喊爷爷，一层层喊上去，一直喊到五楼。这时，老爷子早已经打开门在等着了。孙女进家门，从迈进门槛的一刹那起，就开始一件一件扔东西，在大门口卸下书包，在走廊丢下帽子手套，在房门口扒下大衣，等进到自己的房间时，她已经是个利利落落的小人儿了。那些衣物老爷子会跟在她的后面一件一件拾起，仆人般地任劳任怨。我不止一次说过，这样不行，但他们俩谁也不听我的。放了学的顾大玉并不做功课，她的第一件事是要骑在老爷子腿上，让老爷子一下一下地颠，美其名曰：骑大马。骑一回大马要颠一百下，要是骑手余兴未尽，还要再找补几十。这样的大马一天要骑三四回，一直骑到顾大玉小学毕业。

有一次，我看见老的和小的在他们的房间里，小的屁股上夹了把扫炕笤帚，在一下一下地蹲，老的举着两个胳膊，跟在她后头满屋转。一会儿，小的回过头捏着鼻子叫老的“阿童木”，老的竟然也嗲声嗲气地答应“哎”！老的反过来又叫小的“小白兔”，那兔子也“哎”！让人忍俊不禁。看老爷子这情景，真比那“含饴弄孙”的境界更进了一大步，他都变成“阿童木”了，变成机器人了，已经不是爷爷了。

老爷子疼孙女的心太切，将爱付出得太多太多。也正因如此，在后来与渐渐长大的顾大玉才变成了一对水火不容的“冤家”，竟达到了彼此不说话的地步，达到了一天作十三首诗攻击的地步。

爱之愈切，恨之愈甚，这话一点儿不假。

要说真正的“八旗子弟”，我认为应该算是以顾大玉为首的这帮独生子女，所谓的锦衣玉食，所谓的衣来伸手，所谓的不知饥苦，所谓的胸无大志，对他们一套一个准。

我们家有一盒《三娘教子》的磁带，不是京剧的《三娘教子》，是我们家独有的《三娘教子》——一盒我在教训顾大玉时无意间录制下来的磁带。本来我用收录机正在录制张明敏的歌，突然想起顾大玉开学已有一周，却从来没见她写过作业，我拿出她的语文书，翻开第一页，指着那个大大的拼音字母 a 让她读，她不认识，问她后面的 oeiuü 也都读不出，我火了，说：你上课都干吗去了?!

顾大玉愣愣地看着我，好像在问我，是啊，我干吗去了?

我感到了事情的严重性，关了收音机（就忘了关录音机），开始了给顾大玉补课，这一补我才知道，顾大玉不但不认识字母，也不知道四声，一个最简单的 a 的四声，让她来发，竟如哑巴一样，发出了含混不清的“啊……啊……啊……”教了七八遍四声还是不会，我一拍桌子吼道：你他妈的是不是中国人?

顾大玉嘤嘤地哭了，她说，中国话我会说，中国的四声我不会说。

我说，不会说也得说，跟着我念！念错一个我打一下手板子。

接下来是顾大玉带着哭腔的、战战兢兢的发声，自然是错的多，对的少，啪啪的手巴掌声相间其中，一会儿我说，不行，打你，我的手也疼。

大玉说，您用尺子。

我说，你那把塑料尺子打折了，还得我花钱买。

顾大玉说，它已经折了。

我说，你这个e的发音怎么老“饿、饿”的？

顾大玉说，老师就是这么教的。

我说，你的那个破老师准是陕西人，老是把“我”说成“饿”，跟你们校长说说，把你的陕西老师换了，这不是误人子弟嘛。

顾大玉说，我们老师是山东人。

我说，山东人也一样，好不了哪儿去。

顾大玉说，您妈妈也是山东人。

我说，我妈妈那是你姥姥，现在不许扯你姥姥，我们叶家，人人都会发e，就你们姓顾的不会。

顾大玉说，对，我爷爷也不会发e，他管e叫ne。

我一边训一边教，到最后就光剩下了训，没有了教。顾大玉已经忘了哭了，也积极参与，不断地接话茬儿，不住地添油加醋，临近尾声时，我不但训出了吹泡的蛤蟆，豁嘴儿的兔子，还捎带上了她的爸爸，捎带上了河北、山东、陕西的父老乡亲，一切都是现场制作，即兴发挥，十分的淋漓尽致。我那时还没有搞文学创作，事后一听，这不打底稿的一气呵成，用文字表达出来，竟是一段相当精彩的相声。

训斥的结束是一阵铁锅的乱响，接着是我惊慌失措的声音：净他妈训你，我火上的一锅红烧肉都冒了大黑烟啦！

有一年，我的姐姐来西安小住，她在帮我打扫卫生时发现了这盘磁带，一听，乐得捂着肚子直不起腰来，她说这整个是一出现代的《三娘教子》，编都编不出来。现在的任何小品、相声都比不上我和顾大玉的这段表演，她建议我把这盘磁带给侯家侯耀文、侯耀华那哥儿俩寄去，作为素材奉献给中国的曲艺事业。

我说这不行，这涉及个人隐私。

顾大玉也说，这不行。

有朋友上我们家来，点着名要听《三娘教子》，说比流行歌曲好听。也有不知道我们家有这盘磁带的，来串门，闲聊的时候顾大玉就会主动向人家推荐。初时我还没觉得什么，时间长了，我就觉得顾大玉有点儿那个，再怎么说这也是揭她疮疤的东西，她怎会不怕羞呢？古语说，知耻近乎勇，那么幼年的孩子知不知呢？

我对孩子的思维常常是处于一种被动接受状态，我想不出他们要干什么，会干出什么来，但他们绝不是小猫小狗，他们所干的事情，无论好与坏，都有他们的逻辑、他们的思想。而对这些好事或者坏事的态度，往往则因家长而异了。我承认，在这方面我不是一个高明的家长，我的简单和粗暴，又成了另一些“恶性事件”的由头。或许我还没有真正学好辩证法，或许我对儿童行为的理解过于片面，不过有些事情，就是在今天，我也是无法原谅的，不报以老拳，不足以解恨。

比如，在我调到报社工作以后，编辑部有位姓薛的同事，他的儿子与我的女儿年纪相仿，有一天，老薛把他的儿子单独锁在办公室里，令其做作业，自己出去采访了。单独待着的儿子见父亲一走，立时就成了精，三鼓弄两鼓弄，把屋里的字纸篓点着了。大家在走廊看见老薛的办公室火光闪闪，浓烟滚滚，惊呼大事不好，使劲敲门，那孩子就是不开。这时，老薛回来了，打开门，却见他儿子已用一盆洗手水将火扑灭。我记得，当时我看着狼藉不堪的办公室，看着站在一片水渍中满不在乎的薛家公子，只恨得牙根痒痒，恨不得拽过来抽两巴掌。可奇怪的竟是老薛，将孩子拉过来拍着哄着，回身对众人说，你们看我儿子多聪明，每临大事有静气，小小年纪他就知道用盆里的水灭火。

老薛对孩子的态度给我以启发，我认为我也应该换一个角度看我们家里的那块玉，人家的孩子放了火都没事，都能看出优点，我们家的玉连发不准四声也要挨揍，也是有点儿太不公平了。

我一定要对孩子好一点儿，一定！

那天，在回家的公共汽车上，我一路都在这么想着。

事与愿违，当我推开家门，看到我房间里的一切，我什么“不公平”的想法也没有了。

——我的书桌，桌沿被小刀削成了白碴儿，新刷的墙壁成了花脸。

原来，今天是礼拜六，下午学校没课，将这一帮魔障放回家去，“自己学习”。一个下午学习的结果，就是我的桌子由方沿改成了圆沿，我的一瓶红墨水大半洒在玻璃板上。老薛的儿子灭火是用水泼，我的女儿挡水是用纸掩。挡墨水的纸当然是信手拈来，于是我的一篇刚写好的小说便一页一页做了牺牲。这且不说，她沾了红水的纸鲜艳无比，小家伙又突发奇想，变被动为主动，索性将瓶里的墨水全部倒在玻璃板上，开始一张一张地制造红纸了。湿淋淋的红纸无法安置，顺手贴在墙上……

看着惨不忍睹的桌子，看着挤眉弄眼的花墙，看着已经“不识庐山真面目”的稿子，我的火噌噌地往上冒。

不打能行吗？打！

顾大玉自然要哭，老爷子自然要护着，什么都往他身上揽，让人气恼。

我气急败坏地对顾大玉说，你赔我桌子！你赔我的墙！

顾大玉说，桌子我将来挣了钱给您买新的。

我说，墙呢？稿子呢？

顾大玉翻翻眼睛看着我，不说话。

两天以后，别人送给我的一瓶进口修正液，被全部涂在了墙上。修正液当然很有限，所以那些红印就如毕加索的画，不但是挤眉弄眼，而且是张牙舞爪了。

二十年后，在陕西的秦岭腹地，在一个叫作佛坪的小地方，我去一所学校拜访了一位名为黄文庆的年轻老师。给我很大震动的是，这位深山里的先生竟是一位教育的开放者，在他的家里，他特意留出一面白墙，让他的女儿随便往上面涂画。且不说那山里的女孩站在这面墙前是多么的自由舒展，单是黄文庆的这种做法便已让我眼界大开了。看着那面画了不少孩子图画的墙，我再一次感到了自己的失误，京师出身的我，跟山里的教书先生比，在见识上，在心胸上，竟是如此不如。

所以，顾大玉给我当孩子，不是一种幸运。

懒散，贪图舒服，这是人的普遍弱点，也是孩子的普遍弱点。人活着就得自己跟自己不断较劲，跟命运不断抗争，大人对这一点儿看得很清楚，孩子却不能。他们把大人的苦心当成多余，当成“缺少感情”，这实在是错了，实在是让大人受到了冤枉。我的妹妹在教育孩子时遇到了和我一样的问题，她给我写信痛苦地说：我们这个家族的妇女在对待孩子上可能遇到了同一个难题，历史上，都说慈禧对待她的儿子同治、光绪是多么的严厉，多么的冷酷，多么的不近人情。今天，我也有了孩子，我才深深体会到了那位老太太的心，体会到了她的难处。的确，我与我的妹妹深有同感，慈禧在教育孩子上，是一个极清醒的母亲，她对她的孩子并非不爱，而是那爱太艰难，她的孩子就是国家，就是大清社稷，而她的孩子又是那样的不争气，是那样的软弱……并非哀其不幸，而是怒其不争。到了我们这一代，简直是连怒也不能怒了。小小的人儿，他们的思想比我们还活跃，比我们的主意还多。

独生子女的顾大玉们，与独生子女的同治、光绪们有着共同的弱点。

小学二年级的时候，顾大玉认为我管束太严，她离家出走了。那时候，她的父亲恰巧在云南出差，家里只有我和老爷子。

我下班的时候回家，没有见顾大玉。到学校去找，学校里空荡无人。到同学家去问，说是顾大玉今天就没去学校。

这下问题严重了，我赶紧给在外头的丈夫打电话，让火速回家。又发动他们教研室的同事和我们报社的同事，满街去找。报告了派出所，在电视台登了寻人广告，能做的都做了。

顾大玉一宿未归。

这个家庭一宿无眠。

九岁的孩子，她能上哪儿？

我火上房一样地焦急，老爷子更是不安，一宿间起了满嘴的燎泡。他的心里满是内疚，因为顾大玉是在他午睡的时候不声不响从家偷偷走出去的。老人觉得将孙女丢了，这是他做爷爷的失职，无法向儿子媳妇交代。于是，我在寻找小的同时，还要安慰老的。

我在电视机上发现了一个纸条，是顾大玉留的：我走了，你们不要找我。

看来不是拐卖是出走，于是就赶紧找家里的东西，我发现，顾大玉喜欢的衣服都不见了，老爷子也发现，他放在抽屉里全家一个月的生活费也不翼而飞。

同事们纷纷来报告：没有消息。有人问我是不是打骂孩子了，这让我委屈，这孩子许久没有挨打了，连骂也没有被骂过，天知道是怎么回事。

学校里老师反映，同班有一个叫沈丽的孩子也不见了。沈丽经常跟顾大玉在一块儿玩，估计随着顾大玉一块儿出走的可能性很大。

我跑到沈丽的家，想共同商量办法，沈丽的母亲经不住这个打击，已经躺在了床上。沈家的亲戚朋友都来了，黑压压站了一屋子。见我来了，那些人着实没给我好脸色，仿佛是我将他们的孩子拐跑了。一个人指着我说，我们家的丽丽本来很乖，很没主意，很胆小的，都是让你们家的孩子给带坏了，真有什么事，你们要负责任！

丽丽的母亲在哭，那哀怨的目光让我无法正视，在沈家人的责难中，我一句话也说不出来。后来，她家的人让我出钱，说他们找孩子雇车的车资应该由我出。我付了钱，只是觉得窝囊，觉得顾大玉这样做太差劲。

沈家对我的态度，我很能理解，但谁又理解我，替我设身处地想想呢。

第三天，丈夫的同事，交大的常秉哲教授在火车站将顾大玉“捕获押解”回家。许振凯教授候在家中，做思想工作。这些国家一流学府的大学问们，整日和高精尖人才打交道的教师，面对这顽劣小儿，也是老教授遇到了新问题，其尴尬、滑稽可想而知。

教授们给我的原则是，对回来的顾大玉不能打，不能骂，要做深入细致的思想工作。

我一一应下：不打，不骂。

逃跑者一进门，我一看她那模样，差点儿没把我气蒙了。

顾大玉周身廉价珠宝，脸上抹得花里胡哨，哪里是孩子，整个一个小妖精。

我强忍着气，把她领去洗漱。

顾大玉初时还有些忐忑，不敢言语，后来看我并无怎样训斥，便胆子渐渐放大，很有些无所谓的样子了。到晚上睡觉的时候甚至有些小得意，认为这一招做得很有实效，至少是把我给整住了，出了这样的事情会没挨打，大概也是出乎她的预料。

那一晚，我给顾大玉说了不少，心平气和地讲出走的危险。顾大玉似乎什么都明白也什么都不明白，她瞪着眼睛看着我，也不知道听还是没听。

顾大玉睡了，我在灯下翻检她购回的物件，大多是玻璃珠子的项链，假玛瑙的戒指，香粉，口红，眉笔和一些杂七杂八的零食……这都来自我们家的生活费。

小姑娘知道爱美了，这也是天性，但这美的档次未免太低了点儿。想了半宿，我想出了一个绝招。

这招并不比我的母亲当年往我身上盖戳逊色。

第二天早晨，我对顾大玉说，今天不上学了。

她说，不上学干什么？

我说，上公园，去游乐场。

立时，顾大玉的眼里满是兴奋和欢乐，她实际已经旷课几天了，并不担心落下的功课，一听说去玩，竟是这样舒畅痛快，这样的性情也不是所有孩子都具备的。

我说，要去有条件，咱们得打扮得漂漂亮亮的，把你买的首饰全部戴上，化上妆，穿上你最最喜欢的衣裳。

顾大玉更是有些受宠若惊，欣喜之色溢于言表。

于是，在我的包装下，顾大玉抹了一个吃了死耗子一样的大红嘴，腮上很夸张地涂了两团胭脂，两道眉被描得卧蚕一样的死黑，还像大熊猫一样打了青灰的眼眶。她的脖子上挂了三条项链，戴了手镯，戴了戒指，戴上了她买来的一切饰物……

我问顾大玉穿哪件衣裳。

她说穿那条黄色的纱连衣裙。

就穿纱连衣裙。

老爷子在旁边看出不是个事儿，问我，你这是干什么呀你？你怎么不让她上学？

顾大玉替我回答，我们上公园！

老爷爷摇摇头，叹了口气，进自己的屋，关上了门。

我推着顾大玉走出家门，没走几步，她就觉得有些不对了。十月的天气，她穿着薄纱的裙子，尽管天气尚不太冷，但那飕飕的凉风，绝不是一层纱能抵挡得住的。

顾大玉回头看了看我。

我说，既然要美，就得付出代价，你说是吧。

她没说什么，照直奔公园而去。

因为不是放假，公园的游乐场里空荡荡的。顾大玉把每个游乐项目都玩了一遍，每换一个项目，见她的工作人员都要议论纷纷：

这孩子是怎么了？

怎么打扮成这副样子，一点儿也不好看。

小鬼儿似的。

现在的孩子，哎……

谁见谁摇头，顾大玉对自己美的信念开始动摇了。她提出了：回家，不玩了。

我说，还有下午呢。

她说，下午上学吧。

至今为止，顾大玉再没化过妆，在女孩当中，她是相当本色，相当朴素的。上个月，她在日本山口，要主持一个当地财团和留学生们的联欢会，我建议她稍微化些妆。她说不，她说这样很自然，学生就是学生，青春的美比什么都美。

我想，这孩子现在是成熟了，至少在对美的审视、欣赏上是成熟了。

先别这么说，走着瞧。

我信“青出于蓝而胜于蓝”这句古话。

瞒天过海

小孩子长到一定程度都要经过一个爱说瞎话的阶段，这是因为他们觉得自己的智力已经很够用了，思维逻辑已经相当完美了，完全能够超过大人了，于是就开始说瞎话了。我和不少家长探讨这一问题，大家认为，小孩说瞎话，以十二岁至十五岁为最，以后而逐渐变少，而逐渐不说。

开始我对这个问题没有多么深刻的认识，如果我知道这是小孩子成长过程中一个必经的阶段，我会很心平气和地对待这一切。假如我能有第二个、第三个、第四个孩子的话，我不会把这件事看得有多么严重。也想到了我的母亲，她对我们几个孩子时常冒出来的瞎话常常是一笑置之，并不很尖刻地随时揭穿我们。长大以后的我们，也并没有因此而变成一帮谎话大王，变成一帮不可救药的奸佞小人。

我不知道所有的小孩子都会说瞎话，我以为只有我们家的顾大玉才是唯一。我缺少做家长的经验，所以，很多时候就把顾大玉想得很坏，想得很不可救药，在处理方法上就很少大将的风度，很有公安人员对待小偷流氓的做派。

现在知道不对了，也错过了时机，没有改正的机会了。

而在当时，我怎么就那么严厉，那么的没有城府，那么的需要事事清晰明白呢。

不过顾大玉说瞎话的水平也确实不低，远远超过了我，超过了我们家的老七。瞒天过海这样的事情我认为是不可能，而事实证明，在顾大玉身上则完全可能。

顾大玉早晨上学，我说，外面天很冷，你为什么不戴上围巾呢？

她说，我戴上了呀。

我看了看她那光光的脖子说，你明明什么也没有戴。

她说，戴着呢。

我说，你的脖子上什么也没有！

她说，围巾就在脖子上。

我说，甭玩花样，你把围巾弄哪儿去了？

她说，就在脖子上，您没看见吗？

对这样瞪着眼睛说瞎话的主儿，我不知道别的母亲遇到过没有，她把你气得肚子疼，你却一点儿办法没有。秦时有赵高“指鹿为马”的故事，那终归还是有鹿的，今天我们家这位跟我玩“皇帝新衣”的游戏，却完全是空手道，大开了无中生有的生面。

还有一回，我在家中写稿子，顾大玉从外面哭回家来，那模样甚是凄惨，衣服撕了长长一条大口子，扣子掉得一个不剩，浑身泥土，手上还有伤。我问她是怎么了，她说是同学赵雅打的。

我说，赵雅一个小丫头把你打成了这样，了得！

她说，赵雅老欺负我，老打我。

我说，你就那么窝囊，老让她打？

她说，我打不过她。

我想，小孩子之间的事情切不可认真，大人更不能搅和其中，随他们怎样打就怎样打，你不能跟他们辩理较真儿。但是看顾大玉那悲悲切切的样子我也很窝火，我说，真没出息，在外头挨了打，你回家哭什么，有本事你出去打呀，也把她的衣服撕烂了，也把她的手挖出血。

顾大玉说，您真让我出去打呀？

我说，让。

顾大玉说，那我就出去打了。

我说，打去吧，记着吃饭时候回来。

顾大玉得了圣旨一般，屁颠儿屁颠儿地跑下楼去了，我接着写我的稿子，把顾大玉的事忘得一干二净。

到了吃饭时候还不见顾大玉回来，推开稿子，我猛然想起让她出去打人的话，心里有些没底，赶紧出去找，却见在楼后头顾大玉正和一群孩子在玩，其中当然也有那个打她的赵雅。

我顺手拽住了赵雅说，呔，你撕我们顾大玉的衣服干吗？

赵雅奇怪地冲我眨着眼睛说，没有哇，我没有撕她的衣服。

我说，你没撕，她的衣服怎么破啦。

旁边一个叫江炜的说，那是我们到盖大楼的工地去，顾大玉爬架子，让钉子挂的。

我把脸转向了顾大玉。

顾大玉两眼忽闪忽闪地看着我。

我说，回家！

回来上楼梯的时候，隔几步我捡个扣子，隔几步我捡个扣子，无疑这是顾大玉为了将假相制造得更逼真、更惨烈而采取的措施。

我问，顾大玉，这些扣子怎么都掉下来了？

顾大玉说，是我揪的。

一不留神也能说出点儿实话来。

对什么东西都不知道爱惜，丢了东西也从不去寻找，开学一礼拜，帽子、手套、围巾，包括书包，大大小小丢了七样，也不告诉家里，均能坦然处之，好像那些东西都是白来的一般。老爷子给她丢失的物件记了个账，竟然记得没有丢得快。我说，您甭记了，丢的都不在乎，您替她记了有什么用。

老爷子说，我心疼。

的确，重新置办一条围巾不难，但重新置办一个书包，那麻烦就大了，从文具到书本，够你跑两天的。为给她买书，我就不下几回地跑过教育出版社。也是当家长的忒贱，但不买没有办法啊！她倒乐得没书，清闲，仿佛那书都是给家长念的，与她自己没有关系。

我们单位有位叫朱文杰的作家，谈了他四川爱人家的一件事，儿子在专科学校念书，父亲没有按时寄生活费来，儿子就说：龟儿子不给老子寄钱，老子就不给龟儿子好好念书。

从某种角度说，这是我们家顾大玉的翻版。

学校增加了书法课，于是我们家楼道里从一楼到五楼，便各类题词不断，能与西安的碑林相“媲美”。那时候电视里头正演《水浒传》，我们的单元门口就被顾大玉用醒目墨迹题上了“敢笑黄巢不丈夫”的诗句。这几乎成为路标，逢有外人找我，单位同事便介绍：往左拐，三十九号楼，墙上有“敢笑黄巢不丈夫”的单元便是。我问顾大玉楼道白墙上的“鸦”是谁涂的，她一口否认：不是我！

我们这座门洞，上上下下只她一个小学生，不是她，见鬼了！

但她就是不承认，在否认这一切的时候她能做到脸不变色心不跳，很有点儿地下工作者的风范，可惜生错了年代。

这也还罢了，并没有影响到我们正常的生活秩序，最让人头疼的是她时不常地给你闹出点儿信口开河的小麻烦，让你哭笑不得。

顾大玉背着书包去上学，看见个卖网套的，没话找话，张嘴管人家叫爷爷。卖网套的小伙见有人管他叫爷爷自然很高兴，就问她有什么事，她说我们家爷爷要买网套，顺便将家中地址相告，卖网套的担着担子爬上了五楼，才知道是小丫头兴致所至，满口胡言，遂与老爷子争吵起来。

卖网套的说，闹着玩吗，五层楼，担着担子一层层地爬。

老爷子说，那是你愿意。

卖网套的说，是你们家的人叫我上来的。

老爷子说，谁叫你上来的你找谁去。

此时的顾大玉正在学校里学唱：小鸭子呷呷呷，背起书包上学校……

我对孩子的外语一向抓得很紧，社会越是开放，外语便越是重要，交大附小的孩子们从小学便开设了英语课程，可见，学校和家长的认识是多么的一致。

问题出在我不懂英语，我对英语是门外汉，外到连二十六个字母也读不下来。以这样的“水平”来抓孩子的英语，当然困难重重。但是我有我的办法，我每天监督顾大玉早读，让她到阳台上去，大声朗读背诵。这所高等学府里会英语的大有人在，楼下人来人往，哪个都会英语，旁边阳台就住着博士导师陈听宽教授。顾大玉要是瞎念胡念，要是想投机取巧，她就得掂量掂量，上上下下都有监听的耳朵。晚上，我要亲自检查顾大玉的课堂英语，拿着书，翻到所学的一课，让她当面背诵。不懂英语的我，在顾大玉面前要装得很在行，很有那么点儿意思才行。顾大玉的英语背得很流利，背着背着往往冒出一句汉语：翻篇！

我就赶紧翻篇。

这家伙不傻，她知道我在装腔作势。

知道我装腔就装腔，我想，只要能起到监督学习的作用就行。

有一天，我丈夫骑着车在校园里与顾大玉的英语老师擦肩而过，英语老师扔过来一句：顾明耀，把你女儿的英语好好抓抓，她这回考试得了两分。

我丈夫说，那是你的事，我是教日语的。

两个人谁也没下车，就各走各的路了，旁边有人听了就乐，我的丈夫是交大外语系主任，在大学里教了三十来年外语了，如今，他的女儿外语考试得了两分。后来有人告诉他，附小的外语考试是按百分制计算时，这位外语教育专家竟然说，不容易，外语考试百分制拿两分，太不容易了，就是蒙也能蒙出个十几分啊，她怎么拿的两分呢？

回到家，他还在为“怎么拿的两分”而困惑。我说，你也别猜了，这事必须要跟老师直接见面，再不要听顾大玉瞎白话。

我找到顾大玉的英语老师，老师告诉我说顾大玉交的英语试卷是张白卷。

我说怎么会出这样的事情，我每天都在督促她学习英语啊。

老师说你们的顾大玉英语学得一塌糊涂，上课她在下面看武侠小说，已经让我没收了好几本了，我让你们家长来领，你们从来也不来。

我说我从没接到过这样的信息。我说，顾大玉在家里背当天学的课文，背得是很好的。

老师说不可能。老师说，这孩子的英语得好好抓了，要不然差得太多。

我满头雾水地回来，拿出英语书，让顾大玉指给我看，目前学到了哪一课。顾大玉指给了我，我一看，是昨天才背过的。

我说，顾大玉，现在我已经不相信你了，你把你的同学找来，我要证实一下。

顾大玉立即叫来了赵雅。

我问赵雅学到了哪一课，赵雅接过书，毫不犹豫地翻到了一页，跟顾大玉所指相同。

我不知道我该怎么办了。

兵不厌诈乃胜战之计，我沉下脸说，你们不要骗我，我到学校去过了，老师什么都给我说了。

这一来，那个叫赵雅的立刻有些不自在了，她看了顾大玉一眼，直往后缩。内中有鬼，我什么都明白了，用眼直逼顾大玉。

顾大玉一副坦然神态，信誓旦旦地表白：就是学到这一课！

几番较量，顾大玉死活不改口，我抽出木尺子，大喝一声：把手给我伸出来！

好汉不吃眼前亏，顾大玉一看那啪啪的尺子，尖声地哭起来，好像我已经打了她一样，她的那个同学也跟着她一块儿哭，高一声，低一声，火车拉笛似的，引得我的火往上冒。老爷子过来了说，她有错你说她，怎么又是打，不就考了个两分嘛。

见来了救星，顾大玉的哭声更高，更尖。老爷子急了，拉着顾大玉往外走，一边走一边说，什么外语啊，我们不学了还不行嘛，受这气干吗！

我最气顾大玉这副利用靠山的小人嘴脸，她很能掌握火候，知道用什么办法勾得老爷子心疼，引得矛盾向另一个方向转移，好以此脱身。老爷子往往就爱上这个当，在教育孩子的关键时刻，杀出来跟我裹乱，不把事情搅成一锅粥不算完。

这回我没理会老爷子，毫不含糊地将顾大玉从他手里拽过来，把门关了，将老爷子关在门外。没了拔闯的，顾大玉软了，她的同学赵雅也很害怕，赵雅说，顾大玉，你都说了吧！

顾大玉还在犹豫。

我敲敲尺子威逼道，你到底说不说？

顾大玉说，我说，我说……

原来，这学期刚开始，顾大玉就把英语书丢了，这举动无异于上阵的兵丢了枪，让人听着都有点儿恶心。丢了书的顾大玉似乎为不学习找到了正当理由，上课索性不听，看小说，画小人，倒也自在。问题是回家得给我交差背英语，没办法，就拿出去年的书来搪塞，人模狗样地在阳台上念，煞有介事地背，都是做给我看的。折腾来折腾去，都是蒙事儿。事情败露，又把死党赵雅拉来作伪证，那个赵雅也心甘情愿地帮着她一块儿来骗人……

我对站在一边很尴尬的赵雅说，你们是同学，是朋友，你不帮着她学习倒帮着她说瞎话，这事我要告诉老师，告诉你的妈妈。

赵雅就掉眼泪。

我说，哭什么，再哭你也不是一只好鸟。以后我要再看见你们在一块儿玩，别怪我不客气！

话是这么说，我哪里管得了孩子们的事情，在顾大玉众多的狐朋狗友中，这个赵雅，那个沈丽，还有什么叫李虹、蔡京的，都是些重要人物。

此是后话不提。

为了给顾大玉补习英语，暑假我花了二百块钱，让她进了学校举办的英语补习班。每天，顾大玉背着书包去学校，倒也很认真、准时，有风雨无阻的精神。我经常抽查她的英语书，还好，没有丢。

有一天我去买菜，下了楼恍惚间看见了顾大玉，忽地一闪，不见了，心里就有些犯嘀咕，到学校去问，才知道那个班空有顾大玉的名字，人却是一次也没去过。每天按时出去回来，都是到同学家玩去了。

我气愤得想哭，这孩子的胆子怎么就这么大呢。

老爷子也很生气，他说，以后他每天将顾大玉亲自押送到补习班，在门口守着，不怕她不学。

我说，要是学习学到了让人押送的份儿上，这学生当得也够到家了。

老爷子说，咱们那二百块不能白花，还是得押着她去。我说，押送什么呀，后天就开学了，什么补习班也没了意义。

老爷子说，这孩子怎么会是这样，学习成了她的负担。她爸爸小时候可不是这样，她爸爸的学习从来没让我操过心，她爸爸没逃过学，也不说瞎话。

我说，我们小时候，孩子一大堆，我母亲从来不问我们的学习，你考了五分，老太太也不高兴，你考了不及格，老太太也不说你，一切都凭着自觉。那时候我们的确也都很自觉，除了老七差点儿以外，我们家孩子的学习都是拔尖儿的，不是班级的拔尖儿，是全学校的拔尖儿，如果没有“文化大革命”，我可以拿到“金质奖章”。现在一切都变了，关键是独生子女不好整。

老爷子说，她爸爸也是独生子女，这不是独生子女的问题。

顾大玉从“英语补习班”回来了，很从容地在我跟前继续“演戏”。她越从容，我越难过，孩子啊，你怎么就能这样骗你的妈妈……

后来我才知道，这孩子一个暑假简直是玩疯了，她越自由，对我的管束越反感，受某些人的挑唆，她开始怀疑我究竟是不是她的亲生母亲……我至今对那些不负责任的大人不能原谅，他们对一个不懂事的小孩子说些不该说的话时，不会没想到后果，不会没想到给这个家庭带来的麻烦……

那是一些心理阴暗，极不善良的人。

正是因为有人的挑拨，才促成了顾大玉的第一次出走，她要到北京的一个很大原因，是要她的姑姑告诉她，她的亲妈究竟是谁?!

我们的家里出现了这样的怪事：

我躺在床上睡觉，一只只肥硕的大肉虫子顺着枕边的墙往上爬。这是怎么了？我将床底下来了个大清扫，才发现下面竟如垃圾堆般的热闹：吃了几口的烤红薯，咬了一半的苹果，半拉的橘子、香蕉、饼干、点心、馒头、蜜饯，各样糖纸……这都是顾大玉吃剩下或者不想吃的，就偷偷从床缝扔了下去。

在吃上，我从来不限制孩子，我在她这个年纪的时候，正是国家困难时期，吃不饱，饥饿的滋味让人一想起来就不寒而栗。小孩子都是爱吃零食的，那时候我们正在长身体，我们却害了营养不良的浮肿，我们什么吃的也没有。今天，我要最大限度地满足我的孩子，不给她留下任何遗憾，只要她想吃，我都毫不含糊地给她买，彼时，我的丈夫已经到国外去工作，中国的，外国的，家中各种吃食常常堆积，但是我没有想到会出现这样一种情况……

在我们家顺着墙爬虫子的同时，顾大玉的朋友们正在为她捐助钱和粮票，顾大玉跟别人说，她每天吃不饱饭，常常挨饿，"后妈"在生活上对她太严苛了，她受到了虐待。于是，她的朋友就给她凑粮、凑钱，让她去买馒头，买烧饼，以解饥饿。当我的邻居，楼底下一个上中学的女孩子将这一切告诉我时，我正在清理床底下的垃圾。那个刚刚为顾大玉捐了四两粮票两毛钱的女孩觉出了哪里不对，才特意告诉我的。

我的心一阵阵发冷，手哆嗦着，嘴哆嗦着，我一句话也说不出来。

亲生的女儿，亲生的女儿……

想起了生她时的诸多艰难……

这是怎么了?!怎么了?!

一道阴影，将我和孩子隔开，在以后的十几年中，我常常想起这一幕，想起这至今不能理解、解释的古怪。

我什么也不想说了，我偷偷在老爷子跟前掉眼泪。

老爷子说，让你摊上了，这也是命。

我不知道是我的命还是顾大玉的命。

有一次，我跟报社文艺部的同事薛瑜阳谈起了自己的困惑。老薛说，您知足吧，不就说您是后妈嘛，有什么大不了的，再说是不是后妈也不是由着顾大玉说了算，跟我比您要幸福多了。

我问老薛，怎的没我幸福?

老薛说，我的儿子前一星期上法院把我给告了。

我大吃一惊说，就是在办公室放火的那个小子?

老薛说，除了他还有谁。

我说，您那位公子才上小学一年级呀。

老薛说，一年级的儿子他就把我告了呢。

事情是这样的，老薛的儿子，那个放火的薛荐，做作业很不爱惜本子，撕了一张又一张，扔了一地纸团。老薛批评他的儿子，批评也就批评了，老薛却别出心裁地让他的儿子“把纸都吃下去”。他的儿子也是倔，就吃。吃了两张，大概味道不是很好，对他的父亲说，剩下的几张明天再吃行不行?老薛说行，只要你再不扔新的，剩下的你明天给我吃完。儿子说，那您给我留着，别动。老薛就没动。第二天，那儿子没去上学，背着书包直接奔了法院，进门就告他爸爸虐待少年儿童罪。法院的人说，怎么虐待你了？那儿子说，他让我吃纸，现场至今还保留着。法院的人说，你爸爸是干什么的？那儿子说，是报社记者，是个很懂得国家政策的人，他是知法犯法。法院的人说，这事我们知道了，你先回家忍着吧，忍不住了你再来。那儿子说，怎么叫忍不住了？法院的人说，比如你爸爸把你的腿打折了什么的。

把顾大玉跟老薛那个有主意又懂法律的儿子比，我的确比她幸运多了，顾大玉再怎么折腾也是在她的小圈里折腾，还没有闹到法庭上去，说瞎话就说瞎话吧，她总有说够了的时候吧。

如今我们家的顾大玉，在日本山口大学社会学专业学习，专攻《华严经》，被选为山口大学留学生会的会长。这世界让人越来越琢磨不透。

也许这是一块永远琢不出来的玉。

文/唐丽丽

给你的十九岁

亲爱的儿子，今天，你19岁了。不多不少，刚好19。

这世上，很多刚好的事情，都是最好的。恰如19年前，你刚好在这一天来到这个世上一样，于你，于我，都是最美好的时光。你初来人世，我初为人母，一切都是欣欣然如春天般美好。亦如19年后的今天，你为参加音乐专业考试而远离父母，一个人孤身在外，努力拼搏。即便辛苦、也无怨无悔，因为一切都是刚刚好，真好。

提笔，竟不知怎么形容我此刻的心情。这几年，我一直对你说，你的人生，你自己选择。这也是我一直反复安慰自己的。因为19年来，身为母亲，为你做了太多的决定，也为你担了太多的心，即便知道，我不能为你决定一辈子，担心一辈子，我还是倔强地往前，直到你也倔强地与我对抗。

我们的对抗，在高中三年里尤为突出。我怒视你，你挑衅我；我身心疲惫，你声嘶力竭；最终我伤痕累累，你还是个性鲜明。

我承认你真的与众不同，与我所有的学生都不同。而我总是把你当成学生一样地教育，希望你遵守纪律，努力学习，希望你能按照我们设计好的路线，一步步向前；甚至希望你是学霸。

可你不是。你生性崇尚自由，如堂吉诃德般充满幻想，让人匪夷所思。现在想来，我可以想象你这几年在对抗中承受的痛苦，是不会比我承受的痛苦少一丁点儿的。可我总说你要为我想想，你却从来不说让我为你想想。

你表面锋芒，内心却善良。嘴上说无所谓，内心却没有停止追求的步伐。你喜欢自己拿主意，有自己的人生目标。高一时的某一天，你放学回来说想要考音乐，以后走艺术这条路。我很惊讶，亦很欣喜，欣喜于你的自主，你的目标清晰明确。那年暑假你第一次到金华尝试学习音乐，不仅独立自主，而且老师说你进步飞快。我知道你有优势，对音乐有着与生俱来的喜欢，因为我至今还记得你幼时，只要听到我的歌声，你就会睁大眼睛一眨不眨地看着我，安静而专神。我也记得，小学时你将一段曲子听上几遍，竟然能用萨克斯吹出来了。我那时到处找曲谱，你点点自己的脑袋说："在我这里啊。"我是如此神奇地看着你，我发现你能做我们根本做不了的事，你与音乐有缘！你对音乐有着与生俱来的敏锐与感知，我相信音乐里有你的期盼。

记得你高二时，被邀请去参加表演，台下的我听你吹《春风》这首曲子，竟然深深被迷住。那曲子里有一种神奇的东西，柔柔的，软软的，那是你以前吹不出来的——我知道我的儿子长大了，你对音乐有着自己的理解，独到的理解。

你喜欢唱歌，然后将歌声传到网上。记得高一暑假你在美国游学时，我在网上听着你的歌，没想到你唱得如此之好。我听到入迷！每次唱歌时，你是如此地快乐，我知道那是真正的快乐——音乐足以悦人，可以让自己轻松，可以让别人快乐。所以儿子，如果音乐是你的理想，妈妈希望你能坚持走下去。因为我希望你能快乐！也希望你能将快乐带给别人！

今年四月我一个人在北京南站，只为学习家庭教育。打开手机，竟然听到你自己录的歌曲《理想》。当我听你唱道“又一个四季在轮回，而我一无所获地坐在街头，只有理想在支撑着那些麻木的血肉”时，竟热泪盈眶。18 岁的你，声音不成熟，但有点厚重，甚至有点沉重。我相信，歌声即是你的心声，你的追求，失落，甚至无奈，在歌声里交织与缠绕，如鼓声般敲打着我的内心。儿子，有时候妈妈真的很后悔，后悔自己为什么不能早点真正懂点教育的真谛，早点懂你，这样或许，你的快乐和幸福会多一点，你的歌声也许会更轻松一点。

好在现在也不晚。很多东西不早不晚，偏偏在这时出现，总有刚刚好，也是最好的。这一年，你为了音乐这个理想，奔波在外，从金华，到新加坡，然后又到杭州，因为有理想的召唤，你无怨无悔。这一年，妈妈为了更好地与你相处，几次只身来到北京，学习家庭教育，因为有理想的支撑，痛并快乐着。一切都是刚刚好，不是吗？

“世上最快乐的事，莫过于为理想而奋斗。”这是真理。你我都能感受得到。你在学校十八岁成人礼感想时写道：十八岁了，是个男人了，肩上有了更多的责任和义务了。看着即将十九岁的你写的十八岁感言，我嘴里笑你空，内心却真实地温暖着。我抬头看高高的你，看你满脸的痘痘，想起你从新加坡为我带回来的“雪花秀”的化妆品，想抱抱你，你却一声“好烦”，抽身而退。

看着你高大的背影，思绪飞扬。想起友人在我最低落时送给我的一句话：时间是个美妙的东西。真的呢，成长路上，不急，不躁，静静等待，总会见到花开，总会享受到生命的美妙。

此时，你吹灭你十九岁的生日蜡烛，我看着你幸福又倔强的笑脸，耳边想起了你的歌声：理想永远都年轻，你让我倔强地反抗着命运，却依然相信花儿会再次盛开。

儿子，一个人能心怀理想，真是一件好事情；能一辈子心怀理想，就是一件伟大的事情。

19 岁了，时间好快。亲爱的儿子，生日快乐！成长快乐！

文/魏克

婉婉骑大马

一

婉婉出生时我在外地，到家后她已经有一个月大了。她躺在妈妈的怀里，脸皱巴巴的，紫红色，眼睛也呆愣愣的不会看东西。因为疝气，肚脐眼鼓得很大，所以用布裹了药，缠着肚子。

有一次，她被放在床上。那么小，又裹着被单，我哪里看得见？我重重的身躯一屁股坐到床上，差点就坐在了她身上，吓得我心跳不止，骂了爱人好大一会儿。

但很快，好像也就两个月的样子，婉婉就知道笑了。大一点的时候，只要对着她伸头、咂嘴，她就会张着没牙的嘴笑个不停。我和她妈妈就对她唱邓丽君的歌："我一见你就笑……"

我爱看婉婉喝奶的样子，半闭着眼，嘬着奶嘴，很投入。

有一段时间，婉婉很安静，她能在背篓里睡很长时间。那时，我们喊她“缺牙老太太”和“背篓人”。我唱到：“婉婉是个背篓人……”

婉婉最早会说的词是“爸爸”。

不到一岁的时候，婉婉不但喜欢玩躲猫猫，还会咬人，而且很疼。她一咬我，我就哎哟哎哟地叫，这样她咬得就更起劲了。在咬她妈妈的时候，被打了一顿。这咬人的毛病可不能培养。

为了表明我拒绝她做不正确行为的态度，每逢她做错了事，我就端着胳膊摆着肩膀说：“不”，婉婉也学着我的样子说不。“不”是她最早学会的词之一。

自从有了婉婉，我就成了歌唱家，我自编了好几首歌。比如吃的，我唱到：“吃了苹果吃香蕉，吃了香蕉吃馒头，吃了馒头吃核桃，吃了核桃吃鸡蛋，吃了鸡蛋吃葡萄……还有睡前奶，还有睡前奶。”

她妈给她买了一个塑料木马，骑马马是婉婉最爱的游戏之一。

婉婉骑马马的时候显得信心十足，身子坐得端正，前后摆得很有力、很有节奏。木马哗啦哗啦前后摇摆，幅度很大，我常担心她摔下来。

我为婉婉编了一首《婉婉骑大马》的歌，类似于京韵大鼓的前奏，节奏一起，婉婉就会去骑马马。

歌词是这样的：“婉婉骑大马，我们去敦煌，看一看鸣沙山，还有月牙泉；去了敦煌去新疆，我们吃羊肉串，我们吃葡萄干，最好吃的还是手抓饭；去了新疆去西藏，看一看藏羚羊，晒出一个高原红；去了西藏回贵州，我们吃羊肉粉，我们吃黄焖鸡，最开心是在家里……”当然，这首歌可以唱很长。每节的主旋律都是一样的。还有去安徽、去太平洋、去国外、去太空的词，可以就这么唱下去。我爱人说我这首歌编得很好听。

有时我还会抱着婉婉唱：“婉婉是个小心肝，可爱又听话……”

每天都被婉婉折磨得够呛的爱人则嘟囔着说：“哼，还可爱呢……”

长期以来，我最担心婉婉的安全了，就怕她出什么安全意外。有一天晚上，我做了一个可怕的梦：我梦见我们三人夜里骑着摩托车沿河岸的路到城里，半路上，摩托车没电了，我爱人说她回去充电，让我在河边等她。我等了很久也等不到她们，就沿着河岸下到河滩。不久，我听到我爱人喊我的声音。我说，我在这里啊！我在这里啊！但她就是听不到我的回应。

我爬上河岸，看到了触目惊心的一幕：爱人抱着婉婉正坐在岸边一个土阶上。但此时的婉婉已经满脸皱纹，是个60多岁的老太太了，而爱人的样子也很衰老。我号啕大哭，想不到河岸边的短暂分别居然一下子就过去六十多年。而且，婉婉和爱人也不再属于我了，我们成了两个世界、两个时空的人，我失去了她们。

那天，梦里的我痛彻心扉，哭得非常伤心。

婉婉学会坐的时间比较晚，会走路的时间也比较晚。

我至今还难忘婉婉刚开始走路的样子，她屁股上拖着大大的尿不湿，小鸟一样展开双臂保持平衡，摇摇晃晃地向前跌跌撞撞地走。

也就是 2017 年春天，婉婉的牙齿就像春天的小草一样发芽了。

婉婉喜欢挠痒痒，给她挠背抓肚子的时候，就一幅很享受的样子。还喜欢我像老鹰捉小鸡一样抓她的肚子和腰那里。我嘴里唱着："笃、笃、笃、笃！笃、笃、笃、笃！……"眼睛看着别处，装作看不见她的样子，先是挠床，挠被子，然后再突然挠她，那时，她就笑得咯咯的。有时则趁我的手还没挠到她的时候就躲起来了。

孩子的笑最纯真，咧着嘴，无遮无掩，感觉都能看到她的小心肝，小肠子了。

我常和爱人说，我真不想婉婉长大，希望她永远都是这么小，能被我捧在手上，抱在怀里。

婉婉喜欢抢别的小朋友玩具，还老是哭闹着要到小店里买糕糕。婉婉喜欢穿我们大人的鞋。

看我在厕所站着小便，她也站在便池边撩开衣服，挺着肚子，双手揪着自己的肚皮学我撒尿。

婉婉的故事还有很多。

二

我给婉婉拍了很多照片，我想留下她的每一刻，我怕我遗忘掉的美好时刻以后将没法在岁月深处打捞。我想拥有尽可能多的有关婉婉的记忆，就像拥有真正的财富。

每次和婉婉在一起的时光都是幸福的，但我忙于生活，无法一一记录。

有一段时间我在湖北利川凉雾镇的一个房地产小区做点事，就趁有时间的时候写了几则有关婉婉的日记，有些是当天写的，有些是事后的补记。现选几则，内容如下——

2018 年 7 月 23 日

大概是 7 月 22 号吧，我纵容她赤脚在二楼玩耍。我在一楼洗我拣的碗时，她也非要跟着玩水，拿抹布学我的样子跟着洗，水没了就叫我往她碗里灌水，把衣服都弄湿了。23 号，我从拆迁工地拉回了一个树根，用水龙头冲洗泥土，她也要跟着玩。不一会儿，她开始哭闹，她妈妈用手在她额头上一摸，有点发烧，就在额头上贴了一张退烧贴。我自然也是被爱人一顿好骂，说我由着婉婉赤脚玩，把她弄发烧了。

下午，我在门口继续冲洗树根，掏树根里的泥，婉婉静静地坐在她妈妈的腿上。这下婉婉算是安静了，眼睛也有些发呆了。

她妈妈说："以后不要光脚板乱跑了，会发烧的，知道吗？"

婉婉应声虫一样用发音不准的话重复着说："光脚板。"

她妈妈说一句，婉婉就重复其中的一个词。像是一个小木头人。

2018 年 7 月 3 日

婉婉最喜欢抓猫逗狗了。爱人用微信发来婉婉照片，说今天下午给小狗喜喜洗了澡以后，她去抱它，胳膊上被咬了几个红点子，虽然没破，但还是用肥皂水立即清洗，并到二中对面的医院打了狂犬病疫苗。据说婉婉反抗激烈，针头都差点被弄断了。医生说还没见过这么厉害的孩子。

自然，婉婉免不了要受一顿打，喜喜也免不了被打。以后婉婉可得长点记性，不能去逗喜喜。

2018 年 7 月 4 日

每天我都要和爱人视频通话两次，一次是中午十二点左右，一次是晚上八九点钟。婉婉穿着开裆裤骑马马，我透过视频唱《婉婉骑大马》，婉婉骑得很带劲。

2018年7月6日

爱人说，下午婉婉没睡一会儿被喜喜吵醒了，就哄她说去买葡萄，于是婉婉开开心心地出门了。今天是要打第二针狂犬疫苗，据爱人说，婉婉的反抗依旧很激烈，爱人紧紧地夹着婉婉的双腿，再加上两位护士，三个人死死地按住她才打完了针。

7点的时候，和爱人通视频，通过视频，我说："婉婉吃葡萄。"婉婉也说："婉婉吃葡萄。"虽然说得含糊不清，但这是我第一次听到她说了5个字，也是一句完整的话。

2018年7月10日

今天是婉婉第三次打狂犬疫苗，下午的时候，我和爱人带着她到二中对面的卫生所去打针。我拉着婉婉上楼的时候，婉婉很高兴。等上到三楼，婉婉一看到穿白大褂的护士，就立即哇哇大哭起来。昨天我放纵婉婉赤脚玩水，所以她有一点感冒，不严重。因为感冒不能打疫苗，所以护士要先测量一下婉婉的体温。她在婉婉腋下放了一个温度计，要半个小时后再回来。我抱着婉婉下楼坐在一楼大厅，爱人去买西瓜。一会儿，婉婉就睡着了。

半小时后，医生看体温正常，让我们把婉婉弄醒再打针。我说趁她睡着的时候打不是很好吗？护士说那不行，防止惊着她。于是弄醒了婉婉，婉婉知道要打针，自然是哭闹，可能因为还没清醒，闹得并不凶。

2018 年 7 月 17 日

晚上通视频，爱人让婉婉去拿拖鞋，婉婉说：“不。”说得非常清楚。婉婉的小姨还吼她，说快去拿拖鞋，婉婉坚决不干，扁着嘴要哭。我说别逼婉婉，要培养她的个性。我跟爱人说，她现在说“不”怎么这么清楚？爱人说：“还不是你教的？”

今天也是婉婉第四次去打狂犬病针。刚才爱人和我说，是她大姨带她去打的针，上楼的时候，婉婉还很高兴。等上到二楼，可能发现了是要打针的那层楼，于是很狡猾地往另外一个方向跑。自然，是被她大姨给追上了。她大姨说：“婉婉，不打针好不了，要打针。”后面的自然不用说，婉婉哭泣反抗。（边通视频边记录于利川。）

2018 年 7 月 22 日

在和爱人通电话的时候，电话里传出了婉婉的声音，清脆，快乐。那一瞬间，我想到了我家种满花草的二楼露台、围栏，以及四周的山景。那一瞬，我觉得这样美好的生活要是一直不变，婉婉一直都是这么小，不要长大；我们也从此不老，就停留在这一刻，那该有多好？于是，很久没有写诗的我，突然就在脑子里出现了一首诗：

《时光永驻》

多么希望时光能从此停留
一家人正在露台上种花
周围群山依旧
风在吹 风里闪着一些亮点
似乎是阳光的碎片
女儿婉婉在玩水
或模仿我们用小铲子挖土、种花
偶尔还要骑一下马马

多么希望这一刻从此不变
婉婉叫声清脆
声音里没有一点杂质
欢乐里没有一丝阴影
她永远长不大
我们永远不变老

多么希望所有的美好事物
在逝去之前就停留
落花回到凋零之前
父母还有力量将我们庇护

我几十年前的童年还停在故乡的草屋

多么希望
我们从此的岁月都这么金光闪闪
世界的广阔与我们无关
岁月的更迭与我们无关
我们一家就这样在二楼的阳台上
种花　浇水　欢笑
永不改变

三

请原谅一个父亲的唠唠叨叨，因为有关婉婉的点点滴滴在我的回想中都是那么津津有味，那么让人幸福。以前我不大理解有些父母一提到孩子就满面红光的样子，鸡毛蒜皮大的小事也能兴奋地说上半天。现在我理解了。

我看过我一个朋友的父亲写在台历上的文字，每天记录他买了什么东西，还有女儿给他寄了衣服、打了电话等琐事。那种记录对他来说是温暖的、幸福的。

如果有时间，我也想详细记录关于婉婉的一切。她扶着栏杆上楼的样子，她流口水的样子，她把饭吃得满地都是的样子，她的每句话每个欢叫。有关她的一切对别人来说或许是一本无用之书，但对一个父母来说，却是一部幸福之书。

有了婉婉，我便成了一个歌者，有了更多的诗情。

有一天，婉婉长大了，就要骑着她自己的人生大马，在更广阔的世界里奔驰。而我为她哼着的歌谣，是和着马蹄声的节拍，在天地间汇成宏亮的乐章，汇成一个父亲最深沉的祝福：愿她一生都快乐无限，愿她永远都幸福安康。

文/胡鸿

孩子，妈妈因你而幸福

做母亲的时候已近而立之年，在这之前体验过亲情、爱情、友情的我，想不到让自己最投入的却是血浓于水的母子之情，它使我时时刻刻牵肠挂肚且刻骨铭心。

1992年一个深秋之夜，当我的儿子——朱怡安呱呱落地的时候，护士小姐也为我高兴叫我快看。我却因阵痛的折磨连看他一眼的力气都没有。我只感到一件终身的大事总算完成了，他给我带来了十月怀胎和一朝分娩的痛苦，那时的我竟对儿子没有一丝一毫的感情。在医院躺了三天后，护士将孩子递给我让我喂奶，我才感到自己已为人之母。我轻轻地抱着这个不知从哪里来到我身边的小天使，不知该怎样摆弄他才好。眼中只感到有一种潮湿的东西在涌动，我做妈妈了。

就从这一天开始，我在精疲力竭中当起了一个笨手笨脚不称职的母亲。我手忙脚乱地为他喂奶换尿布哄他睡觉，强忍着内心的烦躁并渴望着有片刻的安宁。有一天我终于安宁起来了，因为儿子未满月就因肺炎住进了新生儿全托医院。我感到从未有过的轻松和失落。我想起在哺育时他是怎样柔柔地依偎着我的每一个夜晚。他住进医院，我的魂也失落了。我等待着他爸爸每天从医院带来的好消息。那时的等待胜过了我盼望诗集出版发行的焦灼与不安。只要他爸爸回来说儿子好些了，我就仿佛全身心轻松了许多。

最难忘他出院的那天，阳光从窗外照进来，秋日晴朗的天空分外明亮，我的小佳佳（儿子的乳名）又回到了我的身边。我跑上前去紧紧地抱着他，泪水止不住地往下淌。我久久地抱着他不肯松手，生怕他再离开我。

以后的日子母子感情与日俱增，他开始认识妈妈了，夜晚只有躺在我的怀里才睡得安稳、甜美。从此我感到孩子依恋母亲是与生俱来的天性，母亲深爱孩子是人间最动人的一种真情。

儿子开始蹒跚学步了，他会冲我笑并大声地叫我妈妈了，他长大了，我竟流下泪来。他的一举一动是那么容易抚去我的伤痛与疲惫，我的心因他的存在而充实起来，也因他变得善良与宽容。我不再因种种不幸莫名地感伤，我要用母亲的乐观情怀给他一个温暖的天地，让他愉快地长大成人。

随着儿子的长大，我开始为他的每一点进步高兴，大家都说他受我的影响爱好文学，在上二年级的时候，作文就写得崭露头角，他写的一景一人总是那样动情，结尾也来点升华，越到后来就越写得出类拔萃，记得他读四年级的时候，他这样写小草的结尾，他说他爱小草，更爱像小草一样平凡而伟大的人；他写秋雨的结尾，他又说秋雨淅淅沥沥、淅淅沥沥，我愿化作一粒秋雨，来滋润祖国的大地。很多的时候老师为了赞美他，都是用五面红旗来表达，而且有些作文在竞赛中还获了许多奖项，数学也不错，成绩总在班上名列前茅，每当这时我的一种幸福感就油然而生，我为他的机智聪明和懂事倍感欣慰。

人到中年你也许有这样的体会，当自己失意觉得没有成就感的时候，孩子的每一点成绩都是医治你心灵创伤最好的良药。在无人叩访的周末，你望着孩子学习时正专注的小脸，这时橘黄色的灯光静静地洒满我们的小屋，望着窗外银色的月光，在这宁静美好的夜晚，你的心会在不知不觉中变得温柔起来，一个母亲一个孩子就在这一刻构成世界上最美的风景。

我最喜欢他上五年级后的黄昏时分，和我牵手漫步在春天气息里的情景，看小花吐蕊，听鸟儿歌唱，他本来很稳重的性格一下变得活泼开朗起来，他兴奋地讲同学们和他在学校的故事，讲同学们玩泡泡堂的游戏玩到什么等级了，又积了多少分，我总是很理解他，要他加油赶上他们，每当说到这里，他总是妈妈妈妈地叫个不停，然后跳起来再到我脸上狠狠地亲一下，有时候还编一句顺口溜来表达她对我的爱：妈妈妈妈我爱你，就像老鼠爱大米，而这时幸福的泪水就会模糊我的双眼。

孩子就这样愉快地成长起来，我真的不想去破坏他这种美好的感觉，但有时因大人的矛盾影响到孩子的时候，我真的很难过。记得有一次，我和他爸爸发生了冲突，我们吵架的时候他躲在门角落里，呆呆地看着我们，当我发现他的时候，他的眼中满是泪水，小手捏得紧紧的，他只有三岁呀，我的心都碎了！我们大人为什么要去伤害无辜的孩子，但吵架的时候谁也顾不上，只顾自己一吐为快，全然不顾孩子的感受。虽然我们以后注意了，但在以后的日子又忘记了，直到有一天夜晚，我们又吵起来后，他爸爸怕影响到孩子冲出门外，没有想起孩子竟从床上一跃而起，光着脚丫去追赶他爸，夜色中我看见他爸把车门关上的一瞬间，我儿子捏着小手大哭起来。当我赶到的时候，我和他爸同时惊呆了，我们看见儿子因为不想让他爸走去拉车门，他爸在关车门的时候卡伤了他的手，等我抱起他来的时候，他的小手和脚都在流血，嘴里还在哭着说：爸爸你不要走。他爸爸低下了头，我的心在流血，我们三人紧紧地抱在了一起……

从此我们争吵就少多了，即使有矛盾都尽量避开孩子。后来我想应该感谢孩子，是他使我们懂得怎样珍惜家庭应有的幸福，为了孩子怎样去宽容理解信任对方，就这样孩子这根感情的纽带把我们紧紧地连在了一起，从此永不分离。

在以后的日子里，我们渐渐懂得不要在心理上给他带来伤害，更重要的是要对他的成长全面负责，不仅关注他的学习，而且常常为他的每一点病痛担忧。尤其是孩子得病的时候，我深深地体会到一个做母亲的责任，儿子从小就总是感冒咳嗽，发病的时候有时在晚上，突然呼吸急促困难起来，我们连忙抱着他就往医院跑，一到就上氧气，看着儿子的脸由紫变红，我才深深地舒一口气。有时一打吊针就是一周，住院半月才见好转，后来医生说他是过敏性哮喘，长大以后会渐渐好起来，但一想到老了以后他又会复发，就一定要对他负责。但医治这种病很复杂，是一个很漫长的过程，医生说一般的父母都很难坚持，因为首先要查出他的过敏源，然后再打八年针来改变他的过敏基因。记得儿子八岁那年，我带他到儿童医院去查过敏源的时候，面对几十种针剂儿子咬紧牙，坚持在膀子上打完十几针时，我都为他的坚强感到自豪。以后不管多远的路程，我都风雨无阻去拿药坚持给他治疗，直到儿子的病好转也从没间断过。

如今儿子已经十二岁了，今年是他的本命年，已经是小学六年级的学生了，他开始有了理想和追求，他说长大了最大的愿望是像舅舅那样到美国去赚大钱，回来当董事长，像《流星花园》电视剧里道明寺家族那样，开一些 24 小时都不关门的大卖场连锁店，我告诉他要想实现自己的理想，就要发愤图强，从此儿子想出人头地的思想与日俱增，他总与学习好的同学比成绩，稍微落后一点就很伤心，接着就更加努力。

有时候我也想，像这样教儿子向上的动机是否正确，但它的结果是好的，我也就安心了一点。其实我也希望儿子长大以后不要有太多的欲望，因为理想与现实总是有距离的，如果不能实现，岂不苦恼万分不能自拔。所以在他上小学的时候，我给他又取了一个学名，叫朱怡安，我希望他长大以后，像猪（朱的谐音）那样安静、心旷神怡，平安地过一辈子就满足了，这个名字带有很浓的禅宗色彩，就是叫人心静不要浮躁的意思。但人的思想又是复杂的，一方面望子成龙希望他大有作为，同时又不想他在人生的道路上遇到什么挫折，平安就行。只有人到中年，我们才知道一切都是虚无的，唯有母子的亲情是那样实在、无私和珍贵……

如今，孩子一天一天长大了，我想总有一天他会远走高飞离我而去，但是不管他走到哪里，我们的心永远相连，我会在年老的时候，静静地坐在阳光下，回味起与他相聚的每一个细节，回味夜深人静时分，看着他甜甜地入梦的情景，那时我的幸福感不是事业的成功和名利的获得所能替代的。有了他，我才感到生活的美好与人生的价值，才体会出世间苦尽甘来最让人心动的真谛——这是一种金不换的最崇高最无私最真诚的天伦之乐，是他冲淡了我一生中所经历的种种辛酸。我陶醉在其中，久久不愿醒来……

不要让你的理想坐在峭壁上

让孩子成为你希望的样子

鸟与梦飞行

我助女儿去摘星

让孩子在快乐中成长

压水机边的高考女生

在等待大学通知书的日子里

文/墨白

鸟与梦飞行

我知道，那个夜晚经历的情景会永远留在我的记忆里，她是那样的清晰，就像昨天我刚刚经历一样，我知道那个夜晚的经历已经化成了我的血脉和精气，我已经没有办法把她从我的身体里剔除出去。由于无数次的回忆，又使得那些清晰的画面变得离我十分的遥远，在无数次的回忆里，一些琐碎的细节渐渐地被过滤掉了，只剩下了儿子那消瘦的面孔和他渐渐融在冬夜里的身影。有些寒冷的风从街道里吹过，一些枯黄的树叶在昏暗的路灯里从空中像鸟一样飞下来，儿子站在我面前，他叫一声，爸。儿子的声音里有一种掩饰不住的孤独和茫然，那孤独和茫然像针一样刺着我的心，我的眼睛有些潮湿，可是我没有让儿子看到，我伸手拍了拍儿子的肩膀，然后紧紧地拥抱了他。我说，去吧。我松开儿子，儿子就在我和妻子的注视下，转身沿着那条他不知道走了多少次的街道往前走，儿子一直往前走，他没有回头。

1998 年 12 月里的某天夜晚，儿子的翅膀拍打气流的声音就这样渐渐远离了我的听觉，他像一只候鸟开始了他的独自飞行，那一年儿子十六岁，正在读高二。那一年我从工作了六年的周口地区文联调到河南省文学院。在我和儿子分别的第二天凌晨，装载着我的家当的卡车就启程了，那天和我一起搬往郑州的还有我的大哥孙方友。路途遥遥，飞转的车轮离开儿子越来越远，一闭上眼睛，儿子在寒冷的街道里走远的情景就会出现在我的脑海里。儿子在灰暗的街道里一直往前走，他就那样走出了我的视线，那个时候，我再也忍不住，泪水从我的眼睛里涌出来。我不知道那天儿子是怀着一种什么样的心情离开他的父母，他又该怎样来面对就要开始的新生活。后来我在他一篇散文里读到了一些有关他和父母分别之后的情景：

……在我读高中的时候，父母移去了别地，我留下了，住在学校的宿舍里。突然没有了家的温暖，我变得沉默起来。那时寒风正把青黄的树叶大把大把地从树上揪下来，撒向灰蓝的天空，我坐在操场的篮球架下呆呆地看它们凌乱地落在我的面前，像一场浩劫后街头的废纸，然后轻叹一口气，站起来，踩着落叶慢慢地走过操场，去做自己的事情。

在那个冬天第一场雪降下的那天晚上，我给父母写了第一封信。那天晚上停电，后来听说是雪把电线压断了。吃过晚饭他们都到画室去了，那雪正铺天盖地下得来劲，大片大片的雪花让我想起了秋天故乡的河道里迎着落日飞起来的芦花，它们被秋风吹上天，然后又打着旋落在金光闪闪的河面上。我踩着齐脚的积雪咯咯吱吱地穿过院子，爬到木楼上去。四处一片白茫茫的，房顶上的积雪像块巨大的荧光板在黑暗中发着微光。我就是在这个时候想到了父母，想到了给他们写封信。我折身回屋，在门口抖掉身上的雪，然后在黑暗里摸出一支蜡点上，那火苗摇摇晃晃，好像一个在寒冷中挣扎的孩子。

我第一次发现我有如此多的话要对父母说，那些话从笔尖里争先恐后地挤出来，然后一行行地排在纸上，像我小时候看到的父亲犁过的地。我无端地想起了他们要走的那天晚上，那时我已经住在学校了，吃过饭要回学校去。我抱着一只枕头走在他们中间，父亲的手搭在我的肩上，我没有听清他说了些什么，我的脑子混混沌沌，我们走出家门，走到马路上，在一盏路灯下停了。父亲扳过我的肩头，抱了抱我，那时我已经快和他一样高了。路灯从上面洒下的光使父亲的形象显得很坚毅，我转过身，低着头跟母亲说："妈，我走了。"母亲伸手摸了摸我的头，一滴眼泪无声地落在我的手上，我给母亲擦了擦眼说："没事，妈，我有空给你们打电话，我走了。"母亲应了一声，我又转过头看了父亲一眼，然后抱着我的枕头一步步走到黑暗中去了，没有回头。第二天中午放了学，我依旧收拾好了书包往家走，走到半路我才清醒过来，我的家，它已经不在那儿了，不再像往常一样静静地等我放学回去了，我生活了那么多年的家在一夜之间没有了，它撇下我自己到一个陌生的地方去了。我蹲在路边，感觉到有什么东西在脸上爬，爬到鼻尖上掉了下去——我哭了。

那一团烛光在我的眼前舞动起来，我定了定神，我陷入到回忆中去了，低下头看时，信纸已经被泪水打湿了一片，映着那舞动的光，外面雪正簌簌地落下来。

院里最热闹的时候就是晚上了。从画室出来，天已经蒙蒙黑了，路上顺便买点菜。几个人缩着脖子沿着积雪的路“咯吱咯吱”地踩回来，一进大门就听见“哧啦”——油倒进热锅的声音，房东厨房里冒出来的白烟把院子弄得朦朦胧胧。灯光从窗户里透出来，映在院子里泥泞的路面上，像大海上的粼粼波光，房东的孙女在屋里咿咿呀呀地唱歌。就那一刻，我的心里生出凄伤来，我突然感到家在向我招手，恍恍惚惚的。但这是别人的家，别人享受温暖的地方。我的家在几百公里以外，窗口依旧亮着柔美的光，但我，回不去。

孙柯：《旧庭院》载《青春阅读》2002 年第 5 期

读到上面这些文字的时候，泪水不时地模糊着我的眼睛。我知道人在他的一生里，会有太多这样的经历和感受，这些经历和感受是别的任何人都不能代替的，哪怕你是他的父母。后来我看到了一部名叫《鸟与梦飞行》的纪录片，我更深刻地感受到了这一点。

当北半球春天来临的时候，候鸟们就开始朝着自己的出生地——北极，不分昼夜地飞行。它们从各个大陆会聚到北极圈内，在那里生儿育女。而北极圈内的夏天十分短暂，那些刚出生的雏鸟只有很短的时间，它们在往南迁徙之前，刚刚学会飞行。每一只刚刚出生的候鸟都要靠自己的翅膀从北极往南飞越浩瀚的太平洋，或者穿越欧洲、亚洲、美洲，或者跨越险峻的珠穆朗玛峰，经历它们梦一样的飞行。候鸟一出生就知道利用日月星辰来引导它们飞往它们的目的地，这是它们的本能，而我们人类呢？我们人类的飞行则需要罗盘，需要人类积累下来的丰富经验，需要亲情和关爱，需要不停地和别人交流。从那个夜晚，不不不，在更早的时候，从儿子出生的那一天起，他就已经开始了他的迁徙生涯，只不过那个夜晚在他的飞翔路途之中是那样的耀眼，从此，我与儿子的交流更多的是通过书信。

……在这里我想着重跟你谈一个问题，这个问题就是你在信中说的由我带给你的心理压力，或者叫作阴影。我认为在这方面你要树立起一个重要的观念：你就是你自己！

儿子，在家里你应该感受到，我们是民主的。首先我们都是作为一个单独的人存在的，爸爸妈妈是尊重你的思想的，但有时候引导也是必要的，你说是不是？我知道有些时候我做得不够好，比如说你在初中升入高中的问题上，我就没有尊重你的意见。但是我在尽量地做得好一些，只要我能认识到。人不怕有错，重要的是知道错了要有勇气去改正。在生活上我们是父子，但是，从人生的意义上讲，我应该是你最重要的朋友，你应该把我所走过的路当作一面镜子，时常照照自己，我们之间需要的是更多的帮助和理解，我怎么会成为你生活中的阴影呢？我们是人生道路上的朋友，朋友能干出点成绩只能成为自己的前进道路上的动力，你说对不对，儿子？

儿子，现在你应该明白这个道理：人一生的道路，只有依靠他自己来完成，不要有一点依赖别人的想法，要树立起一个独立的人格！这样他做起事来才会有主见，他才能自信起来，这样他才能有所作为，不是吗？实际上，你现在所做的一切也正是沿着这条道路往前走的，爸爸替不了你，妈妈也替不了你，当你明白了这个道理之后，你才会觉得你的生活、你的学习才更有意义。

我像你这么大年龄的时候，无论是在对世界的认识上，对知识的拥有上，都不能和你相比，等你到了爸爸这个年龄的时候，你会比爸爸优秀得多，你要清楚地认识到这一点，所以我的生活不应该是你生活中的阴影，也不会是阴影，只是动力，对不对？你在学习和生活上要乐观起来，这样爸爸妈妈才能放心。

我知道你会实现你的理想的，但这要靠自己不断的努力。在做一件事的时候，我们首先要有必胜的信念。这就好比打仗，我们首先不把对手看在眼里，但是，在战术上我们就要重视对手。

就拿你的学习来说吧，你首先得有一个目标。然后你就得在每一门功课上下功夫，在美术上下功夫，在语文上下功夫，在英语上下功夫……就是对每一门功课都要重视，这样总和起来，你就能很容易达到自己的目的，你说是不是？……

墨白致孙柯，1999 年 11 月 11 日

……你五月六日的来信我今天才看到。看了这封信爸爸很高兴，不是为了别的，而是为了你的冷静。是的，儿子，你已经是个成人了，你的一切都要依靠你自己来完成。其实我和你妈妈并没有对你要求什么，我说你棒，是因为爸爸想给你自信。我认为一个人他的成功与否，他要达到的什么样的目的并不重要，重要的是他要对自己有个清醒的认识，重要的是他看重从他身边经过的每时每刻。看重的是他生活的过程。一个人要是看重自己眼前的每时每刻，认真地把他自己每天要做的事做好，那么，这人一定是很优秀的，他所干的事也一定能成功。

我认为你现在应该完全放松下来，考上大学与考不上大学并不是一个人日后事业成功的关键，许多没有上过大学的人后来成了杰出的人物的事例到处都是，从这里你就可以看出我对你是否能考上学的观点。所以你不要有什么压力，实际上爸爸是最开明的，是不是？至于别人，那你就更不要去想他们，你又不是为别人学的，你是在为自己日后的人生道路而铺下坚实的基础，只要

你自己尽力去做了，自己内心无愧，这就够了。其实我说这些都是多余的，你在信中什么都说到了。我认为现在你最主要的是安下心来，把剩余的一个多月时间利用好，其余都是上帝的事儿，只要你认真地去做了，上帝就一定会对你露出微笑的。

墨白致孙柯，2000 年 5 月 12 日

在我的感觉里，读高中的儿子总是那样忧心忡忡，总是有点淡淡的哀伤，可生活又使他渐渐变得坚强。在他回到我们身边后，有一天他母亲发现他的右脚上有一块拳头那样大的伤疤，才知道他在学校烫伤过，而且烫得很厉害，一直在床上躺了半个月，可他从来没有对我们讲起过。后来我才知道，也就是那个时候，儿子开始恋爱，一个女孩离开了他，又一个女孩来到了他的身边。这一点是我在他的一些散文里看到的。或许就是那种不太明朗的爱情，成了儿子学习坚强的力量，并鼓舞着他走过那个黑色的七月。那个夏天对于儿子来说真是黑色的，本来他高考的文化分数远远高出了艺术门类的录取分数线，本来他的绘画专业课不算图案设计，就色彩、素描、速写这三门的分数已经高出专业录取的分数线三十多分，可是偏偏在考图案设计的时候出现了问题，监考老师说他让别人抄他的试卷，结果这一门被取消考试资格，由于这一门出现了问题，导致了他所有的专业分数都被作废，这对儿子当然是一个十分沉重的打击。我用尽了所有的力量

也没能改变儿子的状况，那个炎热的夏天我们一家人的情绪真是低落到了极点，儿子更是十分的痛苦，当录取已经完全没有希望的时候，他又坚决拒绝重新回校复习，去民办大学读书成了我们的选择。2000年的夏天我送儿子来到北京，他就读的北京东方大学坐落在玉泉山和香山之间的一个军营里。在报到那天，我和儿子一块去了颐和园和圆明园，从圆明园东门出来的时候，在清华大学的校门我和儿子分手了，他要独自一人回学校去。我们父子站在阳光下，我又一次拍了拍儿子的肩，然后把他紧紧地拥在怀里。儿子什么也没说，他在我的注视下，沿着街道一直往前走，他没有回头，就像两年前的那个初冬的夜晚一样，他一直朝前走，在阳光里，儿子的身影是那样的单薄，不知为什么，我再也忍不住，泪水从我的眼睛里涌出来，他就像一只鸟又一次飞出了我的视线，在那一刻，我又一次领会到了那句古老的民谚，真的，儿走千里母担忧。尽管我清楚地知道痛苦在一个人成长的道路上所具备的意义，可我还是忍不住流下泪来。或许儿子永远也不会知道，他的父亲站在那里目送着他走远的心情，可我知道儿子当时的心情一定很不好受，无论我怎样开导他，都会有一道阴影留在他的心里，留在他的生活里。但随着时间的推移，阴影在渐渐淡去，儿子翅膀上的羽毛在渐渐丰满。这在我们的通信里多多少少能反映出来一些。

……爸，您希望我完成您的大学梦，但儿子没有很好地完成，我对不起您。您的儿子永远都希望自己做得更好，但他自己却没有认真去做，我本可以做得更好。我今年已经十九岁了，不管事实背后有多少曲折，但事实终归是事实，我本想在我成年的时候让您了却这桩心愿，但没有想到让您又为我多操这么多心。爸爸，您额头上的皱纹和鬓角的白发儿子不是没有看到，是儿子不忍心去提，这半年来，我时刻都在自责。爸，对不起，儿子此时让您宽慰的只有我的期末考试成绩：哲学 88 分，语文 82 分，构图 76.5 分，素描 85 分，色彩 92.5 分。爸，对不起，我爱您……

孙柯致墨白，2001 年 1 月 7 日

爸，对于艺术，我现在已经隐去了许多的渴望和热情，希望您不要失望，我现在的希望是做一个平凡人，只要能认真做好自己的事情，并得到自己那一份应得的报酬，从而体现自己的价值，我也就满足了。对于艺术，我并不打算让它成为一种获得名利的工具，这是对艺术的玷污，艺术是在生活中很快乐的一种活动，我并不是放弃艺术，只是不想用它来获得名利，而是让它成为我的日常生活，变成一种享受，而不是工作……

孙柯致墨白，2001 年 5 月 30 日

……多少年来，爸爸是第一次给你说起“痛苦”这个词语，原因是我在你的文字里看到了“痛苦”这个词语。我认为痛苦对于一个真正的人来说，是十分重要的，因为他有思想，所以他才有痛苦。当然，每个人所产生痛苦的原因是极不相同的，但痛苦是一个人重要的精神活动，只有当一个人为自己的生活中的事情感到“苦恼”或“痛苦”的时候，这个人才会在痛苦的思考中对生活产生新的希望。痛苦是一种力量！儿子，我希望你心中的“痛苦”不停地被幸福所更替，只有痛苦才能让你感觉到幸福的来之不易……

……我欣赏你的艺术观：艺术是生活中一种愉快的行为，而不是为它所累；艺术是用来陶冶自己的情操的，是一种享受，而不是工作。但是，爸爸觉得，人，在他的一生中，还是应该有所作为，应该在某一个领域有着自己的建树（比如绘画，比如文学，比如摄影，等等），这种作为是来自他对某一种艺术的持之以恒的努力。只有自己做出了成绩，他的生命才显示出不同一般的意义，生命的愉悦、生活的享受因此才能产生，你说是不是呢？

墨白致孙柯，2001年6月6日

在接下来几年的大学生活里，儿子渐渐地从阴影里走出来，他顺利地完成了他的学业，而在艺术创作上也开始起步，他为一些青春刊物所设计的封面被采用，为一些图书设计的封面也被出版社所采用，在还没有毕业的时候他就进了一家广告公司，整天忙得就连星期天也不得闲，我看得出，他做得很认真，十分的敬业，我常常作为一个朋友而不是父亲和他交流。我觉得儿子是一个懂情感又善解人意的青年，我从他的这篇散文里感受到了这一点。

我清楚地知道这篇散文的主人公就是我的儿子。如果不是这篇文章，我是无论如何也不会知道儿子的这些情感经历的，这就像天空中往南飞行的那群候鸟一样，我们真的无法了解它们的生活，但是我们能感受它们的飞翔姿态，能感受它们生命的美丽。我不止一次地看《鸟与梦飞行》，《鸟与梦飞行》是儿子推荐给我的，我不知道儿子在看完这个纪录片时的心情，当那些生命在蓝色的天空中不停地飞行的时候，我是被那些候鸟们的伟大壮举而深深地感动着，我有些抑制不住自己的冲动，把它们飞行的经历记录在下面：

灰雁：3000公里，斯堪的纳维亚——地中海

灰雁：4000公里，俄罗斯北方森林——伊利比亚半岛

黑雁：2500公里，格陵兰——西欧

大天鹅：3000公里，西伯利亚冻土带——远东

斑头雁：2500公里，中亚大草原——根兹峪

丹顶鹤：1000公里，西伯利亚泰亚泰加林——远东

白头海雕：3000公里，阿拉斯加——美国西部

加拿大雁：3500公里，北极圈——墨西哥湾

雪雁：4000公里，北极——墨西哥湾

沙丘鹤：3500公里，北极——美洲大草原

这就是那些刚刚学会飞行的小鸟们要飞行的路线与路途。儿子，我们每一个人都是一只候鸟吗？是的，我们每一个人都是一只候鸟，我们一出生就要不停地飞行。我是这样，你也是这样。我们每一个人的飞行别人都没法代替，生命的历程就是独自的飞行，一切都要靠我们自己来感受，别人无法来代替你。鸟的飞翔是一个承诺的故事，一个归来的承诺。而人的飞翔就是一个成长的故事，是成长的承诺。我们每一个人都要为生命的辉煌而不停地飞行，我们要飞过山川与河流，飞过森林与高原，飞过田野与湖泊，飞过村庄与城市，我们要经历万水千山，要经历无数意外的艰难，那像梦一样的飞行使我们每一个人获得爱的力量和活的勇气。只有不停地飞行，我们才能到达幸福的彼岸。

文/孙春平

我助女儿去摘星

第一次听到崔京浩演唱的那首《父亲》时，女儿正在哈尔滨一所大学里读书。我连夜将歌词用手机短信给她发去，“父亲是那拉车的牛，父亲是那登天的梯……”

几天后，女儿打回电话，在电话里给我哼唱那首歌。我握着话筒，心窝里酸上来，好半天说不出话。

女儿问我，爸，你听着吗?

我强作平静地说，听着呢。

女儿声音低下来，也有了哽咽之声，问，老爸你是不是哭了?

我只说了声没有，便将电话放下了。

女儿湛宁生于1980年。那一年，国家刚刚实行“一对夫妻一个孩”政策，她妈妈是交上了“只生一个”的保证书，才领回生育指标证明的。我和妻子都只念过初中，把人生最美好的求知时光都贡献给了上山下乡的广阔天地，和天下所有同命运的父母一样，寄托在女儿身上的心堪比天高。还在孩子刚刚懂事的时候，我和妻子便将自己再难实现的人生梦想不厌其烦地强行灌输进了她小小的脑袋，考大学，念北大。

女儿渐渐长大，知道了考进北大，如登天摘星，那将是一件多么艰难的事情，便开始一次次地抗拒，“一定要考上北大吗？市里一年也考不上几个。”

我也知那目标将是何等的渺茫，便跟她玩文字游戏，一步步调整退缩我们为她制订的人生目标：“北大的概念嘛，似可这样理解，一、北京大学；二、北京的大学；三、北方的大学；四、北山的大学。”

当时我家在锦州，有一所师范大专就建在城北山冈上。女儿听了嘻嘻笑，说第四可不考虑，我往前三个目标努力吧。

妻子不住地用眼睛瞪我，背后又恨恨地对我说，什么北京的北方的，就是北京大学！以后这样的话不许再说！我唯唯称诺，说好，遵命，不说，再不说了。

这个登天摘星的人生计划是从女儿上小学时便开始一步步实施的，其实，更准确地说，在送孩子进哪所幼儿园时，已将其纳入选择的内容。进小学，要按居住学区，为了送孩子进一所重点小学，我责无旁贷地去一一拜求朋友，在学校已经开学后，我总算坐到了重点小学校长的“御案”前。

二十世纪八十年代末期，社会上虽还没有择校费一说，但校长面前的纸单子上还是明目张胆地开列了许多需要家长赞助的物品，走廊里有家长正满头大汗地往老师办公室里搬桌运椅。校长一脸公事地说，那你看看，能帮助学校解决一些什么困难吧？

我苦笑说，我在市文联工作，我们那种单位，也就有稿纸。

没想校长立刻提笔在她的账单上添写了稿纸二字，说也行，不少于二百本吧。

我立刻慌了，红头涨脸地说，我们单位稿纸也是定额管理，我是开玩笑呢，不管赞助啥，我都只能自己掏腰包。

校长翻了我一眼，将她的赞助单子推到我面前，说我可没跟你开玩笑，你自己选一项吧。

我最后选的是学生教室里需更换的广播喇叭，共五十个，按今天的择校行市看，便宜到家啦，可算为零！

所以，在日后相当长的一段时间里，我在家里都喊女儿“小喇叭”，妻子则一次次提醒我，小喇叭就小喇叭，但不许对外广播！

既然为孩子做出了“小喇叭”的额外奉献，就希望孩子为这种奉献做出超于别家孩子的额外回报。我对女儿学习上的要求是严厉的，严厉得几乎不近人情。时常有人冲着我这作家的头衔，把孩子带来让我做些作文方面的辅导，还拿孩子的作文让我帮助修改。天下父母，同病相怜，应该说，我热心了，热情了，也尽力了。但我对女儿却一直将热心深藏，表现出的是冷酷无情。

她将作文送到我的手上，我看过，不满意，嚓嚓两下，撕掉，让她重写。女儿哭了，妻子也急了，河东狮吼，问为什么撕，又问哪儿不好？

我的回答是，该撕就撕，自己琢磨。

也是怪，女儿再将作文交上来，果然就有了一些进步。我为此得意，妻子却至今还在讥讽我说，什么进步，阿Q而已，你是在给自己找台阶下。

由小学到初中，由重点转重点，登天摘星的进程曾一度比较平静顺利，但那平静与顺利是文火的煎熬，是智力与韧性的较量。考重点高中只凭分数，分，分，小命根儿，三叔二大爷当教委主任都没用，分数张榜，成千上万双眼睛盯着呢。

据分析，女儿中考的分数处于那种一线悬卵的境地，用她妈妈那些天常挂在嘴巴上的话说，你要是再多得一分，就有把握了。

在等待录取分数线的日子里，一家三口人便都成了热锅上的蚂蚁，一天到晚团团转；或者比作无头的苍蝇更合适，一个个四处乱飞乱撞，打探消息。

我是家里的男子汉，在这种时刻，我要镇定，我要说句公道话，我要保持家庭的稳定，便一再在母女二人面前声明，说谁也不要埋怨，班级里近八十名学生，孩子考了第三名，这成绩已经很不错，我和你妈妈虽说心比天高，但真要上考场，未必能拿下这个成绩。她妈妈用嘴巴撇我，说这种时候，少说不咸不淡没用的，我闺女只能上重点！不上重点还上什么大学？

那是1996年，大学还没实行扩招，连重点高中都有相当一部分学生难保金榜题名，妻子的话很现实很有针对性，我无言以对。在填报志愿时，我和妻子帮孩子下决心，只在第一志愿栏内填写了重点高中。

事已至此，自古华山一条路，再无他路好走。平时连买什么样的手纸都要算计算计的妻子开始筹措票子，不录取则读“议价班”，甘掏血本。给我的任务则是再去找朋友求关系，能少花一万是一万。可我哪有什么路子可走？当时已有了“七匹狼”的顺口溜：“公检法，土地税，人民教师黑社会”。我不属于“七匹狼”中的任何一匹。重点高中的校门只留下窄窄一条缝，分数不够又塞不足票子的，天王老子也别想挤进去。

终于，有一天，我清楚地记得，是那一年夏日里最酷热的一天，母女二人从外面跑回来，也顾不得擦汗，坐在那里就噼里啪啦地掉起了眼泪。

我的心彻底凉了，眼前黑下来。黑色七月，很多人是说高考，其实，中考已远比高考更残酷无情。一个班级近八十名学生，考了第三名的学生尚且回家掉眼泪，那更多的孩子呢？不能责怪，也不该责怪了。

妻子哭了一阵，到卫生间去洗脸，出来时对我说，录取名单公布了，学校门前张了榜，你去看看吧。

我眼前霎时又一片雪亮，问，考上了？

妻子眼圈又红上来，说让你看就去看嘛。

那天，毒辣辣的大太阳将柏油路都晒软了，自行车轮滚在上面似沾了胶。我大汗淋漓地站在红榜前，面对那极具戏剧性的竞争结果，我不知是该放声大笑，还是也像她们母女一样躲回家去痛痛快快地哭上一回。全校考取重点高中的是五十五名，湛宁榜上有名，名字却排在最后。哈，她是孙山啊！多么精彩的一个擦边球！

为这事，后来有朋友坦率地当面对我质疑，让我老实交代是不是动了什么暗器或手段！天地良心，我一介书生，一无职二无权，如果让我感谢，那只能感谢命运，老天有眼啊！

可好运不能总是降临一家，老天总要惩罚一下那些心比天高的人。三年后，报高考志愿，我独断专行，替女儿在第一志愿栏内写上了“北京师范大学”。那个时刻，已不容你再作文字游戏的笑谈，更不容你冒擦边球的风险。可我不甘心，北京大学肯定是考不上的，北方的大学又不想去，那就只能选北京的大学了，北师大是名校，就是它了！甚至第二、第三志愿也都不顾学校老师的一再告诫，专往名校上填。

好在填最后一栏时，我总算听取了妻子的意见，同意服从分配。诸位朋友看了前文，可能已知了结局。一愿脱靶，二愿三愿无望，我的七月天空彻底黑下来。不错，所有的家长都盼望帮孩子打出一个“擦边球”，既不糟蹋分儿，又能被一所理想的院校录取。可这“擦边球”就是个悬而又悬的策略和技巧问题，可能孔令辉、瓦尔德内尔也不敢打这种包票吧。

我问女儿，准备复读，明年再考，行不行？

女儿流泪，但坚决地摇头，不，进所大学就行，我绝不复读！

我看看她怀里抱着的套娃娃，不知该怎样安慰劝说她。套娃娃是我去俄罗斯时给她买的，用桦木旋刻而成，打开盖子，可取出略小些的一号，再开盖，便再取出一套，大小共五个。可我知道，那几天，她不是抱着套娃娃玩，她是将套娃娃当成了寄福保佑于她的观音菩萨，她在默默地祈祷。

孩子心中的苦楚与企盼我懂，她妈妈更懂，背后对我的叮嘱是，不管上所什么大学，千万不能让孩子憋屈出病来！

我在家坐不住了，便跑到省高校招生所在的那座城市，与众多跟我怀着一样心情的家长们坐在招生大楼前的马路牙子上，焦渴地企盼着来自壁垒森严大楼内的每一条信息。

又是一年中最酷热难耐的几天，心里是无底的深渊，除了焦躁，还是焦躁，整整三天，饭吃不下一口，矿泉水和啤酒却喝了无数，奇怪的是，竟连厕所都没进去一次，我肚里的那股火烧得那个旺啊！当然也不能干坐着，大家便交流，抱怨，咒骂，交流什么抱怨什么咒骂什么不说也罢，反正恼人的多，喜人的少。不时还有那样一种人跑来，鬼鬼祟祟问可想请帮忙，让人信也不是，不信也不是。

等待发榜的那些日子，分分秒秒都刻骨铭心，咒天咒地咒孩子，当然，我心中诅咒的更多是自己，让你心高，没长金翎翅，却想飞上天，活该狠狠摔你这一跤！

女儿后来去的是哈尔滨的一所大学，学校不理想，专业也不遂愿，但总算有了一个暂时的归宿。送她到学校，分手时，女儿很严肃地说，我要考研，一定往北京考！我和妻子对望了一眼，说你有这个决心，很好，但往哪儿考，到时再商量吧。

可以说，在等待女儿录取的那些日子，是我此生至今最烦躁、最焦灼、最慌乱也胡思乱想最多的一段时光。待尘埃可算基本落定之后，坐在电脑前，我便有了从未有过的创作冲动。

最初的想法，是我不能白烦白恼白躁，写一个短篇把我心中的那些郁闷和对人生的一些新的感悟宣泄出去，但越写便觉要说的话越多，那是个不由自主的创作过程，五万多字的中篇小说《老师本是老实人》便在十天之内完成了。

作品在《十月》杂志首发后，接连有很多报刊转载、连载、评介或被收入一些精品集中，并获得“《小说月报》百花奖”、“《中篇小说选刊》优秀作品奖”等一些奖项。

可以说，我从事文学创作二十多年，这是我的社会效益和经济效益都取得最大收获的一部作品，稿酬与奖金已足够支付女儿在大学四年的全部费用。

此外，我还从中真切地悟出一些创作体会，写给《中篇小说选刊》创作谈的题目就是《不白烦一回》。烦躁也是一种财富，烦躁时那种无所不谈的交流更是一种财富。

说到底，那是一种也许独属你的生活。真实的感受，无奇不有的传闻，到了写作者的笔下，便都成了对烦躁经历的补偿。

打个比方，看人游泳不行，是自己下水扑腾，尤其是陷入可能溺水而亡的险境，那种感受才是最深刻最真实也最宝贵的。

从这个意义上说，眼下相对安稳平静的我又很怀念向往那种烦躁的日子，有烦躁便有期望，有绝望便有挣扎，那种抓根稻草也要活命的感受真的很值得珍惜。烦躁与挣扎过后就写吧，那理应是个因真实而有生命的作品。

这是个无意插柳而成荫的收获，本意是助女儿登天摘星，父女俩一起摔了一跤，摔得很疼，女儿哭了，父亲揉着伤痛，却意外地从跌倒的地方拾到一块不大不小的石头。

这块石头在别人眼里也许很平常，可我却视为陨石，视作狗头金，那是老天赐与我的一块宝贝啊！

女儿又何尝没有获得意外的收获？挫折让她冷静，失败让她变得坚韧，登天摘星不再是她嘴巴上的戏言，而切实变成了她矢志不移苦苦追求的目标。

大学四年，女儿给家里打电话基本是在午夜，她刚刚从自习室出来，便给老父老母致一声问候，报一声平安，她知道爸爸也是一只夜猫子，那个时候一定还在电脑前码字。

在报考研究生志愿时，她告诉家里，已下定了决心，报考清华。

我和她妈妈都还怕着井绳，怕她重蹈覆辙，一次次提醒她立足于“稳”，报考本校研究生才不失把握，可她的回答极坚决干脆：“不，我考清华。”

听说有些用人单位已到学校去选应届毕业生，条件不错，我和她妈妈又一次次建议，不妨先占下一席长远谋生之地，然后再边工作边备考，她的回答也是“不，我考清华”。

那段时间，长途话费用得太多，我改用手机信息和她交流，最多的时候一次竟往返二十几条，很像当年毛泽东指挥三大战役，可我却哪里有他老人家的英明与权威。

女儿回答我的最后信息是：“老爸，我备考正忙，马上关机。我决心已定，无怨无悔，请不要再动摇军心！”

女儿的回答很冷硬，像一块巨大的石头，砸得我有些发蒙。我握着手机，盯着信息发呆。我将信息给她妈妈看，妻子无声地哭了，我不知那是高兴，还是心酸。

女儿大了，不再是拉着我们手撒娇的孩子，也不再是抱着套娃娃茫然无措的中学生，她有了自己独立的人生信念，她在义无反顾地用青春去赌自己的未来！

而今，女儿已经是清华大学人文学院的研究生。去北京报到时，她坚决不许我和她妈妈去送，说她是成年人了，那会让她很觉“丢人”。

我到北京开会时，她骄傲地带我到清华园里漫步，在明丽的秋日里一脸灿烂地和我合影。

清华园里人才荟萃，那里有她数不清的深为敬仰的师长，还有数不清的和她有着同样雄心壮志的同学。

她堆积在床头的许多书籍我已经看不懂了。

我知道，作为父母，登天之梯的使命已经成为历史，我和她妈妈今后的作用可能只是一只小马扎，当女儿登天疲累的时候，有时会坐回到地上面，歇歇疲乏，诉诉委屈，听听安慰，然后，再去她新的登攀。

也许，摘星，对于她，仍是梦想，一个长长远远的梦，但只要有这梦，有不懈的努力，我们也就心满意足了。

文/张宝瑞

不要让你的理想坐在峭壁上

我的儿子张默1984年出生，中国传媒大学播音主持学院毕业，现在是北京电视台新闻频道的主持人，10年前我和他还共同创作了一部长篇小说《鹰坟》，由中国工人出版社出版。回想起他的成长历程，我的确有一些感悟。人赤条条来到人世，这一生不论换穿多少件衣服，最终还是要赤条条离开人世。人生要有正确的理想和目标，人生的价值在于对社会的奉献，而不能随波逐流，人云亦云。因为人是社会的人，斯大林说过：人人为我，我为人人，很有科学道理。这一点对孩子的教育非常重要。

我出身书香门第，我小的时候，我的母亲就是这样讲的，她给我买了许多文学名著的小人书，对我的文学和美术灵感的激发，有着重要的启迪作用。当时我家的文史方面的藏书有上万册，这些书对孩子的影响非常大，张默在小时候就经常滚在书堆里阅览，当然最早的时候，他翻看的是小人书，我存的小人书就有上千本。他在上初中时，我跟他讲：清朝的军事家左宗棠24

岁时曾作过一副对联，左联是：身无半亩，心忧天下；右联是：通读万卷，神交古人。意思是，你可以没有财产，但是必须以天下为己任；你阅读万卷书，可以在书中与孔子、老子等圣贤对话。孩子听了，思忖一会儿，点了点头。我还时常对他讲，人要有肚量，宽容，以诚待人。很多人都有优点，要把对方的优点吸纳过来，要学会换位思考，取长补短，海纳百川。我们给孩子取名“张默”，有两层意思，第一层意思是我姓张，我的妻子叫莫愁，用了她的姓的谐音；第二层意思，是叫他低调做人，高调做事，不要张扬。有了成绩，不要沾沾自喜，有了困难，不要垂头丧气。老子讲，福兮祸所伏，祸兮福所倚。一个人的一生有高潮，也有低潮。高潮潜伏着低潮，低潮孕育着高潮。我记得我从来没有动手打过孩子，也没有呵斥过他。孩子很懂事，也很聪明，我就是耐心地给他讲道理。因为我在新华社当记者，工作很忙，妻子的工作也很忙，我的母亲高血压，从孩子出生就主要由她老人家带，非常辛苦。孩子刚一岁半，我和妻子咬着牙把孩子送到一家幼儿园。第一次到幼儿园，孩子哭得很伤心，小脸红通通的，一颗颗晶莹的大泪珠纷纷滚落——我们远远地望着他，心情沉重，无奈地离开了幼儿园。

对孩子的理想和爱好，顺其自然，随遇而安，正确引导，是我们教育孩子的又一方法。孩子上小学时，我问他长大后想做什么？他眨巴眨巴大眼睛，说：“我想当汽车司机。”我们看他对汽车感兴趣，于是给他买了许多小汽车；我有时到外地采访或旅游，特别注意购买别具一格的小汽车，孩子的抽屉里堆满了各式各样的小汽车。孩子上高中时，理想发生了变化，他对电脑发生了兴趣，喜欢做播音员主持人。他经常放学后坐在电脑前现场直播。为了锻炼他采访直播的能力，我特意请来我的老朋友著名诗人汪国真、著名电视人司马南等人到家里作为嘉宾接受他现场采访，都收到很好的效果。我对孩子说，你认准了一个奋斗目标，就要披荆斩棘，不断努力，争取达到理想目标。不要因为峭壁是高的，而让你的理想坐在峭壁上。高中毕业时，他去参加中国传媒大学播音主持学院和中央戏剧学院文学系的考试，结果都被录取了，他终于进入中国传媒大学播音主持学院学习。参加中央戏剧学院考试时，他抽签的试卷中的作文考题题目是对我曾经创作出版的长篇小说《人为谁活着》中的一个情节，写出一篇评论文章。他看后非常激动，这是爸爸的著作啊！这种巧合令他兴奋不已。

人生不可能都是顺境，逆境对一个孩子的锻炼不容忽视。孩子在上高二时，在网上结识一个比他大 3 岁的女孩，这个女孩当时正在四川一所大学学播音主持。女孩不负责任，在网上对我的孩子发表一些诱导性的文字，让孩子想入非非，情感上陷入困惑，从而严重影响了孩子的学习。我看到这种情况，对孩子说，我给你钱，你坐飞机飞到四川，去面见她。孩子坐飞机到达四川，我让当时的新华社四川分社的社长安排孩子住进分社的招待所，并请他负责照顾我的孩子。第二天，孩子见到了那个女孩，终于了结了这个情感困惑。孩子回到北京以后，恢复了正常的学习生活。

我发现孩子有文学创作的天赋，他的文章逻辑性强，文笔简练，散文写得文散神不散，于是我就有意识地培养他这方面的才能。10年前，我发现他的文笔不错，于是约他一起创作长篇小说《鹰坟》，这是我的绣花鞋系列长篇小说的续篇，写的是侦察员龙飞在1965年到台湾侦察飞鹰号潜水艇的故事。在写作风格上我尽量发挥他的长处，文笔优美，描写细腻，突出散文风格。特别是描写梅花党主席白敬斋年轻时的情感生活，惟妙惟肖，细致潇洒。江南绍兴乌镇春雨霏霏，乌篷船上，风流倜傥的白敬斋和多情妩媚风姿绰约的翩翩少女邂逅，演绎了一场风花雪月的爱情故事。当时的中国工人出版社的编辑部主任李阳也夸赞说，这部长篇小说文笔优美，比其他长篇小说写得更有文采！

要培养孩子的勇敢精神。我时常跟孩子讲，世界上没有什么可怕的，毛主席说：大风大浪也不可怕，人类社会就是从大风大浪中发展起来的！毛主席还说：天不要怕，地不要怕，鬼不要怕，神不要怕，资本家不要怕。孩子仰起头问我："爸爸，世界上真有鬼吗?"我回答："鬼都是人扮的，日本鬼子、美国鬼子从某种意义上来说就是鬼！"孩子上小学时，我们带他到北戴河游玩，他望着湛蓝湛蓝的大海，用小脚丫快活地蹚着水，看着那些在海里游泳的人们，说："爸爸，我也想学游泳。"听到他的话语，我怔住了，游泳，是我的软肋。我缺少游泳的天赋，学了一生的游泳还是没有学会。我在"文革"前在北京东城麻线胡同小学上学时，就时常跟随哥哥到北京工人体育场游泳池学游泳，后来也多次到游泳场所学，还是望洋兴叹。我从小喜欢水，喜欢在水里走来走去，在水里能憋气几分钟，但是就是没有学会游泳。我们给孩子报了一个游泳培训班，没想到他很快就学会了游泳。看到他和妻子在水里愉快地游着，我真羡慕。我在15年前创作悬疑小说时，喜欢在书房制造一些恐怖的气氛，在房屋装修时就把书房布置成一个隐间，做了一个暗门，从外面看像是一幅装饰画：两棵梅花树，吊着一只镶有金色梅花的绣花鞋。推门走进暗间，书柜上有不少鬼的造型的木雕、石雕和泥雕，还有不少擒鬼的钟馗工艺品，最早还设有恐怖音乐。正在上小学的孩子总喜欢到这个书房探秘。我问他："你走进这个房间，害怕不害怕？"他诡异地一笑，憨笑着摇头说："不害怕。"我又问："为什么不害怕？"他指了指旁边一尊钟馗的瓷像，说："因为有钟馗的保佑。"

潜移默化，你的一举一动，甚至你的神情，都会给孩子留下深刻的印象。

文/吴玉红

让孩子成长为你希望的样子

孩子，

你是我生命中的奇迹。

不求为你一生遮风挡雨。

但求，

你如小小野花，

即便立于悬崖之上，

依然迎着阳光，

绽放！

至今，我依然记得，作为女人最幸福的时刻。当护士将那么一个小小的生命放到我怀里的时刻，那是我一生中最幸福的时刻。第一次见到她，我忘记了所有的阵痛，只是全身心地欣赏她——我的女儿！

很多时候，我们会忘了第一次遇见孩子的那种幸福、欣赏孩子的那份陶醉。

都说，孩子是一张白纸，看你怎么去写。我想那就是教育的意义所在吧。父母的教育，就如同是作画者眼中的风景，风景美，画会美；风景不佳，画则很可能不堪。

我希望我的孩子，不一定貌美如花、不一定才富八斗；但是，我希望她正直、坚韧、诚实、善良，能经得起挫折、苦中作乐、乐观向上……

由于我爱人长期在北京工作，女儿一直随我在南京读幼儿园。2003 年，正值北京“非典”疫情严重的时候，我爱人自驾车回到了南京，女儿当即遭到幼儿园的“辞学令”。不用上学了，女儿很高兴。于是，我们一家三口每天开车去农村。钓鱼、挖蚯蚓、捉蝴蝶、在乡村的田野里奔跑。对于城市里出生、成长的孩子来说，这一切都是新奇的、有趣的！可是，我们没有做普通家长都在做的事，那就是教孩子二十以内的加减法。别说二十以内，我甚至连十以内的加减法都没有教过。

后来，北京的疫情过去了，我也被北京理工大学经济管理学院录取，攻读硕士研究生。孩子也一起随我来到了北京读小学一年级。我在孩子入学之前，做了很多铺垫，让她憧憬着小学的美好生活。记得，孩子在开学第一天，扎着两个麻花辫、欢快地跳跃着进了校门。我是那么的放心和轻松。

没过两个月，孩子入校时的脚步慢了、沉重了……

走进校门，背着书包，竖起小胳膊，弱弱地说一声："妈妈，再见！"然后一步一回头地看我。"孩子怎么了？"我的疑惑一闪而过，就匆忙地去听我的课去了。晚上回到家，孩子眼里满是泪水，交给我她的第一份数学考试卷，成绩：58 分。

"是不是好多同学都不及格？"我问。

"不是的，大多数同学都是 100 分。全班只有我不及格。"女儿垂着头，声音很轻，眼睛里噙着泪水。

我接过试卷，认真地看了看。抱着女儿，诚恳地说："妈妈真的好开心啊，我女儿真值得我骄傲！"小小的她仰起脸，泪还挂在脸上，问我，"妈妈，您说什么？您不生气吗？"我微笑着说，"不生气啊，你这么诚实，58 分就是 58 分，全班就只有你一个小朋友不及格，你也不隐瞒。实话实说，这样的好孩子妈妈必须表扬啊！"于是，我认真解释了诚实是多么珍贵、多么优良的品质。希望她以后一定要坚持这个好的品质！接下来分析，"58 分，表示咱们确实没有学好。但是错不在你，而是在妈妈和爸爸。别的小朋友都在上学前班，而我们却天天带你挖蚯蚓、捉蝴蝶，没有教你加减法，我打算以后改正错误，认真地教你二十以内的加减法，将落后于同学们的数学知识赶上去，你愿意学吗？"女儿坚定地点点头，"我愿意！"

以后的上学、放学路上，我都一边骑车、一边问坐在后座的女儿加减法的口算题，孩子的数学成绩很快就赶上来了。但是，孩子对数学的自信依旧欠缺。

有一天，我在放学路上等待孩子的数学老师，她的数学老师是一位已有三十年教龄的老教师，即将退休的年龄。我跟数学老师交流，想解释一下孩子的数学基础差的原因。但是，我的解释还没有出口，她便说，“你家孩子，学习慢！”我知道一位老师评价学生用“慢”这个词，里面对孩子的否定有多直接。

孩子在数学课上受不到赏识，是一定的了。

我和爱人商量，怎么让孩子对数学更多自信。爱人在孩子快期末考试的时候，自己出了三份数学试卷，让孩子在家模拟考试。最后，孩子一年级的考试成绩是双百，在全班是唯一的一个双百学生，获得了“好学生”证书。即便这样，她的数学老师依然觉得我女儿数学就是慢！好在，二年级时，原来的数学老师退休了，换了一位年轻的女教师来教女儿数学。

我想说的是，孩子是自己的。没有人比孩子的父母更了解自己的孩子。老师的话，一般对的多，但是老师的评价，其实也会有出错的时候，毕竟老师面对的是几十个孩子。如果，我不是一位教育工作者；如果，我的工作忙得无暇过问孩子的学习；“如果”会有很多，不堪设想。如果说，有孩子输在了起跑线上，那么我的女儿是不是就输在了起跑线上？我想，请每一位家长，在孩子的成长过程中，不放弃、不轻信，认真思考一个问题——你最希望她成为什么样的人？然后，请在她的每一个成长点及时帮助她。那个帮助，不是打骂，而是真诚的表扬或批评，助她成为你想要她成为的样子。

女儿读初三时，学习压力很大，每天学习到很晚。

由于小学时，除了起跑线上的那点帮助之外，我确实是一位不负责任的母亲。我的观点：学习是孩子自己的事情，孩子自己负责。小学老师要求家长给孩子的作业签字，我都是从来不检查对错，只是签字。因为，对错是孩子、老师的事，不该我管。

初三，到底怎样的作业量使孩子无暇玩耍，一直写作业，写作业，还要写到很晚呢？那天，我带着这个疑问，难得在女儿做作业的时候，站在了她的旁边。我发现，她将一道物理题，正确解答完之后，重新写一个错误解答。我非常疑惑。一问，那是一个错题本。老师要求学生将错题一律归纳到错题本上，比谁的错题多，谁的错题本厚，谁就是学习努力，会受到表扬。

记得那天，我非常生气！说服女儿不成功之后，给物理老师写了很长的一封信。信里直接阐述孩子明明正确地解答之后，刻意思考一个错误解法的种种弊端。最后，强烈要求我女儿不做所有物理题。

信是交上去了，忐忑却一直在！

好不容易盼到女儿回家，忙询问女儿物理老师说什么了。女儿说："老师在全班读了您写的信，并当众宣布全班就只有我一人以后不用交物理作业，且全班记下了我这次的物理成绩72分。"说实在的，我当时的心情确实很复杂。我轻声问，"你不怨我吧？"女儿调侃地说，"没事儿，全班同学都羡慕我有一位如此有勇气的妈妈！"

以后的日子，每天晚上半小时，我都会坐在女儿旁边，拿出物理题，不允许她动笔，直接思考报答案！起初，女儿会瞎报，会不耐烦；但是，后来，确实非常快而准确地看了题直接出答案。再后来，她的复习里少了一门课的复习，那就是物理。因为确实都会了，而不需要再复习。中考时，她的物理是全校，也是全区的最高分：99分！

别人正确的学习经验和学习方法，用到自己孩子身上，不一定对。所谓因材施教，不仅仅是老师应该遵循的教育原则，也是家长应该学会的。物理教师提出的整理错题本，确实对于一些孩子是很有效的，但是对于我女儿，却让她多了一层错误解题的记忆。

家有小女初长成，现在女儿已经大四了，专业是金融学，迄今为止，她最喜欢的科目仍然是数学。现在的她已经基本成了我希望的样子：善良、正直、诚实。只是坚韧，还得寻找机会，让她不怕挫折、更坚强！学会坚持真理，不轻言放弃！

大雪压青松，青松挺且直！

我希望女儿能成为大雪压不弯的青松；希望女儿即便是立于悬崖之上的野花，也一样迎着阳光——绽放！

文/康　平

让孩子在快乐中成长

一场告别母校萨克斯独奏音乐会正在十堰市东风公司工人俱乐部举办。独奏者是位刚刚从十堰市二中毕业的学生何野，他以高水平的篮球和萨克斯专长，被华中师范大学作为优秀的复合人才免试录取。

音乐会上，何野以悠扬的旋律，优美的音色，高水准的演奏技巧演奏了 10 首中外名曲。那天籁般的音乐时而如石上流水，时而又如月下轻音，给人以韵发巍巍武当，乐起悠悠汉水之势。娴熟的演奏技艺，非凡的音乐素养，震撼了台下所在的观众。

更为出色的还是他的篮球水平。他 4 岁学球，多年如一日不知疲惫地拼搏在球场上，刻苦加天赋，练就了高超的球技。在大学招生篮球考试中，他从全国各地 2000 多名篮球高手中脱颖而出。时隔一年，他又在华师大再显身手，凭借着像“八一”男子篮球队前主力后卫阿的江一样出色的控球、运球的过人水平和与美国著名萨克斯演奏家凯利金几乎接近的完美音色，而备受大学生球迷和萨克斯爱好者的热捧。

小时候的何野活泼可爱，好动难静，4 岁时父亲便带他到球场上学习运球。7 岁时已把篮球运得娴熟自如，令行家惊叹不已！然而上学后的何野却偏科，不喜欢数学。传统的教育观点要求学生除体育、音乐外，每科成绩都必须好，缺一不可。不喜欢数学，就意味着考大学困难。

从此，家人不再让何野出去打篮球了，而是将他关在家中补数学，完不成作业就不让出门，做不对数学题不准去睡觉。然而，不管是请家教补课，还是武力体罚，都无济于事，何野还是对数学兴趣不大。传统教育方法和严厉管教并没有收到预期的效果，反而使这个年龄段应得的快乐与健康没有了，在学校老师不喜欢，在家里父母要严管。一个天生活泼好动的孩子，从此像一只关在笼中的鸟，每天都生活在沉重的精神压力下。

成才难道就没有其他路可走吗？痛定思痛，家人决定，与其逼傻孩子，还不如顺其自然，让孩子快乐，给孩子健康，让他去球场挥洒汗水，让他在快乐中健康成长。

从此，不管是放学后还是休息日，父亲都带着何野活跃在各个运动场上，让他在运动中找到快乐，找到健康。

谁也没有能力改变现有的教育体制，但谁都有能力去选择适应它，扬长避短，从孩子兴趣爱好着手培养，找到适合自己的路去发展。这也许就是何野成功的经验之一。

何野家人没想过将何野培养成一名优秀出色的篮球运动员，只是希望他能拥有强壮健康的体魄，打一手漂亮的篮球。但何野对篮球的挚爱和他在篮球上表现出的天赋、感悟和球技上的突飞猛进，使家人将他向一名优秀篮球控球后卫的方向上去引导。

何野上学或考试，没有时间看美国 NBA 赛况，父亲就为他准备好录像机录下来，等他放学回家后再看。中国不缺篮球技术，缺的是篮球理念。父亲想方设法弄来国内国外的篮球影像资料供他学习观摩。

学球首先要在心中树立起一种永远的追求。美国 NBA76 人队前队员艾弗森的一个运球过人动作，何野是百遍地学，千遍地练，室外场地是他的练球场，家里客厅是他运球的地方，家中的墙壁也成了他的大篮板。不论是炎炎夏日，还是数九寒冬，何野总是出现在运动场上。

出众的球技让何野在学校时就赢得大批的球迷，他先后带领市二中篮球队参加全市中学生篮球赛获得第一名，代表全市中学生参加全省中学生篮球赛获得第三名，又代表全市青少年参加全省青少年篮球赛获得第一名。此后，他便在十堰的球坛中崭露头角，无论是职业篮球赛、中学生篮球赛，还是青少年篮球赛，都有他矫健的身影。

任何一个成功人才身边总是有一批帮助他的人。何野的舅舅是位篮球水平极其出众的优秀篮球运动员，从部队篮球队转业来到这座城市后，便和何野的父亲一起担当起了何野的篮球陪练兼指导。市二中的体育老师杨霞、方军、李佑铭，在何野的成长道路上都给了很多的指导与帮助。特别是市二中工会主席韩黎宏，这位优秀的篮球教练在何野高三毕业时一带就是 6 个月，把何野精心雕琢成一名优秀的篮球运动员。

何野高一那年，韩黎宏教练就带着何野去了“八一”男篮青年队参加试训；杨霞老师带他去了国内两所著名的大学参加高水平篮球运动员的挑选；何野舅舅带他到湖南长沙参加 CUBA（全国大学生篮球赛）选秀。虽说他的篮球水平已超群，由于当时身高只有 1.78 米，身体也显单薄，几次选秀都未能如愿。但何野的球技却得到了许多行家的好评。原国家队教练张宗树在看了何野打球后说：“这孩子手感和球技非常好，打 CUBA 没有问题，但要进国家级一流强队，身体就显单薄，今后要加强身体素质训练。”韩黎宏教练在评价何野时也说：“我一生带了很多篮球运动员，但这么优秀有天赋的运动员，何野还是第一个。”

天赋在于发现，兴趣在于引导，成功在于勤奋，受到挫折要坚强，持之以恒最关键。这也许是何野成功的经验之二。

古希腊人认为，一个优秀的民族必须对公民进行两种教育，那就是音乐与体育。何野 9 岁那年，对萨克斯产生了浓厚的兴趣。此前，何野父亲也多次请人教他二胡、竹筒，但均因何野不感兴趣而收效甚微。

有人说体育和音乐原本是两条道上跑的车，两者皆精不太可能。但何野家人坚信何野能学好萨克斯，因为篮球需要激情，萨克斯更需要激情，而兴趣又是做好一切事情的基础。家人请了东风公司萨克斯演奏家张新建和东风公司著名节目主持人、艺术家奏建国担任何野的老师。

老师从何野的兴趣出发，制定出先吹曲子后练基本功的教学方法。张新建老师教他萨克斯演奏技巧，奏建国老师则教他乐理知识和音乐欣赏。两位十堰音乐界的知名老师尽心教一名学生，一教就是十多年。

学萨克斯并不像何野想象的那样好玩，在经过一段时间的练习之后，嘴吹破了，基本功练习又很枯燥，他也曾有过放弃的想法。是家人、老师给了他鼓励。父亲不但每次学习时都陪着他，而且特地上北京给他买回他喜爱的高音直管萨克斯。

家人的支持、老师的关爱给了他极大的鼓励，何野慢慢在萨克斯的悠扬旋律中找到了乐趣找到了自信。

孩子一旦对什么产生了兴趣，只要是有益于身心健康，家长就要鼓励、投入、支持和引导。这大概是何野成功的经验之三。

基本功、节奏和乐理知识老师可以教，但对曲目的掌握和驾驭却完全要靠自己的理解。何野深深记着老师的这些教导，从多听中外名家演奏的曲目入手，一遍遍地进行模仿学习，从而对曲子有了很好的掌握和驾驭能力。

为了让篮球和萨克斯互不影响，每个休息日，何野总是上午练萨克斯，下午练篮球，风雨无阻，十年如一日。何野上初三那年，学校在东风公司工人俱乐部举办庆“五四”专场文艺晚会。

何野一曲当时甚为流行的《我心永恒》萨克斯独奏震撼全场，悠扬的旋律一起，会场上顿时掌声如雷，经久不息。

音乐使何野在篮球上动作更协调更舒展，篮球又使萨克斯演奏更果敢更潇洒。一场场成功的萨克斯独奏演出让何野一夜间成了校内校外的明星；一场场篮球比赛又使何野走出十堰，成为有梦想和追求的篮球运动员。

篮球运动和萨克斯演奏就像何野的双翼，他一直在梦想自己将来要打着篮球进大学。高中毕业前夕，他填报了一所著名的体育大学。当家人把何野的简历递交到大学工作人员手中时，引来一阵惊奇：来了一位人才！大学招生办的领导热情地拉住何野父亲的手说：感谢您为学校送来一位人才！面对来自全国各地2000多名篮球高手的竞争，何野凭借高超的球技脱颖而出。

就在这时，《中国青年报》刊登一则消息，著名百年名校华中师范大学面向全国招收高水平运动员学生。这无疑是个天大的喜讯，十几年的拼搏等的就是今天。家人把何野的个人资料送到了华中师范大学招生办，经严格审查，层层筛选后，大学通知何野前去考试。

这是一次特殊的考试，考官由华中师范大学校领导、专家、教授及招生办领导组成，而考生只有何野一人。何野是凭借篮球、萨克斯和一口流利的英语作为优秀的复合人才被大学百里挑一选中的。一所著名大学为一名考生举行一次考试，如此重视，前所未闻。

当同学们还在为迎接高考而努力拼搏时，何野已作为优秀的复合人才被大学提前免试录取了。当大学称何野为人才时，父母感慨，何野的成长之路是成功的。之所以成功，是何野和家人十几年如一日，把业余时间全都用在孩子的爱好中，去追求去拼搏。这大概是何野成功的经验之四。

进入大学后，何野篮球、萨克斯得到进一步提高和展示。篮球更是如鱼得水，他将篮球的攻击性和观赏性巧妙地结合起来，大一就带领学院男子篮球队连续夺得华师大第十届、第十一届“文华杯”篮球赛冠军。大学生们在热评何野时说：何野是“文华杯”篮球赛中表现最好的球员，在决赛上，他打满全场，几乎没有弱点，关键时刻只有他找到了取胜的钥匙。球迷在网站论坛上一片叫好：“看了那么多的比赛，给我印象最深的就是何野的快攻，速度快，突破过人，漂亮！华师大今后在选拔培养后备队员时应以何野为模范。”

他的音乐才华也同样得到充分展示。在华师大艺术团庆“五四”专场文艺演出中，何野以一曲悠扬、优美的萨克斯独奏《神话》又一次轰动校园。

如今，何野已录制完成了他的萨克斯独奏专辑，他本人已被湖北省音协管乐学会吸纳为会员。但他每天仍然汗流浃背地苦练在球场上，仍然执着地追求着未来……

文/芦荻

在等待大学通知书的日子里

至今我还珍藏着儿子中学时代留下的两样宝贝：一样是他初三时的部分日记，一样是他高中阶段的所有成绩单。这两样东西，前者是残缺不全的，但可以管窥孩子当时心态的吉光片羽；后者是一叠完整而又枯燥的数字，清晰地记录了孩子高中三年的学业轨迹。这两样东西，在我看来，是他中学阶段的成长档案，在我家具有重要的文物价值。

关于前者，我愿一字不易地抄录他的一首曾刊发于《南湖晚报》的小诗《放飞快乐》。这是儿子迄今为止发表的唯一一篇与文学沾边的文字。从小偏理，长大学工的儿子，这也是唯一一次以文学的方式和他崇文好诗的父亲产生交集和呼应。

曾经，把梦寄给夏日的风

守候你停泊在海岸的笑容

谱写着不规则的心境
当天空的精灵
捎来无情的回音
我怅然而立

而今，是谁
撩起秋的面纱
凝树的精灵翩翩而舞

迎着朝晖扬起帆
往日的风雨不再哭泣
张开双手放飞快乐
心儿依旧徘徊在昨日的海滩

猴年出生的儿子，打小“顽皮兼淘气、好动加好奇”，是一只名副其实的猴崽子。既是猴子，不念紧箍咒怎么管得住呢。由着他的性子野，岂不闯祸！当时同住一个大院的同事或邻居，对我当年严厉调教孩子的情景，有一个入木三分的描述——“铁匠打铁”！

儿子是在我们严格甚至是严苛的管教下长大的，在相当程度上，他自由的天性是受到了抑制的。现在回想起来，儿子在少儿时期其实是失去了一些同龄孩子应有的自由和快乐的。即便如此，孩子依然是阳光的，他似乎天生有着雨过天晴的自我调控能力，这是我们的幸运。我想这可能一部分源自他阳光的天性，另一部分源自他善良的心襟。他因为深知父母爱他、为他好的一片苦心，所以也就不再介怀父母教育方式的失当，并且他还找到了适合自己的开解办法。

2001 年从湖北老家随迁到浙江时，儿子还不到 9 岁，插班读四年级。因为小学提前上了一年，一路走来，儿子在班上在年级都是最小的一个。加上小小年纪，就要连根拔起三千里迁徙，不得不在异乡融入一个完全陌生的团体，儿子在学业上似乎总有一点不赶趟，总有一点永远只差一点点的挫折感。不会很差，但也很难出头。后来，反思儿子上重点高中分数差一点、上重点大学分数差一点的原因时，妻子总说根子就在当年不该早上了一年学，孩子一直弱势地与大他一岁或一岁半的强势同学群体竞争，一直被一群大孩子压抑着，这是一种怎样的被动早熟的艰难历程，儿子究竟是怎么熬过来的，现在已是一个讨论来讨论去却不易说清道明的问题。

读了儿子上文的这首小诗，我似乎找到了问题的一部分答案。他不是没有忧郁，没有痛苦，但乐观的儿子选择了以放飞快乐的方式驱散心头的乌云，让阳光照彻心灵。有这样的大心脏，我们有理由相信儿子，他可能会走弯路，他可能会栉风沐雨，但他一定会拥有一个不错的前程，这个前程当然不排斥功名利禄，但更多的是一种精神生活状态，那就是快乐或者幸福。

2007年，儿子是以三限生的资格考上我所任教的浙江省一级重点高中的。所谓三限生，说白了就是降点分交点钱。当然，作为教师子女的儿子，交钱就免了。

高中三年，每一次重要考试结束后，除了年级、班级的考试总结会诊外，我还要求儿子拿着成绩总表和我复盘，这样的复盘一般是在我们父子之间展开，偶尔他母亲也会列席，三年中一次也没有落下。我想，这不仅是一种对儿子学业的促进，更是一种成长的陪伴。

2009年暑假，为了给即将上高三的儿子鼓舞士气，我带他回了一趟湖北老家。此次回老家，安排了三个项目——一是访亲拜友，主要是探望外公外婆爷爷叔公舅舅姨妈姑姑等；二是祭拜列祖列宗，寻根溯源，慎终追远；三是体验学习，在老家的县一中高三快班插班参加暑期补课一周，和老家的高三学子同吃同住同学习。老家的县一中是我高中母校，我后来也曾在此执教十余年高中英语，2000年我就是从这里调到浙江的。让孩子在父亲当年读书教书的学校插班体验学习一周，抚今追昔，意义非凡，至今回忆起来，儿子还很兴奋，很有感触。我也觉得这是一次有灵感、有创意的教子案例。在这里儿子更加明确了自己的优势和不足，找准了自己定位，从而明确了目标，坚定了信心，为高三备考冲刺奠定了较好的思想基础。

2010年6月9日，万众瞩目的高考终于结束了。

儿子那一届学生大约是830人，儿子进校成绩大约排在全年级800名。三年后的高考，儿子的高考成绩排在400名左右。在高手如林的省重点高中，三年能够从倒数冲进中游，其实进步很大了，但因为没有考到名牌大学，儿子是有失落感的，他在内心也是有所悔悟的。他自己知道，他并没有全力以赴、付出百分之百的努力。

不管怎么说，十年寒窗总算告一段落。

我们给儿子放了几天假，让他美美地睡了几天懒觉，爽爽地打了几场篮球。考虑到从公布分数线到填报志愿到录取，有一个多月时间，儿子决定尝试一下暑期打学生工的滋味。我们对儿子的想法很鼓励也很支持，深感让他亲身体验一下社会现实，感知一下打工生活的苦辣辛酸很有益处。儿子跑遍了市区的大街小巷，去了十来家招假期学生工的企业咨询和应聘，经过一番比较筛选，儿子最终确定到一个离家一公里左右名曰“艾上便当”的外卖快餐店送外卖。儿子的想法很简单，既然要体验要锻炼，那就干脆找个苦差干干，那种在空调间做见习文员的活儿没劲！

于是第二天，儿子就骑上他妈妈的电动车，以外卖小哥的身份开始了为期一个月的送外卖的工作。送外卖这活儿晚出晚归，上午10点半前后到店，中午和傍晚是送餐的高峰期，晚上9点半左右回家。我们给他配了一个闲置不用的旧手机，这既是他做好业务的实际需要，也便于我们和他畅通联系，随时掌握他的动向。

儿子这人生第一份工作确实辛苦，不管是烈日还暴雨，都必须风雨无阻地按照操作规程安全、准确、快捷地把餐点送到客户手里，每天每个送货员少则送十几单，多则送三十几单。高峰期时更是喘口气喝口水的工夫都没有。吃饭难得有闲坐店堂吃，基本上都是装好餐盒箱子，收好订餐单后，双腿跨在电动车上，草草扒完盒饭，就赶紧呼啸而去。

就这样风里来雨里去，大街小巷满城跑，小城的犄角旮旯差不多跑遍了，儿子成了小城的活地图。皮肤本来就偏黑的儿子，一个月的外卖送下来，俨然晒成了黑非哥。

儿子跑外卖很有责任心，肯吃苦，脑子也转得快。每次出活儿，一拿到单子，就把一个个送单地点迅速捋一遍，并很快优选出一条不跑冤枉路回头路的最佳路线，因此效率大大提高，所以，儿子虽然只是个临时学生工，但跑单量比一般的工友都多，老板很喜欢他。

有一次，儿子正在送外卖的途中，突然下起瓢泼大雨，马路很快就成了河流。儿子车跑得快，一下子摔倒在一个被雨水淹没的马路坑里，胳膊和腿好几处严重擦伤，他咬紧牙关忍着疼，艰难地爬起来，收拾好送饭的箱子，继续冒着大雨奔向客户的住所。

一直到晚上十点，儿子才一瘸一瘸爬回家，这比常规的下班时间晚了半个小时。原来，儿子受伤的胳膊腿疼得钻心，又使不上力，回家时车子骑得慢了许多。好不容易到家了，还要咬咬牙把车推进车库充电，然后再一步步艰难爬上四楼的家（因为一楼是自行车库，四楼实际是五楼）。进得家门，儿子一下子瘫软在沙发上，因穿着T恤短裤，几处伤口赫然暴露在外，把他当医生的妈妈吓得不轻，一边给他上药，一边把眼泪洒。好在是皮外伤，休整一夜之后，儿子又满血复活地奔走在了送外卖的路上……

8月4日，儿子的大学录取通知书到了，巧的是，第二天儿子的合同也到期了。翌日，儿子保质保量地跑完最后一天外卖，就要辞工了。当晚九时许，老板留下儿子，说要给他饯个行。老板娘叫大厨烧了几个好菜，开了一件雪花啤酒，叫了和儿子相处不错的工友一起喝酒，共同祝贺儿子上大学，祝福他将来有个好前程。这一天，酒量不差的儿子居然醉了！

打了一个月工，中晚餐包吃以外，老板给儿子开了一千元工资，还额外多给了一百元祝福红包。

儿子用他平生赚来的第一桶金，加上我们补贴给他的四百块钱，买了一部被儿子戏称为火腿肠的HTC智能手机。

这根时常握在儿子掌心的小小的火腿肠，陪了儿子整整四年，直到他2014年大学毕业才彻底“退役”。

这部手机现在还收藏在我的床头柜儿里，我偶尔还拿出来把玩一下，看着它，我仿佛看见18岁的儿子骑着电动车，追风一样，奔驰在小城车水马龙的大街上……

文/浇洁

压水机边的高考女生

我的家庭关系也许是这个世界上最复杂的：我和我的女儿，我的丈夫和我们的小女儿，我和我的前夫，我的前夫和他的后妻，我的前夫和他的后妻的女儿，他的后妻的……本来就已经斩不断理还乱了，不料在我的女儿面临高考的大事上，这些“爱恨情仇”竟然熔为了一炉。

女儿从小羸弱多病，熬到高三这一年，体重还不到四十公斤，再熬到高考前一个月，只剩三十五公斤，竹条般纤细瘦削，体检的医师见了都叹，太瘦了，针扎都挤不出血来。临近高考，女儿精神恍惚，睡觉时警觉如猫，稍有风吹草动就睁大眼睛睡不着。

我住的宿舍楼共九户人家，有当钟点保姆的，有开早餐店的，有上三班倒的。于是大清早和中午，便成了她们在楼房唯一的压水井边洗刷闲聚的约定时间。这栋老式楼房建于二十世纪九十年代初，底下没有柴间。我家又住一楼，两个卧室距离压水井不到两米。那“嘎当嘎当”的压水声，“砰砰”的捣衣声，“叽喳叽喳”的聊天谈笑声，“嘟嘟”的摩托声，如在耳际！平常除了下大雨，根本无法午睡，早上也没法眯个懒觉。压水井是公共设施，压水洗刷聊天是邻舍的自由。我找了个别要好的恳请拜托外，还有两三个难说话的，讲了又怕不给面子。左思右想，终写下一封关照信，贴在过道显眼处：

各位高邻：

你们好！

我家有女准备高考，还有八天。因为紧张，中午需要休息一会儿。敬请大家在交谈、洗衣等活动中尽量轻声。时间是中午12：50—13：50。期限：5月30日—6月8日。给你们带来不便，敬请大家谅解！

谢谢大家！

吕丽珍拜托

贴了关照信后，中午楼层里安静了许多，即便有两三户压水的，想到我的请求也轻了些。

我的心思全在女儿身上，清早买菜，看见有人站在菜市场发愣或徘徊不定，料想就是高考家长，就凑过去取经，考生吃什么好。有的说，凌晨已熬好了响骨汤；有的说，昨晚已包好了饺子放进冰箱。可家里买不起冰箱，天又燠热，于是我头天晚上就洗好韭菜，天刚亮就起床滚饺子皮，滚好饺子皮赶菜市场买肉，待买好肉，饺子皮因匆忙中忘了撒面粉粘连一处，又得重新滚，馅里加上墨鱼碎、香菇丝、虾米，自以为鲜美无比，可是女儿也吃不下去。

离高考还有两三天，学校最后一次模拟考试。女儿终于支撑不住，借老师手机打电话要我去接。我和丈夫手忙脚乱赶去。女儿说，同桌比她病得还严重，早上爬起头发晕胸口发闷，父母又在外打工，仍要坚持着考完。我怀疑女儿中暑了，一到家，就对她进行一番“肉体折磨”，果然，掐出的痧呈紫黑色。

随着高考来临，我对丈夫越发的不信任了，但自己又六神无主，蜷在一个角落发呆流泪，感觉孤立无援。我知道是传染了高考综合征，可良好的心态如一尾深海的鱼，看不清抓不着。还好这天女儿的生父特意从天津赶回，我强遏着多年来对他的怨尤，主动找他交流，希望他这几天配合配合我，让女儿顺利度过高考。但这么一配合，丈夫又取笑我了：“现在开心啦，和前夫达成默契了。”我佯装不知他的醋意：“这两天我来买菜，你上好班就行。”

我下狠心买了平时不舍得买的提子和核桃，前夫订了鱼丸饺子，炖好鸽子，捧来西瓜……家里开起了百家惠。女儿见我们前呼后拥地围着她，反而更加吃不下睡不宁了。晚上我关掉手机拔断电话线，自以为处处小心，没什么疏漏，却怎么也睡不下，一会儿担心女儿焐坏，一会儿担心女儿受凉，时时爬起提着鞋子打着赤脚到她房中察看，女儿竟没入睡。

熬到天亮，我正想挨到天亮赶早去菜市场买点女儿喜欢吃的菜，没想女儿刚打上迷糊眼，丈夫的前妻就站在我家窗口叫嚷她的女儿起床看书，女儿气急而起，头一晕又呕吐起来。我打电话给前夫，要他带女儿去散步，顺便教她怎样做放松深呼吸。自己则赶到菜市场，求卖肉的卖给自己一个新鲜猪肚，给女儿爆炒肚片，这是她喜欢的。

发现女儿晚上不能睡觉，我的前夫厚着脸面到我家来陪她聊天，偶尔和现在的丈夫相遇，两个男人打完哈哈，一个接着聊，一个折回卧室坐在老床上看书。这套房子是前夫手上置办的，离婚时连同女儿一起判给了我，至今仍保持着原样。那老床，历史就更悠久了，还是前夫奶奶的结婚床，后又成了前夫父亲的结婚床，四只床脚都被老鼠磨牙噬去了三分之二，因为家贫又成了我和前夫的结婚床。前夫离开他家时为了占有这张床，还和他的父亲吵架，曾经提着一把柴刀站在床上，扬言不让我们搬走就把它劈烂，至今床栏上仍有一块刀痕。我们离婚以后，前夫要求买一张新床换回去，我赌气没肯。四年前，我现在的丈夫带着他的女儿提一只旅行箱进了我家，如今这张床又成了我和丈夫的结婚床。

丈夫寄人篱下，窝在这处处弥漫着前夫气息的老屋，本来就伤他的自尊心，前夫的闯入又给他的伤口撒盐，我知道两个男人同处的尴尬。为了分散女儿的注意力让她放松放松，前夫装着若无其事，自称会催眠术，说些让女儿轻松入梦的话。女儿躺在藤椅上接受父亲难得的服务，居然真的有了睡意，女儿的哈欠声松弛了我紧绷的神经，我也跟着打起了哈欠。

次日早餐，女儿的奶奶也特意从乡下赶来了。我一会儿端水，一会儿拿水果，一会儿递粥，前夫和奶奶在旁边张嘴看着女儿吃。丈夫说，那么多人围着不是让她更紧张么？果然女儿只喝了几口粥，放下碗又吐了。

女儿被她的父亲领进考场。我和丈夫商量挑选着，第一次踏进繁华的饭馆去订菜，把荤素搭配妥当。订好菜，刚到考罢的时间，我和丈夫就站在校门口接。来接的家长真不少！大家拥在一起惺惺相惜。一个说："儿子一夜未睡，我一夜听他辗转反侧又不敢进屋去看。"一个说："紧张什么，考不起一本上二本，考不起二本上三本。"另一个搭腔："现在学生比我们当年幸福多了，不存在考不起，最末也能上专科，只要你有钱。"……大家有一句没一句，心思全在考场上。快到点了，家长们一个个伸长了脖子，"学生出来晚证明题目难，孩子的表情能说明一切。""昨天下午的数学难，今天的文综和英语也容易不到哪儿去。"

这一场，丈夫和前夫，我们仨都去接女儿了。女儿被我们簇拥着像明星似的走出校门。前夫赶紧问："湄，我同学聚餐，跟我去同学那里吃？"我不甘落后："我们一家人都订好菜了，跟妈妈去吧？"

饭馆包厢比我那陈旧的家干净舒适，况且小女儿早已开好了空调候着。女儿极给面子，胃口大开，吃了一只鸭腿，还喝了汤吃了粥，没有一点儿吐的迹象。一家人吃饱喝足，我站岗守着压水井让女儿睡了半小时。把女儿送进考场参加最后一场考试，我长舒了一口气。

图书在版编目（CIP）数据

我和我的孩子. 给你一个世界 / 野莽主编.
—北京：中国工人出版社, 2020.8
ISBN 978-7-5008-7463-8

Ⅰ. ①我… Ⅱ. ①野… Ⅲ. ①散文集－中国－当代
Ⅳ. ① I267

中国版本图书馆CIP数据核字（2020）第149521号

我和我的孩子. 给你一个世界

出 版 人 王娇萍
责任编辑 宋 杨 严 春
责任印制 黄 丽
出版发行 中国工人出版社
地 址 北京市东城区鼓楼外大街45号 邮编：100120
网 址 http://www.wp-china.com
电 话 （010）62005043（总编室）
（010）62005039（印制管理中心）
（010）62379038（社科文艺分社）
发行热线 （010）62005996 82029051
经 销 各地书店
印 刷 三河市国英印务有限公司
开 本 880毫米×1230毫米 1/32
印 张 11
字 数 205千字
版 次 2020年10月第1版 2024年11月第3次印刷
定 价 58.00元